SCHULD STIRBT NIE

Thriller

Marcus Ehrhardt

Bibliografische Information der Deutschen Nationalbibliothek: Die Deutsche Nationalbibliothek verzeich-
net diese Publikation in der Deutschen Nationalbiblio-
grafie; detaillierte bibliografische Daten sind im Internet über dnb.dnb.de abrufbar.

Impressum:

© 2020 Marcus Ehrhardt
Herstellung und Verlag:
BoD – Books on Demand, Norderstedt
ISBN: 9783752660777

Korrektorat / Lektorat: Tanja Loibl
Covergestaltung: MTEL-Design
unter Verwendung eines Motivs
von Shutterstock Nr. 1046891332

KAPITEL 1

Heute, Berlin

Die Menschenmenge drängte sich dicht durch die Straße, ganz so, als ob es die Seuche nicht gäbe. Das war ja auch der Grund für diese Demonstration, machte sich Nadja zum wiederholten Male klar, die im mittleren Bereich des Pulks mitlief. Keiner der Demonstranten nahm Notiz von der jungen Frau, die sich immer weiter nach vorn arbeitete, was sich einfacher gestalten würde, wenn sich die Teilnehmer an die Abstandsvorgaben hielten. Kommt jetzt auch nicht mehr darauf an, dachte sie grimmig und schob sich zwischen einer Gruppe Gleichgesinnter hindurch, die lachten und herumalberten, als befänden sie sich gerade auf einem Junggesellenabschied. Einzig die selbst gekritzelten Anti-Merkel-Sprüche auf ihren durchgeschwitzten Shirts passten nicht zu dieser Vorstellung.

»Hörst du mich?«, fragte Nadja, als ob sie mit einem unsichtbaren Begleiter sprechen würde. Sie schaute sich um, doch niemand starrte sie deswegen an. Auch den Polizisten der Hundertschaft, die sie nicht darum beneidete, in schwerer Montur quasi Spalier für den Demonstrationszug stehen zu müssen, schien sie nicht aufzufallen. Zumindest sah sie keinen Beamten, der sie fixierte und vielleicht auch noch etwas in sein Mikro sprach. Andererseits wunderte es Nadja auch nicht, hatte sie sich doch lange genug Gedanken über das

Outfit gemacht, das sie heute trug, bei dem Unauffälligkeit an erster Stelle stand.

»Ja, tadellos«, hörte sie ihren Gesprächspartner über den mit einem Clip an ihrem Ohr befestigten Lautsprecher antworten, den ihr darüberfallendes Haar verdeckte.

»Lauter bitte, Juri«, wiederholte sie, weil die Geräuschkulisse um sie herum wie in Wellen immer wieder aufbrauste und abebbte, je nachdem, welche Teilnehmergruppe gerade meinte, ihren Forderungen lautstark Nachdruck verleihen zu müssen.

»Ja!«, sagte er wieder, deutlich lauter.

»So ist es besser«, bestätigte sie mit leicht bebender Stimme. »Wie lange habe ich noch?«

»Etwa eine halbe Minute.« Nadja schluckte. Die Zeit verging viel zu schnell, trotz der Planänderung. Noch vor wenigen Wochen hatten sie vorgehabt, diese Aktion während einer ›Fridays for Future‹-Demo zu starten. Es war einfach zu verlockend: so viele potentielle Opfer aus gutsituierten Elternhäusern, ein frontaler Schlag mitten ins Gesicht der Eliten.

Die Seuche durchkreuzte ihren Plan. Doch sie ließen sich nicht davon entmutigen, sondern warteten geduldig die nächste Gelegenheit ab. Und die war mit der heutigen Hygiene-Demo gekommen. Warum haderst du dann mit dir?, fragte sie sich gedanklich. Du wolltest es doch so, also zieh es jetzt durch!

»Alles klar«, sagte sie nur und griff in ihre Handtasche. Nur noch wenige Reihen liefen vor ihr, sie hatte also den Kopf des Protestzuges erreicht. Der kleine Metallkasten in ihrer Hand fühlte sich kühl an. Langsam zog sie ihn hervor und streckte ihren Arm aus. Einige Leute um sie herum wichen von ihr, als würde sie ihnen suspekt vorkommen. Wenn ihr wüsstet, ging es Nadja durch den Kopf.

»Jetzt«, hörte sie Juri sagen, dann schloss sie die Augen und drückte auf den Knopf, den sie leicht erhaben auf der Vorderseite des Kästchens unter ihrem Zeigefinger spürte. Klick! Für einen Moment schien Nadjas Welt stillzustehen – dann brach die Hölle los ...

KAPITEL 2

Zur selben Zeit, nordöstliches Brandenburg

Jetzt stand es unwiederbringlich fest: Richard Bruckmann war fort. Tot und begraben. Das heißt, nicht
ganz, denn noch stand ich vor der offenen, an die zwei
Meter tiefen Grube, in gebührender Distanz zu den
weiteren Teilnehmern der Trauerfeier. Eineinhalb
Meter Mindestabstand, so lautete eine der Regeln, die
als Schutz dienen sollten gegen das verdammte
Covid-19-Virus, das uns und die ganze Welt vor ein
paar Monaten überrollt und immer noch im Griff hatte.
Unser Landkreis war bislang von der Pandemie weitestgehend verschont geblieben, nur eine Handvoll
Menschen hatte sich infiziert und alle waren gut durch
diese Krankheit gekommen. Von daher war es eine logi-
sche Folge, dass die Einheimischen es nicht zu genau
nahmen mit den noch verbliebenen Einschränkungen,
mit denen uns die Regierung belegt hatte.
»Ist doch eh alles eine Erfindung von denen da
oben«, sagten sie, »Bill Gates will uns alle chippen und
später ermorden«, »Alles Fake-News« oder »Das Virus
ist auch nicht gefährlicher als `ne Grippe.« Ich hatte
keine Ahnung, wer richtig lag, ob wir ohne den
sogenannten Lockdown ähnlich glimpflich durch die
Pandemie gekommen wären, oder, wie einige Studien
nahelegten, wir zehntausende Menschenleben allein in
Deutschland durch die strengen Maßnahmen gerettet
hatten. Wie auch immer, solange ich nicht mit irgend-

welchen abstrusen Verschwörungstheorien belästigt wurde, ließ ich jede Meinung gelten.

Die Mittagssonne schien durch das Geäst der ehrfurchterregenden alten Ulme, die neben der Grabstelle in den Himmel ragte. Ihre Zweige wiegten sich im seichten Südwestwind, wodurch die Schatten wie tanzende Ameisen um die Grube kreisten. Das hätte ihm gefallen, dessen war ich mir sicher. Genauso, wie er die fast 30 Grad Celsius begrüßt hätte, mit der die Sonne erbarmungslos auf die vornehmlich in Schwarz gekleidete Trauergemeinde niederbrannte. Neben sicher vielen ehrlichen Tränen rannen so weitaus mehr Schweißtropfen über die Gesichter der Menschen, die sich zum letzten Geleit des Mannes eingefunden hatten, der vielen ein Freund, einigen ein Vorbild und mir stets ein guter Berater gewesen war.

Der Pfarrer richtete erneut das Wort an die Menschen, nachdem er in der Kapelle zuvor bereits eine angemessene Abschiedsrede gehalten hatte. Was genau er sagte, verstand ich nicht, beziehungsweise, ich hörte nicht hin, denn ich war mit meinen Gedanken abgeschweift, erinnerte mich an Situationen, die ich mit dem Mann vor mir im Sarg erlebt hatte.

Erst der Arm Isabells an meiner Taille ließ mich wieder ins Hier und Jetzt zurückkehren. Sie legte ihren Kopf an meine Schulter und drückte sich fest an mich. Auch meine Freundin hatte meinen Vater gemocht, wobei sie sich in den drei Jahren unserer Beziehung höchstens zehn oder zwölf Mal getroffen hatten.

»Wie geht's dir, Lennard?«, fragte sie mich leise, kaum hörbar. Wie sollte es einem schon gehen, wenn der eigene Vater plötzlich und unerwartet starb, nachdem man als Einzelkind bereits seine Mutter verloren hatte? Fühlte ich mich einsam? Entwurzelt? Genau konnte ich es in diesem Moment gar nicht beschreiben, es war ein Sammelsurium von Emotionen, die sich seit der Nachricht seines Todes vor knapp zwei Wochen bei mir aufgestaut hatten.

»Okay«, antwortete ich deshalb lediglich. Isabell kannte mich gut genug, um sich im Augenblick damit zufriedenzugeben und mich nicht weiter zu bedrängen. Wie in Trance nahm ich in der Folge die anderen Trauergäste wahr, die nacheinander jeweils eine Schaufel Erde auf den Sargdeckel warfen, mir kondolierten und sich anschließend von der Grabstelle entfernten, bis sich am Schluss der Pfarrer von uns verabschiedete und neben mir nur noch Isabell und Philip standen. Da ich in den letzten Jahren in Berlin lebte und meinen Vater eher selten in unserem Heimatdorf in Brandenburg besucht hatte, war das Verhältnis zu den anderen Bewohnern merklich abgekühlt. Daher hatte ich mich gemeinsam mit Isabell gegen den hier üblichen Leichenschmaus entschieden, zu dem sonst Nachbarn und Freunde eingeladen wurden.

***

Mein Elternhaus kam mir seltsam fremd vor. Auch wenn ich hier meine gesamte Kindheit verbracht hatte, viele schöne, traurige, aber auch lustige Erlebnisse damit in Verbindung brachte, es war so gar nicht mehr dasselbe, wenn mein Vater nicht irgendwo herum zimmerte, in der Küche stand und Essen für uns zubereitete oder einfach ein philosophisches Gespräch über meine Zukunft mit mir auf der Veranda führte.

»Schade, dass Jonas nicht gekommen ist«, sagte Philip, während er die Kühlschranktür öffnete und eine Dose Bier herausholte. »Sonst noch jemand?«, fragte er, sie hochhaltend.

»Gern«, sagte Isabell, woraufhin er ihr die Dose zuwarf, die sie elegant auffing.

»Im Moment nicht«, erwiderte ich, ohne auf unseren Freund Jonas einzugehen, der sich seit dem Tod meinens Vaters weder hatte hören noch sehen lassen. Das wunderte mich allerdings auch nicht, denn wir hatten uns über die Zeit entfremdet und es musste Jahre her sein, dass ich ihn zufällig getroffen hatte. Getroffen, aber nicht gesprochen. Beim letzten Mal gingen wir nämlich lediglich aneinander vorbei und grüßten uns knapp. Durch meinen Wegzug nach Berlin zerbröckelten so ziemlich alle sozialen Verbindungen hier. Bei Philip sah es durch seine eher zwielichtigen neuen Bekannten, die ihm schließlich einen mehrmonatigen Knastaufenthalt eingebrockt hatten, nicht anders aus. Umso bemerkenswerter fand ich, dass er und Isabell sich gut verstanden, obwohl sie genau wussten, auf welche Art und Weise der jeweils andere den Lebensunterhalt verdiente. Isabell hatte mir diesbezüglich einmal verraten, dass es ihr komplett egal wäre, wenn er krumme Dinge drehte, auch wenn sie dadurch gegen eine Handvoll Dienstvorschriften verstoßen würde. Aufpassen müsste er nur, wenn er in ihrem Aufgabengebiet tätig werden oder zum Gewaltverbrecher mutieren würde. »Dann pack ich ihn an den Eiern«, hatte sie ernst gesagt und mit einer hochgezogenen Augenbraue hinzugefügt: »Du weißt, dass ich einen festen Griff habe.« Oh, ja, den hatte sie. Doch Philip neigte überhaupt nicht zur Gewalt, auch wenn er schon immer eine große Klappe hatte und durch seine kräftige Erscheinung bereits früher dafür gesorgt hatte, dass uns die älteren Jungs in Ruhe ließen. Und mit seinen Autoschiebereien – er war darin verstrickt gewesen, dass Luxuskarossen in Berlin gestohlen und zügig nach Polen und in die Ukraine zur weiteren Verwendung ›überführt‹ wurden – kam er Frau Polizeioberkommissarin Isabell Meyer nicht in die Quere, die bei der Drogenfahndung zu Hause war.

»Hast du denn noch Kontakt zu Jonas?«, wollte Isabell von Philip wissen.

»Nur sporadisch. Das letzte Mal hab ich ihn vor etlichen Wochen auf dem Sportplatz gesehen, als unser FC gespielt hat. Unterhalten hat er sich aber nicht mit mir.« Philip nahm einen großen Schluck. »Es geziemt sich für einen Studienrat wohl nicht, mit einem wie mir gesehen zu werden.«

»Er wird schon seine Gründe haben«, warf ich ein und bedeutete meinem Freund, mir jetzt doch ein Bier zu geben, was in der nächsten Sekunde in Form eines Dosengeschosses angeflogen kam. Es zischte, als ich die Lasche hochzog und der Schaum heraustrat. Ich schaffte es, das meiste davon abzutrinken. Nur wenig rann am Blech hinunter und tropfte auf die Holzdielen des Küchenbodens. Dann erhob ich den Arm: »Auf Richard Bruckmann.«

»Auf Richard Bruckmann«, sagte auch Philip, während er mit mir anstieß.

»Er war einer von den Guten und musste zu früh gehen«, fügte Isabell hinzu und sprach damit das aus, was wir alle dachten. Ihre Dose schepperte ebenfalls gegen unsere. Wie auf Kommando kippten wir den Gerstensaft gleichzeitig in uns hinein und nachdem

Philip einen herzhaften Rülpser losgelassen hatte, wandte er sich mir zu.

»Was machst du mit der Bude? Willst du sie verkaufen oder vermieten?«

»Ehrlich gesagt, ich weiß es nicht. Das Haus zu verkaufen, hört sich aber momentan für mich doch sehr endgültig an.« Zwangsläufig hatte ich mir den Kopf über diese Frage schon zerbrochen, was allerdings damit zu tun hatte, dass mir ein paar Tage nach Paps Tod sein Bankberater von den Hypotheken erzählt hatte, die er in den letzten Jahren aufgenommen hatte, sodass Belastungen von etwa hunderttausend Euro darauf lagen. Ich hatte keine Ahnung, was mein Vater mit der Kohle angestellt hatte und wollte auch nicht darüber nachdenken. Aber ich hätte meiner Freundin davon erzählen sollen, soviel war schon mal klar. Nun gut, das würde ich nachholen.

»Lass dir damit noch Zeit«, riet mir Isabell. »Es ist schließlich dein Elternhaus, wenn du es verkaufst, verkaufst du damit auch einen Teil von dir. Glaub mir, ich weiß, wie sich das anfühlt.«

»Mh.« Ich stimmte ihr nickend zu. Es war keine hohle Phrase, denn meine Freundin wusste, wovon sie sprach. Ihre Eltern hatten sich getrennt, als sie ein Teenager war. Dadurch verloren sie schließlich die kleine Villa in der Nähe der U-Bahn-Station Nikolassee im Berliner Bezirk Steglitz-Charlottenburg an die Bank, da sie nach der Trennung trotz ihrer gutbezahlten Jobs die Raten nicht mehr aufbringen konnten. Das Brummen ihres Smartphones unterbrach meinen Gedankengang und ich beobachtete, wie ihr die Gesichtszüge entglitten.

»Was?«, rief sie aufgebracht ins Gerät und fuhr sich mit der Hand durch die langen, blonden Haare, die sie jetzt offen trug, nachdem sie sie auf der Beerdigung zu einem Pferdeschwanz gebunden hatte. Ich sah besorgt von ihr zu Philip, der mit gerunzelter Stirn fragend zurückblickte, und wieder zu Isabell. »Mh, verstehe, mh, alles klar, ich mach mich sofort auf den Weg«, erklärte sie dem Anrufer und beendete das Gespräch. Kopfschüttelnd schaute sie vom Display hoch.

»Was ist los?«, fragte ich mit sorgenvoller Stimme.

»Ich muss zurück nach Berlin. Es gab einen Vorfall mit wahrscheinlich terroristischem Hintergrund.« Einen Vorfall? Einen Anschlag? Ohne Konkretes zu wissen, beschlich mich ein seltsames Gefühl der Hilflosigkeit. Spätestens seitdem Ende 2016 ein gestohlener Sattelschlepper über 50 Besucher des Weihnachtsmarktes auf dem Breitscheidplatz in Charlottenburg angefahren und dabei elf Menschen getötet hatte, war mir und wahrscheinlich den meisten Deutschen klar, dass uns der Terror endgültig erreicht hatte. Sicher, die Gedanken an 9-11, die Anschlagsserie in Paris 2015 oder den Anschlag in Tunesien, bei dem etliche Touristen am Strand erschossen worden waren, ließen mir noch immer einen Schauer den Rücken hinunterlaufen, dennoch hatten diese Geschehnisse etwas nicht Greifbares, Abstraktes. Ganz anders als ein Vorfall quasi vor meiner Haustür. Philip reagierte etwas schneller als ich.

»Aber du bist doch bei der Drogenfahndung?«

»Richtig«, erwiderte sie auf seinen Einwurf, »doch in so einem Fall werden alle verfügbaren Kräfte mobilisiert. Das verläuft nach einem strengen Protokoll, über das ich dir leider keine Details sagen darf.« Sie trat auf mich zu und nahm mich in den Arm. »Tut mir leid, Schatz, ich muss los.«

»Ja, natürlich, nimm ruhig den Wagen. Phil kann mich zur Bahn bringen. Deine Sachen bring ich dann heute Abend mit.«

»Danke«, sagte sie und gab mir einen kurzen Kuss. »Mach´s gut, Philip, bis zum nächsten Mal.«

»Hau rein und holt euch das Dreckschwein.« Wir schauten meiner Freundin hinterher, wie sie nach ihrer Lederjacke und der Handtasche griff und auf die Tür zuging, die von der Küche zur Hofauffahrt führte, auf der unser Wagen parkte. »Tolle Frau«, sagte er anerkennend, nachdem wir hörten, wie sie vom Hof fuhr.

»Hast du ihr etwa wieder auf den Arsch geguckt?«, stichelte ich.

»Wenn sie so damit vor mir herumwackelt«, gab er zurück. »Aber nun mach die Glotze an, ich will wissen, was da passiert ist.«

»Oh, ja klar, ich auch.« Wir gingen ins Wohnzimmer, wo ich den alten Röhrenfernseher anschaltete, den mein Vater noch nicht gegen einen modernen Flatscreen eingetauscht hatte. Offizieller Grund dafür war seine unumstößliche Auffassung, dass dessen Bild schärfer und besser wäre. Insgeheim war ihm sicher bewusst gewesen, dass es rein nostalgische Gründe waren, denn der Grünstich des Gerätes konnte auch ihm nicht verborgen geblieben sein. Nach einer kurzen Vorlaufzeit materialisierte sich ein Bild auf der gewölbten Glasfront.

»Es ist doch immer wieder ein Genuss mit diesem Gerät, wenn nur das nervige Rauschen nicht wäre«, erklärte Philip, ließ sich auf den Sessel fallen und legte die Füße auf den kleinen Hocker. Sein zufriedener Gesichtsausdruck gefror in dem Moment, in dem wir das Bild auf der Mattscheibe erkennen konnten. »Oh, mein Gott!«, entfuhr es ihm und sein Mund blieb offen stehen.

»Das kann doch nicht wahr sein!« Fassungslos verfolgte ich die TV-Aufnahmen. Aus der Vogelperspektive – wahrscheinlich wurde von einem Helikopter oder einer Drohne aus gefilmt – erkannte ich den Straßenring, der sich wie ein Schal um die Siegessäule legte. Das war es aber auch schon mit der Normalität. Hektisch wirkende Zivilisten, uniformierte und schwer bewaffnete Cops einer Hundertschaft, blinkende Lichter von wie an einer Perlenschnur aufgereihten Polizei- und Rettungswagen sowie die der Feuerwehr auf der einen, schwarzer Rauch, der aus zwei brennenden Reisebussen aufstieg, auf der anderen Seite, ließen die Szenerie wirken wie nach einem Flieger- oder Raketenangriff. So, wie man es sonst in den Nachrichten über Beirut, Kabul oder Palästina sah. Nur war es jetzt in meiner Heimatstadt – mitten in Berlin, dem Herzen der Bundesrepublik, der Stadt, die in Deutschland wie keine zweite für Offenheit und Vielfalt stand.

Überall auf der mehrspurigen Straße lagen Geröll und Fahrzeugteile herum, die offensichtlich von den Bussen stammten. Eine neugierige Menschenmenge drängte zur Unfallstelle, die Handys gezückt, bereit, ein paar möglichst schockierende Bilder oder Videos zu machen, um sie später Freunden in den sozialen Netzwerken zeigen zu können. Mich widerten sie an, diese verdammten Schaulustigen, und ich wünschte mir, die Cops würden mal richtig durchgreifen. Doch die hatten Mühe, den Pöbel von der Unglücksstelle fernzuhalten.

»Mach mal den Ton lauter«, sagte Philip und erst jetzt fiel mir auf, dass das Gerät stummgeschaltet war.

»... aus bisher ungeklärter Ursache kam es zu zwei direkt aufeinanderfolgenden Explosionen zweier Reisebusse, die sofort danach Feuer fingen«, hörten wir die Nachrichtensprecherin sagen. »Nach Aussage der beiden Fahrer, die wie durch ein Wunder mit ein paar kleineren Brand- und Schürfwunden davongekommen sind, befanden sich zum Zeitpunkt der Explosionen keine Fahrgäste in den Bussen, teilte uns die Polizei mit. Die Teilnehmer der Hygiene-Demo, die heute planmäßig über die Straße des 17. Juni bis zum Reichstag ziehen wollten, um dort vor dem Bundestag zu demonstrieren, hatten die Fahrzeuge glücklicherweise noch nicht erreicht, als der Anschlag ausgeführt wurde. Somit ist nach momentanem Erkenntnisstand niemand zu größeren körperlichen Schäden gekommen. Einige Menschen wurden von herumfliegenden Fahrzeugteilen getroffen, wodurch es zu Prellungen und leichteren Schnittverletzungen gekommen ist. Die mit über 500 Einsatzkräften vertretene Polizei, die einen extremistischen Hintergrund nicht ausschließt, hat den Regierungsbezirk weiträumig abgeriegelt und in diesen Minuten sind Beamte mit Spürhunden damit beschäftigt, die Umgebung nach weiteren Gefahrenquellen abzusuchen. In wenigen Minuten erwarten wir eine Pressekonferenz des Innensenators, zu der wir live schalten werden.«

»Das ist doch Wahnsinn! Stell dir vor, die Leute wären gerade an den Bussen vorbeigelaufen, als die Bomben hochgegangen sind. Das hätte Tote gegeben.«

»Woher willst du wissen, dass es Bomben waren?«, fragte ich und kam mir selbst dämlich vor. Was hätte es sonst sein sollen, wenn zwei Busse gleichzeitig explodiert waren? Doch ich wollte es nicht wahrhaben, dass schon wieder Terror durch die Stadt gezogen war, wobei mich das überhaupt nicht wunderte, bei den ganzen Extremen: Rechte, Linke, Islamisten, Salafisten, Hooligans, Ostblockmafia, arabische Familienclans – scheinbar endlos war die Liste derer, die mir als Verursacher dieses Anschlags in den Sinn kamen.

»Dein Ernst?«

»Nein, natürlich nicht«, bestätigte ich kopfschüttelnd.

»Das Land geht vor die Hunde, sag ich dir.«

»Ach komm, wenn sich jeder mal etwas beruhigen und hinterfragen würde, ließe sich für die meisten Probleme eine Lösung finden«, antwortete ich mit meinem Optimismus, den einige für Naivität hielten, und wer weiß, vielleicht lagen sie damit auch richtig. Dennoch war ich nicht bereit, den Kopf in den Sand zu stecken.

»Ja, genau, Traumtänzer.« Philip sah mich mitleidig an. »Solange Männer die höchsten Positionen in den wichtigsten Regierungen dieser Welt besetzen, wird sich nichts daran ändern. Solange Macht, Geld, Religion und Testosteron der Antrieb sind, wird es immer schlimmer, glaub mir.« Natürlich lag er damit richtig. Ob es nun am Geschlecht lag, darüber konnte man streiten, aber ansonsten deckte sich das mit meiner Überzeugung: Die Politiker waren sich und den ihnen zugewandten Lobbyisten am nächsten, egal, was ihre eigenen Wähler dazu sagten. Aber ich hatte es längst aufgegeben, mich über diese Leute aufzuregen. Wie die meisten anderen meiner ostdeutschen Landsleute dachte ich, dass wir uns durch den Protest auf der

Straße gegen die damalige Führung den Weg in die Freiheit erkämpft hatten, was im Großen und Ganzen ja auch so eingetroffen war. Doch niemand, den ich kannte, hatte damit gerechnet, dass uns der Kapitalismus mit seiner gnadenlosen Marktwirtschaft gesellschaftlich aushöhlen und an den Rand der Spaltung bringen würde. Auch wenn viele Freunde der wiedererstarkten Rechten Merkels Willkommensgeste von 2015 und den damit einhergegangenen Migrantenstrom dafür verantwortlich machten, wussten die meisten schon, dass die eigentlichen Spalter unseres reichen Landes in den Führungspositionen von Politik und Wirtschaft saßen. Davon jedenfalls war ich überzeugt, ohne mich diesbezüglich besonders zu engagieren oder gar dagegen anzukämpfen. Dafür war ich einfach nicht mehr der Typ. Ich mochte meinen Durchschnittsjob, fühlte mich in der 4-Zimmer-Wohnung in Wedding gemeinsam mit meiner überdurchschnittlich attraktiven Freundin wohl, kurzum: Mir gefiel mein Leben. Und dass man hin und wieder von Zweifeln belästigt wurde, war wohl normal und ging jedem so.

»Warten wir mal ab, was die gleich auf der Pressekonferenz dazu sagen.«

»Was schon? Die stochern im Dunkeln, werden versuchen, Panik in der Stadt zu verhindern, und wie üblich nichts ausschließen.«

KAPITEL 3

Vor 15 Jahren

Es war einer dieser typischen Spätsommerabende auf unserer Veranda. Die schwüle Luft drückte und Bratwürste brutzelten neben den Steaks auf dem Rost. Jedes Mal, wenn mein Vater einen Schluck Bier darüber kippte, zischte und dampfte es wie verrückt und es roch so unglaublich lecker.

»Merk es dir, Lennard, erst das Bier gibt dem Grillfleisch den entscheidenden Kick«, sagte er immer wieder, als gehörte es zu seinem Vermächtnis und zählte zu den großen Errungenschaften des Universums.

»Okay, Paps, das mache ich«, erwiderte ich stets darauf und erntete dafür ein zufriedenes Lächeln von ihm. Früher hatte er oft gelacht, doch das hatte sich geändert, als meine Mutter vor einigen Jahren nach längerem Leiden einer Herzschwäche erlegen war. Wir vermissten sie sehr, doch ich versuchte, obwohl ich gerade mal zwölf Jahre alt war, ihm keine zusätzlichen Probleme zu bereiten. Deswegen strengte ich mich in der Schule an, versuchte, den üblichen Raufereien aus dem Wege zu gehen, und erledigte ohne zu Murren alles im Haushalt, was er mir auftrug.

Aber ich musste auch meine Grenzen austesten und eigene Erfahrungen sammeln. Das tat ich meist mit meinen Freunden Philip, Jonas und Jacqueline, die wir nur Jack nannten, da sie ihren Vornamen nicht mehr mochte, ihn vielmehr hasste, seitdem wir in der Schule den Film ›Der Schuh des Manitu‹ gesehen hatten. Wir besuchten alle dieselbe Klasse, wohnten nur ein paar Kilometer auseinander und verbrachten, wie jetzt in den Ferien, so gut wie jeden Tag gemeinsam.

»Hi, Herr Bruckmann«, riefen sie fast im Chor und ließen sich auf die Stühle neben mir fallen.

»Ach, da ist der Rest der Rasselbande ja«, begrüßte sie mein Vater und goss den nächsten Schluck Bier über das Fleisch. »Ihr habt Glück, es liegt genug für alle auf dem Grill.«

»Oh, klasse, Herr Bruckmann. Und wie das riecht«, sagte Jonas, dessen Lieblingsbeschäftigung Essen war, was man ihm auch ansah. Er griff nach einer Scheibe Brot. Die gute Laune von Jonas schien sich auf meinen Vater übertragen zu haben, denn er machte heute ausnahmsweise mal wieder einen zufriedenen Eindruck. Fast erinnerte es mich an damals. Es fehlte nur noch meine Mama, die mit einem, sich gefährlich neigendem Turm dampfender Waffeln aus der Küche kam, den sie einhändig auf einem Teller balancierte, wo er allerdings vom Sirup zusammengehalten und dadurch vom Umfallen abgehalten wurde. Auch meine Freunde hatten meine Mutter geliebt. Natürlich, warum hätte man diese herzensgute und meist gut gelaunte Frau auch nicht mögen sollen? Meine Freunde und Außenstehende bekamen es nicht mit, wenn sie sich wieder einmal stundenlang ins Schlafzimmer zurückgezogen, sowohl Tür als auch Fensterläden geschlossen hatte. An solchen Tagen war es damals für mich schon so gewesen, als würde sie nicht mehr da sein. Paps munterte mich dann immer damit auf, dass es Mama bald wieder besser ginge. Jack zupfte an meinem Ärmel und holte mich aus den Gedanken. Sie deutete zu meinem Vater, der uns der Reihe nach ansah.

»Und, was gedenkt eure Gang heute noch anzustellen?«

»Nichts, Paps«, sagte ich schnell, vielleicht etwas zu schnell.

»Nein, überhaupt nichts«, bestätigte Jack und warf mir einen verstohlenen Blick zu. Das machte sie ab und zu, doch heute fühlte es sich anders an. Es kribbelte plötzlich komisch in meinem Bauch. Natürlich wusste ich, was das bedeutete, doch ich versuchte, mir eindringlich einzureden, dass ich nur Hunger und dieses Gefühl auf gar keinen Fall mit den Rundungen zu tun hätte, die sich seit kurzer Zeit unter Jacks Klamotten abzeichneten. Schließlich waren wir vier die besten Freunde und ich hatte große Zweifel daran, dass es unsere Freundschaft aushalten würde, wenn Jack mit mir, Jonas oder Philip Sachen machen würde, die Mädchen und Jungs in unserem Alter nun mal ausprobierten. Nein, dazu dürfte es nie kommen.

»Wir wollen nur noch zu – ey, aua!« Philip konnte Jonas durch einen Tritt vor das Schienbein gerade noch rechtzeitig davon abhalten, unsere Pläne auszuposaunen.

»Paps, können wir die Petroleumlampe mitnehmen? Wir wollen unsere unterirdische Bude heute einweihen.« In den letzten Wochen hatten wir ein beachtliches Loch in den harten Waldboden gegraben und schon ein paar geeignete Sitzmöbel dort hintransportiert, die wir zu Hause aus den Schuppen und den Dachböden entwendet hatten. Heute wollten wir zumindest den Großteil der Nacht dort verbringen und dazu benötigten wir Licht.

»Ihr wisst schon, dass es seit Wochen nicht geregnet hat?«

»Ja, Herr Bruckmann«, erwiderte Philip, der meist unser Wortführer war. »Wir werden höllisch aufpassen und keinen Waldbrand auslösen.«

»Genau, Paps, außerdem fließt der Bach doch nur ein paar Meter neben der Bude.« Mein Vater nickte verständnisvoll und wandte sich wieder dem Essen zu. Wir vier tauschten verschwörerische Blicke aus, denn bevor wir unsere Bude einweihen würden, hatten wir noch etwas anderes vor.

***

Meine Augen klebten an Jack, die neben Philip vor mir und Jonas herlief, lachend und sich hin und wieder mit ihm stupsend. Sie benahm sich irgendwie komisch heute. Schon vorhin, als sie mir diesen seltsamen Blick zugeworfen hatte – und nun das übertrieben alberne Getue mit Philip. Eifersüchtig war ich nicht, jedenfalls nicht direkt, denn ich war mir supersicher, dass eine unausgesprochene Einigkeit zwischen uns bestand, dass niemand von uns jemals etwas mit Jack anfangen würde. Abgesehen davon dachte ich nicht einmal im Traum daran, dass sich irgendein Mädchen für mich entscheiden könnte, wenn der größere, kräftigere und deutlich älter wirkende Philip die Alternative wäre. Gegen Jonas würde ich mich wahrscheinlich durchsetzen können, redete ich mir damals ein, um mich selbst aufzubauen. Jonas schien meine Einschätzung zu teilen, denn wegen des Übergewichts litt sein Selbstbewusstsein doch arg und die anderen Jungs in der Schule, vor allem die älteren, machten es nicht besser, indem sie ihm immer mal wieder einen Spruch deswegen reindrückten. Was sie natürlich tunlichst unterließen, wenn ich und vor allem, wenn Philip in seiner Nähe waren.

»Findest du das gut?«, flüsterte er mir zu und deutete zu den beiden, die immer noch etwas herumblödelnd vor uns hergingen.

»Was meinst du?«, stellte ich mich dumm. Natürlich fand ich es nicht gut, aber mir war klar, dass es den Anfang vom Ende bedeutete, wenn wir daraus erstmal ein Thema machen würden. Was zwischen den beiden ablief, wenn ich es nicht mitbekam, war mir egal. Wenn wir es aber ansprächen, würde jeder den anderen anschreien, bis entweder Jack die Flucht antreten und die Gang verlassen würde oder sie richtig mit unserem Wortführer zusammenkäme, wodurch unser Team ebenfalls gesprengt wäre. Und ich wollte weder das eine noch das andere. Sie waren meine Freunde, meine Gang, und ich würde den Teufel tun, das aufs Spiel zu setzen.

»Na, dass die beiden so rummachen«, erklärte er überflüssigerweise. Bevor ich darauf reagieren konnte, warf uns Jack einen Blick über ihre Schulter zu.

»Wer zuerst da ist«, rief sie keck und lief los.

»Umpf«, hörte ich Jonas stöhnen, doch im nächsten Moment rannte er los, an mir und Philip vorbei, und heftete sich an Jacks Fersen. Philip sah ihnen hinterher und dann abschätzend zu mir. Wir konnten in etwa gleich schnell rennen, auf jeden Fall deutlich schneller als Jonas und Jack, und es waren noch dreihundert oder vierhundert Meter bis zu unserer selbstgebauten Unterkunft.

»Lauf schon«, sagte ich herausfordernd und spürte, wie meine Muskeln sich anspannten, bereit, ihm sofort nachzujagen.

»Komm schon, ich geb dir Vorsprung.«

»Pff«, grunzte ich und grinste ihn schräg an, sah aus den Augenwinkeln die beiden anderen, die gerade hinter der kleinen Anhöhe zwischen den Bäumen verschwanden. Lässig winkte ich ab. Philip reagierte darauf genauso, wie ich es erwartet hatte. Er lachte und schüttelte den Kopf. Jetzt oder nie, sagte ich mir und nutzte diesen kurzen Moment seiner Unachtsamkeit, wodurch ich einen Vorsprung von einigen Metern gewann, bis er begriff und ebenfalls startete.

»Du Hund!«, hörte ich ihn hinter mir rufen, während meine schnellen, kurzen Schritte vom weichen Waldboden abgefedert wurden und nur hin und wieder ein Knacken ertönte, wenn ich einen Zweig oder Ast erwischt hatte. Vor mir hörte ich Jack und Jonas lachen. Sie liefen fast nebeneinander und es war so gut wie ausgeschlossen, dass ich sie vor der Bude noch einholen würde. Was mir recht war, solange ich meinen dritten Platz nicht doch noch an Philip verlor, dessen Atem ich immer lauter hinter mir hören konnte.

»Jaaaa!«, rief Jonas triumphierend aus. Er hatte es geschafft, seinen Fuß einen Augenblick vor Jack auf die vor unserer Bude im Boden verlaufende Kiefernwurzel zu setzen, die als Ziellinie für unsere Wettrennen diente. Ich gönnte ihm diesen Sieg.

»Ich krieg dich!«, hörte ich Philip jetzt bedenklich nah an meinem Ohr, was mir den letzten Push gab. Ich machte drei, vier Sätze und lief als Dritter ein. Vor Erschöpfung schmiss ich mich keuchend auf den Boden. Im nächsten Moment warf sich Philip auf mich und direkt danach folgten Jack und Jonas. Ein paar Minuten dauerte die spielerische Rauferei, bis wir – vollkommen außer Atem und mit Laub behaftet – die Klappe hochzogen und nach unten stiegen. Durch ein paar Ritzen zwischen den Baumstämmen fiel Licht hinein, sodass wir nicht komplett im Dunkeln saßen, obwohl die Dämmerung bereits eingesetzt hatte. Wir hatten die Äste wie bei einem Floß mit Hanfseilen zusammengebunden, eine Plane darunter befestigt, sie dann über die Grube gelegt und das meiste mit Moos und Laub abgedeckt. So würde es drinnen auch dann trocken bleiben, wenn wir ein paar Regentage bekommen sollten.

»Wer hat die Hölzer?«, fragte Philip.

»Ich nicht«, sagte Jonas sofort und auch Jack verneinte.

»Leute, dass kann doch nicht –«, begann ich, doch das zischende Geräusch des Streichholzes, das Philip an der Schachtel entzündet hatte, ließ mich verstummen. »Idiot«, sagte ich nur, als ich sein Gesicht in dem Flackern sah.

»Macht euch mal locker«, sagte er kichernd und im nächsten Moment erhellte das Licht der Petroleumlampe das unterirdische Reich, in dem wir auf den mitgebrachten Hockern und übereinandergelegten Wolldecken saßen. Wir kramten unsere mitgebrachte Verpflegung aus den Rucksäcken und häuften Chips, Schokolade und Salzstangen in der Mitte zwischen uns auf, daneben platzierten wir Cola- und Wasserflaschen.

Lange dauerte es nicht, bis nur noch ein paar Chipskrümel übriggeblieben waren. An sich hätten die Knabbereien länger gehalten, doch wenn Jonas in der Nähe war, mussten wir anderen uns schon ranhalten, um zumindest einen Teil davon abzubekommen. Es faszinierte mich, wenn ich sah, welche Massen an Essen mein Freund verdrücken konnte. Andererseits war ich froh darüber, dass mich ein Sättigungsgefühl davon abhielt, so viel zu essen, dass ich auseinanderging wie ein Hefeteig.

Philip legte seine Jacke über die Lampe, sofort wurde es dunkel. Nur ganz schwach schien es rot durch den dicken Stoff der Jacke.

»Es ist stockfinster«, sagte er und nachdem wir seinem Blick nach oben gefolgt waren und ebenfalls erkannt hatten, dass wir zwischen den Ästen draußen nichts mehr sehen konnten, stimmten wir ihm murmelnd zu. Philip nickte, nahm die Jacke wieder von der Lampe, drehte stattdessen am Rädchen die Flamme und somit die Helligkeit herunter.

»Dann können wir ja loslegen«, flüsterte Jack, wobei sie uns nacheinander ansah, auf jedem unserer Gesichter einige Sekunden verharrend. Ich hielt den Augenkontakt nur einen Moment und erschrak fast, da das schwache Licht ihre Haut gespenstisch blass wirken ließ. Zum ersten Mal an diesem Abend durchlief mich ein seltsames, mir unbekanntes Gefühl, eher eine Vorahnung, die mir sagte, dass etwas Schlimmes passieren würde. Ich schüttelte mich von den anderen unbemerkt, stand auf und folgte ihnen aus der Höhle.

»Seid ihr bereit, Freunde?«, wollte Philip wissen. »Gut, dann los«, zischte er, nachdem wir zustimmend genickt hatten, und setzte sich Richtung Nordosten in Bewegung. Übertrieben leise folgten wir ihm, obwohl uns außer Hasen, Rehen oder einem durch die Wälder streifenden Luchs eh niemand hören würde. Jedenfalls noch nicht. Bald hingegen, an unserem Ziel, würden wir gut damit beraten sein, die Klappe zu halten und keinen Mucks zu machen. Ich lief als Letzter hinter den anderen her, bildete die Nachhut, so wie eigentlich immer. Nur Jack und Jonas tauschten hin und wieder die Positionen, wobei ich es heute durchaus begrüßte, dass Jack direkt vor mir durch das Dickicht schlich und ich somit ihren etwas runder gewordenen Po die ganze Zeit vor Augen hatte – sofern ich ihn wegen der Lichtverhältnisse noch erkennen konnte.

KAPITEL 4

Heute

Obwohl sie auf direktem Weg zur Dienststelle gefahren und die Straße überraschend frei gewesen war, kam Isabell als eine der Letzten an und verpasste dadurch die Einweisung durch ihren Dienststellenleiter. Sie hatte gerade die Tür zum Besprechungsraum erreicht, da wurde sie nach innen geöffnet und dicht hintereinander hergehend strömten die Kolleginnen und Kollegen an ihr vorbei nach draußen, wobei niemand großartig Notiz von ihr nahm. Erst Paul Kellermann hob grüßend den Kopf und bedeutete ihr, ihm zu folgen.

»Na, ausgeschlafen?«, neckte er sie und fügte hinzu, dass er ihr alles unterwegs erklären würde. Isabell machte auf dem Absatz kehrt und ging neben ihm durch das Gebäude bis hinunter zur Tiefgarage, wo sie für sie etwas überraschend in einen Streifenwagen stiegen. In knappen Sätzen gab er wieder, was der Dienststellenleiter ihnen gerade aufgetragen hatte. Detailliert genug für Isabell, die grob mit dem Plan für ein derartiges Szenario vertraut gewesen war und insgeheim schon viel früher mit dem Eintreten eines solchen Falles gerechnet hatte.

Sie sollten eine ihnen zugewiesene Route auf- und abfahren und die Augen nach verdächtigen Dingen und Personen aufhalten, die im Zusammenhang mit den Explosionen stehen könnten. Alle Auffälligkeiten sollten dann an eine Einheit weitergegeben werden, die gerade noch von ganz oben zusammengestellt wurde. Nach wenigen Minuten hatten sie den Bezirk erreicht, in dem sie patrouillieren sollten, und befuhren so langsam, wie es der Verkehr zuließ, den rechten Fahrstreifen.

»Glaubst du auch nur ansatzweise, dass wir hier jemanden sehen, der noch mit dem Zünder der Bombe in der Hand durch die Gegend wetzt oder der ein Schild um den Hals trägt, auf dem er sich selbst der Tat bezichtigt?« Paul spuckte die Worte mehr aus, als sie zu sprechen. Falls ein Restzweifel daran bestanden hatte, ob er diesen Einsatz als sinnvoll erachtete – war er spätestens jetzt beseitigt. Bei freier Fahrt trennten sie etwa zehn Minuten Autofahrt oder dreißig Minuten schneller Fußweg vom Ort der Explosionen, doch hier war es wie immer. Die wenigen Passanten liefen unaufgeregt umher, die Vögel zwitscherten und auf einem angrenzenden Rasenplatz bolzten etwa fünf Jungs mit einem leuchtend gelben Ball, als ob es den Anschlag – die Faktenlage wies immer deutlicher darauf hin – vorhin gar nicht gegeben hätte.

»Na klar«, erwiderte Isabell ironisch, »und in seiner mitgeführten Aktentasche werden wir sämtliche Daten finden, mit deren Hilfe die Kollegen vom Staatsschutz alle noch inaktiven Terrorzellen ausheben können. Zudem werden wir beide mit der Ehrenmedaille des Bundeskriminalamts in Blech ausgezeichnet.« Langsam wandte sie den Kopf zu Paul und lächelte. »Komm schon, wir wissen doch beide, dass wir hier nur herumfahren, um Präsenz zu zeigen. Niemand erwartet von uns Drogenfahndern, dass wir auf Terroristenjagd gehen.«

»Jaah«, sagte er gedehnt, »deswegen müssen wir ja auch mit `nem Streifenwagen herumfahren. Das macht die ganze Tarnung zunichte.« Isabell lachte laut auf.

»Du meinst die Tarnung, die wir für unsere Under-cover-Einsätze brauchen? Die, die wir zuletzt vor sagen wir mal fünf Jahren gemacht haben?« Sie dachte lächelnd an die alten Zeiten zurück, in denen sie direkt im Milieu recherchiert, sich über Kleindealer langsam an die dickeren Fische herangearbeitet und ein paar davon für längere Zeit hinter schwedischen Gardinen verschwinden lassen hatten. Das Lächeln verschwand jedoch so schnell, wie es auf ihren Lippen erschienen war, denn mit Spaß hatte diese Arbeit nur selten etwas zu tun gehabt. Im Gegenteil: Sie war von großem Leid und ausgeprägter Brutalität gezeichnet. Mehr als einmal war sie unfreiwillig Zeugin geworden, wie vermeintlich unzuverlässigen Dealern die Hand oder der Kiefer gebrochen wurde – als Warnung, die von den meisten verstanden worden war. Eingreifen können hätte sie nur unter Aufgabe ihrer Tarnung, was sie jedoch selbst in große, vielleicht sogar in Lebensgefahr gebracht hätte. So hatte Isabell nach drei zermürbenden, psychisch anstrengenden Jahren inkognito um den Wechsel in den regulären Dienst gebeten. Dass ihrem Wunsch entsprochen wurde, war nur Formsache, und so bildete sie seit dieser Zeit ein Team mit Paul, der kurz vor ihr aus dem Undercovereinsatz ausgeschieden war. Für beide war es beruhigend, als sie im Nachhinein feststellten, dass sie sich undercover mehrfach über den Weg gelaufen waren, ohne über die Tätigkeit des jeweils anderen Bescheid gewusst zu haben. Somit gab es zumindest in dieser Zeit kein Leck in ihrer Dienststelle, was die verdeckten Ermittlungen anging.

»Was hat die denn?«, riss er Isabell aus ihren Gedanken. Sie folgte seinem Blick und sah eine brünette, langhaarige, in ein beiges Sommerkleid gehüllte Frau, das deren sportliche Figur und perfekte Rundungen betonte. Was nicht zu dem eleganten Eindruck passte, war der Gang, mit dem sie den Gehweg entlang schwankte, als ob sie jeden Moment der Länge nach fallen würde. Isabells erster Impuls war, auszusteigen und der Schwankenden zu Hilfe zu kommen, doch Paul hielt sie davon ab, indem er seine Hand auf ihren Unterarm legte. Wieder folgte sie seinem Nicken, bis auch sie den Mann im Anzug erblickte, der sich gerade bei der Frau unterhakte und ihr damit offenbar den nötigen Halt gab. Sein Griff schien sehr stabil zu sein, denn augenblicklich straffte sich die Frau und das Schwanken war vorbei. Fast sah es aus, als wollte sie sich von ihm lösen, doch nach wenigen Schritten entspannte sie sich und sie gingen nebeneinander weiter. »Komisches Paar«, beantwortete Paul seine eigene Frage, wartete eine Lücke ab und fädelte wieder in den fließenden Verkehr ein. Isabell schaute den beiden einen Moment hinterher und zuckte mit den Achseln. »Apropos komisches Paar. Wie läuft es mit deinem Lennard?«, fragte er mit scheinbar neutraler Stimme.

»Mh«, machte Isabell nur, weiter aus dem Fenster schauend. Warum nur hatte sie ihrem Kollegen vor ein paar Wochen davon erzählt, dass es nicht mehr besonders harmonisch in ihrer Beziehung zuging? Warum hatte er ihr entlocken können, dass sie sich langsam von Lennard zurückgezogen hatte? Es ging ihn schlicht und einfach nichts an und mit seiner eher bullerigen Art war er an sich auch der Letzte, mit dem sie, mit dem überhaupt jemand über sein Privatleben sprechen wollte. Erst recht, wenn es um Probleme in eben diesem ging. Ihre Gedanken schweiften zu ihrem Freund, der in den letzten Monaten zunehmend mit sich selbst beschäftigt war. Der weder mit sich noch mit seinem beruflichen Leben zufrieden schien. Kaum noch ein Funke des

Feuers war übriggeblieben, das beide zu Beginn ihrer Beziehung erfasst und regelmäßig in leidenschaftlichen Nächten hatte enden lassen. Immer häufiger beschlich sie das Gefühl, dass er unter einer psychischen Erkrankung litt. Manisch-depressiv beschrieb seine Stimmungsschwankungen wohl am ehesten. Doch sie war noch nicht bereit dazu – oder hatte einfach den Moment verpasst – mit ihm darüber und über eine eventuelle Therapie zu sprechen. Jedes Mal, wenn sie damit anfangen wollte, war er überraschenderweise wieder der Alte und es wäre ihr albern vorgekommen. »Sein Vater ist gerade gestorben, wie soll es ihm da schon gehen?« Sie spürte Pauls Blick, obwohl sie den ihren weiter in die Umgebung richtete.

»Ich wollte auch nicht wissen, wie es ihm geht, sondern wie es bei euch läuft. Aber ich verstehe schon, du willst nicht drüber quatschen. Kein Problem.« Er überholte einen Radfahrer, der plötzlich und viel zu nah an ihrem Gesicht vorbeirauschte.

»Pass doch auf!«

»Beruhig dich, der Abstand war groß genug. Wenn du deine Tage hast, lass deine schlechte Laune nicht an mir aus.«

»Du Arsch!«, zischte sie, doch nur Sekunden später musste sie lächeln. »Es ist einfach ... kompliziert. Verstehst du?«

»Ach, jetzt willst du dich doch erleichtern. Okay, nein, ich verstehe nicht.«

»Du machst es einem nicht einfach, dich zu mögen, weißt du das?«

»Natürlich weiß ich das, ich bin nicht für mein gutes Benehmen bekannt«, erwiderte er und fügte selbstgefällig hinzu: »Aber bekannt bin ich trotzdem.«

»Na ja, wir waren heute mit seinem alten Freund zusammen.«

»Dem Autoschieber?«

»Ja, genau«, bestätigte sie, obwohl sie Philip nicht als Kriminellen betrachtete, sondern eher als viel zu großen kleinen Jungen, der noch nicht erwachsen geworden war. »Da benahm sich Lennard wieder so unverkrampft wie bei unserem Kennenlernen; und das trotz des Verlustes seines Vaters.« Isabell guckte zu Paul, der mit ernstem Gesicht auf die Fahrbahn schaute und tatsächlich zuzuhören schien. »Aber ich befürchte, dass er heute Abend, wenn er nach Hause kommt, wieder in ein Loch fällt und ich es dann ausbaden muss.«

»Mh«, machte jetzt Paul und schob seinen kräftigen Kiefer nach vorn, wodurch er sie im Profil an einen der *Daltons* aus den *Lucky-Luke*-Comics erinnerte. Sie konnte sich gerade noch zurückhalten, nicht loszuprusten. »Habt ihr mal an `ne Therapie gedacht? So ein Pärchenzeugs, also für die, die Probleme haben?«

»Wer bist du und wo hast du Paul gelassen?«, sagte sie mit gespielt überraschtem Gesicht. »Woher auf einmal die Empathie?«

»Das sind meine täglichen fünf Minuten, in denen du mich gerade erwischt hast. Beeil dich mit der Antwort, sie sind fast rum.« Angenehm von seiner verständnisvollen Phase überrumpelt, besann sie sich jedoch darauf, nicht weiter ins Detail zu gehen. Sie lenkte vom Thema ab, sodass sie sich einen Augenblick später mit Paul über die Entscheidung der Bundesländer unterhielt, die Fußball-Bundesliga unter Einhaltung eines strikten Hygienekonzeptes wieder den Spielbetrieb aufnehmen zu lassen. Während des Dienstes heute wollte sie sich keine Sorgen mehr über Lennards schwarze Phasen machen, schließlich war dieser Tag in Berlin auch kein gewöhnlicher Tag. Mit einem Ohr achteten sie stets auf den Funk, um sofort reagieren zu können, sollte sich an der aktuellen Situation etwas ändern und sie in irgendeiner Weise zum Eingreifen gezwungen sein.

***

Es hatte etwas von den früheren, den guten alten Zeiten, wie ich mit Philip und einem Kaltgetränk in der Hand vor der Flimmerkiste saß. Gut, früher war es dann eher Cola und kein Bier wie heute, dennoch erinnerte es mich daran und ließ ein leichtes Prickeln meinen Rücken hinunterlaufen. Die gute alte Zeit – leider war seitdem viel passiert, sodass nicht viel mehr als trübe Erinnerungen daran übriggeblieben waren.

Seit mindestens zwei Stunden verfolgten wir nun die Berichte auf mehreren Sendern. Es gab nur ein Thema. Selbst trashige Privatsender sahen sich verpflichtet, ihren Senf dazuzugeben und mit schnell zu Experten erklärten C-Promis über die Gründe und die Auswirkungen der Explosionen zu sprechen. Peinlich berührt schaltete ich schnell wieder zu einem Öffentlich-Rechtlichen. Obwohl die staatlichen Rundfunkanstalten zu Zeiten von Corona von den Leugnern und Verschwörungstheoretikern zu einem Teil des Komplotts von ›Gates and friends versus die ganze Welt‹ gemacht worden waren, mir kam deren Berichterstattung noch am seriösesten vor, auch wenn selbst ich hier und da etwas zu meckern hatte.

»Jedenfalls sind sich im Kern alle einig«, sagte Philip, als ob er mein inneres Zwiegespräch gehört hätte. Ich nickte.

»Ja, darin, dass sie sich nicht festlegen wollen oder können, bevor ein Bekennerschreiben oder nähere Indizien vorliegen.« Zum x-ten Mal in der letzten Stunde sah ich auf das Display meines Handys. Nichts. Klar, Isabell war im Dienst und hatte wahrscheinlich gerade Stress ohne Ende, dennoch hatte ich erwartet, dass sie mir ein paar Infos schicken würde, zumal ich sie zweimal angerufen hatte, seitdem sie vorhin weggefahren war.

»Besser, als wenn sie sich zu früh auf irgendwas versteifen und dem jeweils anderen Lager wieder Munition liefern.« Aus dem Augenwinkel sah ich, wie er aufstand und sich in Richtung Küche bewegte. »Und hepp!«, rief er nur einen Moment später. Fast gleichzeitig kam die nächste Dose Bier geflogen, die ich gerade auffangen konnte, bevor sie vor meinen Füßen auf den Boden gefallen wäre.

»Danke, das ist aber die letzte für heute.«

»Lennard Bruckmann, bist du etwa mittlerweile auf dem Weg zu den anonymen Alkoholikern? Fahren musst du nicht mehr, schließlich bringe ich dich zur Bahn.«

»Damit hast du deine Frage doch selbst beantwortet: Ich versuche durch die Blume zu sagen, dass du nur noch das eine trinken sollst«, erwiderte ich und merkte schon, wie dürftig dieser Spruch war.

»Ich kann schon ganz gut selbst auf mich aufpassen, mein Freund. Auf dich will ich mich dabei jedenfalls nicht verlassen«, sagte Philip ernst und fügte hinzu: »Nichts für ungut.«

»Schon gut«, sagte ich und mit einem Schlag war jegliche Nostalgie verschwunden, die sich in den letzten Stunden wie eine alte, warme Wolldecke über mich gelegte hatte. Unrecht hatte Philip nicht damit, auch wenn er sich die Anspielung hätte sparen können. Auf andere aufzupassen war nicht gerade meine Superkraft, das galt heute und das galt schon damals, wie mir gerade wieder schmerzhaft bewusst wurde. Dabei lag es weniger daran, dass ich kein Verantwortungsbewusstsein hatte, sondern eher daran, dass ich zu oft gedankenverloren mit mir selbst beschäftigt war. Okay, so gesehen war es um mein Verantwortungsbewusstsein vielleicht doch nicht wirklich gut bestellt.

So kam es vor einigen Jahren dazu, dass mir Philips Beagle Trash abgehauen war. Ich hatte versprochen, über das Wochenende auf ihn aufzupassen, und dann sowas. Mein Vater und ich fanden ihn erst nach Stunden etwa zwei Kilometer von unserem Haus entfernt. Trash kauerte leicht verletzt und am ganzen Körper zitternd zwischen den Wurzeln einer gigantischen Eiche. Der Tierarzt meinte, Trash hätte sich vermutlich mit einem Wildschwein angelegt und dabei Glück gehabt, dass der Keiler ihn mit seinen Stoßzähnen nur gestreift hatte. Philip und vor allem seine Eltern waren verdammt sauer auf mich und hielten mir eine ordentliche Gardinenpredigt, die ich mehr als verdient hatte.

Aber vermutlich spielte Philip mit seiner Spitze eher darauf an, dass ich ihm vor ein paar Jahren kein Alibi geliefert und damit auch nicht verhindert hatte, dass er schließlich in den Knast musste. Da half es auch nichts, dass ich immer noch davon überzeugt war, richtig gehandelt und ihm dadurch überhaupt erst wieder ermöglicht zu haben, auf die rechte Spur zu kommen. Für ihn blieb es schlicht und ergreifend Verrat. In der Zeit danach hatten wir uns zwar langsam wieder angenähert und unsere Freundschaft reaktiviert, aber es war nie wieder wie davor. Das konnte es auch nicht sein, insbesondere wegen der Sache, wegen meines Versagens, das noch weiter in der Vergangenheit zurücklag. Ein Versagen, das mir heute noch zu schaffen machte und mich manches Mal aus dem Schlaf riss.

»Schalt doch nochmal aufs Zweite, da sieht die Kommentatorin wenigstens gut aus, auch wenn sie dasselbe Zeug quatscht wie die anderen.«

»Mh«, machte ich und drückte die Taste auf der Fernbedienung, auf der man früher mal die Zwei sehen konnte. Mittlerweile waren die meisten Zahlen abgegriffen. Wieder, oder eher immer noch lief eine Sondersendung. Gerade spielten sie Aufnahmen einer Drohne ein, die Bilder von oben lieferte, welche noch einmal das Ausmaß der Explosionen verdeutlichten. Es sah aus wie im Krieg. Langsam sank die Drohne nach unten, oder sie zoomte mit der Kamera heran – keine Ahnung, wodurch man das feststellen konnte – und zeigte eine Gruppe von etwa acht, neun oder zehn Menschen vor einem der mittlerweile unzählbaren Rettungswagen. Mindestens drei von den Leuten konnte ich anhand ihrer Jacken als Ärzte oder Sanitäter erkennen, die sich um jeweils einen oder zwei Verletzte kümmerten. Die Kamera kam immer näher und als das erst leicht verschwommene Bild nachjustiert und damit scharfgestellt wurde, fiel mir fast das Bier aus der Hand. »Das gibt es doch nicht!«, entfuhr es mir und ich schaute zu Philip. Ob es an meinen aufgerissenen Augen lag oder daran, was das TV gerade zeigte, wusste ich in diesem Moment nicht, aber sein Blick wirkte ebenso entgeistert, wie ich dreinschauen musste.

KAPITEL 5

Vor 15 Jahren

Wir waren Post-Wende-Kinder, das heißt, als wir in den frühen 1990ern geboren wurden, gab es die DDR schon seit ein paar Jahren nicht mehr und in unserer Kindheit hatten wir von diesen Ossi-Wessi-Konflikten nur am Rande etwas mitbekommen. Mal waren es unsere Eltern, die über die arroganten Wessis schimpften, mal waren es die hauptsächlich älteren Männer, schon von einigen Bierchen besäuselt, die am Rande des Fußballplatzes darüber schwadronierten, dass unter Honecker nicht alles schlecht gewesen wäre und man am besten die Mauer wieder hochziehen sollte. Wir lachten nur darüber, weil wir keinen Schimmer davon hatten, wovon sie redeten oder was sie auch nur ansatzweise damit meinten.

Das änderte sich in dem Winter, als wir mit Herrn Mergenstein einen neuen Klassenlehrer bekamen. Er wechselte an unsere Schule, nachdem er einige Jahre in Düsseldorf unterrichtet hatte, stammte ursprünglich aber aus unserer Gegend, wie er uns bei seiner Vorstellung verraten hatte. Anders als die bisherigen Lehrer erzählte er gerne und vor allem viel von den letzten Jahren der DDR und bei ihm hörte es sich überhaupt nicht mehr so toll an, wie es uns sonst verkauft worden war. Total entsetzt waren wir über die Stasi-Geschichten und erst recht darüber, wie viele Menschen es bei uns gegeben hatte, die insgeheim als Spitzel für die Regierung arbeiteten. Die alles Systemkritische weitergeben hatten, was ihnen von Arbeitskollegen, Freunden, Nachbarn und manchmal von ihren eigenen Familienmitgliedern im Vertrauen erzählt worden war oder was sie zufällig aufgeschnappt hatten. Und das alles mehr oder weniger freiwillig.

»Das ist doch das Letzte!«, empörte sich Philip, als wieder mal eine Unterrichtsstunde vorbeigegangen war, in der uns Mergenstein offenbarte, dass mit Sicherheit noch der eine oder andere mit dunkler Stasi-Vergangenheit in einem unserer Dörfer leben würde.

»Das ist voll widerlich«, pflichtete Jack ihm bei und schoss einen auf dem Gehweg liegenden Kieselstein weg, der mit einem lauten Plong an einem Laternenmast landete. »Da kann man ja niemandem mehr vertrauen.«

Mir war äußerst unwohl dabei, wenn ich mir vorstellte, dass mein Vater auch zu diesen Spionen gehört haben könnte. Zwar hatte er mir schon vor einigen Wochen hoch und heilig versprochen, nie mit ›denen‹ kollaboriert zu haben – ich hatte nicht nachgefragt, sondern später das Wort selbst im Duden nachgeschlagen – doch wie konnte ich ihm das glauben? Wer würde denn freiwillig zugeben, seine Mitmenschen derart hintergangen zu haben? Wir hatten uns in den letzten Wochen viel damit beschäftigt und dabei herausgefunden, welchem Spießrutenlaufen diejenigen ausgesetzt wurden, deren geheime Identität aufgedeckt worden war. Im Internet fanden wir noch jede Menge anderer Details über die Stasi, die uns die Sprache verschlugen.

»Uns können wir vertrauen«, sagte Jonas überzeugt, »schließlich waren wir da noch nicht geboren.« Wir anderen murmelten zustimmend. »Und Herrn Mergenstein können wir vertrauen. Wenn er selbst darin verwickelt gewesen wäre, würde er sich bei dem Thema wohl nicht so echauffieren.«

»Echau-was?«, fragte Philip. »Du hörst dich schon selbst an wie ein Lehrer.« Jonas´ Gesicht nahm in Sekundenschnelle eine tiefrote Farbe an. Jack trat neben Jonas und legte ihren Arm um seine Schultern.

»Du brauchst dich nicht über ihn lustig zu machen, nur weil er intelligenter ist als wir drei zusammen«, verteidigte sie ihn.

»Dafür seid ihr sportlicher«, sagte Jonas und es klang wie eine Entschuldigung. Jetzt musste ich kichern.

»Also ich kann sehr gut damit leben, nicht der Klügste von uns zu sein, und du wirst dich ebenfalls daran gewöhnen müssen«, stichelte ich gegen Philip, woraufhin er mir einen tadelnden Blick zuwarf, welchen er jedoch nur kurz halten konnte. Lachend zogen wir weiter.

Ein paar Wochen später fanden wir bei einer Recherche im Internet zufällig einen älteren Zeitungsausschnitt, auf dem wir glaubten, jemanden wiederzuerkennen, der am Rand unseres Heimatdorfes etwas zurückgezogen im Wald in einem alten, ehemaligen Försterhaus lebte. Schon vorher hatten wir über Bernhard Mutschke seltsame Gerüchte gehört, doch die gingen eher in die Richtung, dass er ein Eigenbrötler war, der sich nichts aus seinen Mitmenschen machte und nur seine Ruhe haben wollte. Deswegen, so hieß es, war er vor etwa zehn Jahren aus Berlin hergezogen, nachdem er sich frühzeitig pensionieren lassen und die Hütte gekauft hatte. Gemäß dem Bild in der Zeitung waren wir jedoch davon überzeugt, dass er unter dem

Namen IM Herbert, das IM stand für informeller Mitarbeiter des Ministeriums für Staatssicherheit, die Leute ausspioniert hatte. Und so einen wollten wir nicht in unserer Gegend. Wir versuchten in der Folgezeit, unsere Eltern unauffällig darüber auszufragen, ob sie etwas von ihm wüssten. Doch weder Jonas noch Jack konnten etwas herausbekommen. Philips Vater hatte verächtlich abgewunken und ihm gesagt, dass Mutschke einer dieser versnobten Großstädter sei, dem man eh nicht weiter trauen sollte, als man spucken konnte. Lediglich bei meinem Vater gab es eine Reaktion. Er zog kaum merklich die Augenbrauen hoch, als ich ihn auf den einsam wohnenden Mann ansprach.

»Keine Ahnung, was ihr vorhabt«, sagte er damals in warnendem Ton, »aber lasst ihn besser in Ruhe. Der Mann ist nicht ohne.« Er war nicht weiter darauf eingegangen, hoffte wahrscheinlich, dass wir vernünftig genug wären, keine Dummheiten zu machen. Warum auch immer man das bei jungen Heranwachsenden erwarten konnte, die langsam aber sicher mit Testosteron geflutet wurden.

***

Wie auch immer, er hatte sich damit geirrt. Jetzt waren wir unterwegs von unserer unterirdischen Höhle aus und direkt vor uns begann schon die kleine Lichtung, hinter der das Grundstück zu Mutschkes Haus anschloss. Wir kauerten nebeneinander hinter einem Holunderbusch, niemand machte einen Mucks. Deutlich konnte ich das hechelnde Atmen Jonas´ hören, der

Mühe gehabt hatte, mit uns Schritt zu halten, und dessen Puls sich langsam normalisierte.

»Okay, seid ihr bereit?«, fragte Philip entschlossen. Nein, natürlich nicht, dachte ich, doch ich nickte fest.

»Ja«, flüsterte Jack und ich meinte, ein leichtes Zittern in ihrer Stimme wahrzunehmen.

»Wartet«, sagte Jonas schnaufend. »Lasst es uns nochmal schnell durchgehen. Damit nichts schief läuft.«

»Pah, was soll schon schieflaufen? Der alte Kerl kann uns doch nichts«, warf Philip ein.

»Er hat recht«, pflichtete ich Jonas bei. »Sicher ist sicher.«

»Na gut, ihr Pfeifen. Ich schleiche mich um das Haus zur Nordseite, Jonas nimmt die rechte Seite, du nimmst die Tür und Jack die linke Seite. Dein Pfiff ist dann unser Zeichen. Verstanden, ihr Luschen?«

»Ja, Chef«, erwiderte ich und verdrehte die Augen. Zu spät merkte ich, dass die anderen meine Mimik aufgrund der Dunkelheit nicht sehen konnten und ich mich dadurch etwas unterwürfig anhörte.

»Ich sammle auf dem Rückweg Jonas ein, du Jack und wir treffen uns im Hauptquartier. Da wird dann der Erfolg der Mission würdig gefeiert.« Theatralisch zog er etwas aus seiner Jacke hervor und machte kurz das Feuerzeug an, damit wir es sehen konnten.

»Ih«, sagte Jack, »wer von uns trinkt denn Wodka?«

»Alle, die unsern Sieg feiern wollen«, sagte Philip und lief los, bevor jemand widersprechen konnte.

»Der spinnt doch«, sagte Jonas etwas kläglich und deutete mit dem Kopf in Richtung der sich entfernenden Schritte Philips.

»Das klären wir später«, beschloss ich. »Los jetzt!«

»Na gut«, sagte er mit gedehnter Stimme und schlich ebenfalls aus unserem Versteck. Gerade wollte ich selbst aufstehen und loslaufen, da hielt mich Jack am Arm zurück.

»Warte mal eben, ich muss dir noch etwas sagen«, meinte sie und drehte sich zu mir.

»Was denn?«, wollte ich wissen. Anstatt zu antworten, kniete sie einfach nur da und sagte nichts. Dann lehnte sie sich zu mir und ich spürte erst ihren warmen Atem im Gesicht und kurz darauf, wie sie ihre Lippen auf die meinen legte. Aufspringen und wegrennen war mein erster Impuls, doch ich konnte mich nicht rühren. Es war unglaublich, im wahrsten Sinne des Wortes. Mit vielem hätte ich gerechnet, doch nicht damit. Heiß und kalt durchströmte es mich, sie duftete nach Apfelshampoo und schmeckte nach Pfefferminz. Doch so schnell, wie es begann, endete es auch. Sie löste sich von mir, sprang auf, winkte mir noch einmal zu und lief in Richtung ihrer vorgegebenen Position. Langsam zog ich mich, an einem Ast festhaltend, nach oben. Meine Beine fühlten sich an wie Pudding und mein Herz schlug mir bis zum Hals. Und das nicht wegen meines Auftrages, den ich jetzt zu erfüllen hatte.

Nach ein paar tiefen Atemzügen durchströmte mich eine nie da gewesene Energie. Das tollste Mädchen der Welt hatte mich gerade geküsst! Die Probleme, die dadurch in unserer Gang entstehen würden, kamen mir plötzlich unwichtig vor. Irgendwie bekämen wir das schon geregelt. »Auf geht´s, Lennard, du bist dran!«, peitschte ich mich an und zog den Umschlag aus meiner Jacke. Darin steckte ein aus ausgeschnittenen Zeitungslettern zusammengeklebter Brief, der eine klare Botschaft trug:

*Mutschke, wir wissen, dass du
ein mieses Stasi-Schwein bist.
Verpiss dich, wir wollen so einen wie
dich hier nicht haben!*

Ich lief los. Die Kiesel knirschten unter den Sohlen meiner Sneakers. Kleine Zweige zerbrachen und machten dabei einen Krach wie Kanonenböller, wobei mir das sicher nur so vorkam und es wahrscheinlich kaum weiter als drei oder vier Meter zu hören war. Mit einem Schwung sprang ich über das gusseiserne Gartentor, denn ich wollte kein lautes Quietschen riskieren, was es vielleicht von sich gegeben hätte, hätte ich versucht, es auf normalem Wege zu öffnen. Noch etwa zehn Meter gepflasterter Weg trennten mich von der Haustür, vor der eine Glühlampe ohne Schirm an einem Kabel baumelte und ein diffuses Licht von sich gab. Der Kegel, den die Lampe erzeugte, reichte ungefähr drei Meter weit. Ich war kurz davor, ihn zu betreten und suchte schon nach der Klingel. Zwar wollten wir dem Mann einheizen und ihm einen ordentlichen Denkzettel verpassen, aber wir wollten ihn nicht aus Versehen verletzen, daher sollte ich ihn zur Haustür locken, bevor unsere eigentliche Aktion startete. Doch plötzlich schwang die Haustür nach innen auf.

»Was willst du hier?«, herrschte mich eine Stimme an, die mir das Blut in den Adern gefrieren ließ. Bernhard Mutschke sah ganz anders aus, als ich ihn in Erinnerung hatte. Wobei ich ihn bisher auch nur ein paar Mal im Vorbeigehen im Dorf gesehen hatte. Nun wirkte er viel größer, viel bedrohlicher, was auch daran liegen konnte, dass er zwei Stufen höher stand als ich.

Seine laute Stimme klang heiser und kratzig, als ob er gerade unter einer Halsentzündung leiden würde. Von der Superkraft, die mich kurz nach Jacks Kuss erfüllt hatte, war nichts mehr zu spüren. Ohne weiter nachzudenken, schmetterte ich dem alten Mann, der gerade mit ausgestrecktem Arm einen Schritt auf mich zumachte, den Brief vor die Füße, wandte mich um und rannte weg. Um mich zu vergewissern, ob er mir folgte, warf ich einen Blick über die Schulter. Er verharrte nach wie vor auf dem Treppenabsatz, doch dummerweise vergaß ich das Tor, was ich schmerzhaft bezahlte. In vollem Tempo bremste mich die obere Querstrebe ab, als ich mit dem rechten Brustkorb dagegen krachte. Ein stechender Schmerz schien mir die gesamte Luft aus dem Körper zu ziehen und einen Moment lang war ich nicht in der Lage, einzuatmen. Nach Luft ringend zog ich mich über das Hindernis und kam etwas wackelig dahinter auf den Füßen zum Stehen. Aus dem Augenwinkel sah ich Mutschke jetzt hinter dem Tor, gerade griff er nach der eisernen Klinke. Mit letzter Kraft rannte ich los, während ich einen erbärmlichen Pfiff durch meine Finger absetzte. »Das hören sie nie«, ächzte ich und wollte zu einem neuen Versuch ansetzen, da vernahm ich den ersten Knall. Gleich darauf den zweiten, dritten und so weiter. Eine Scheibe nach der anderen zerbarst, unterbrochen vom Fluchen Mutschkes, der uns die Pest an den Hals wünschte, während er aufgebracht mit erhobenen Fäusten vor dem Haus hin- und herrannte. »Puh«, stöhnte ich, gerade auf der anderen Seite der Lichtung vom Waldrand verschluckt. Hatten sie mein Signal also doch gehört, zum Glück! Ich schickte ein Stoßgebet zum Himmel, dass er mich nicht am Rande des Lichtkegels erkannt hatte. Denn obwohl ich von der moralischen Richtigkeit unserer Aktion überzeugt war, hatte ich doch etwas Muffe vor meinem Vater, sollte Mutschke uns die Polizei auf den Hals hetzen.

Langsam nahm die Frequenz der Einschläge ab, was zum einen sicher daran lag, dass kaum noch Fenster in Mutschkes Haus unversehrt waren, zum anderen aber auch daran, dass jeder meiner drei Freunde nur eine begrenzte Anzahl von Kastanien als Munition für ihre Zwillen dabei hatte. Ich hatte einen schützenden Baumstamm gefunden. Ich lehnte mich an die dem Haus abgewandte Seite und rutschte daran hinunter, bis mein Hintern fast den Waldboden berührte. Mein Puls beruhigte sich und nur der Schweiß auf meiner Stirn würde einem Unbeteiligtem verraten, dass ich gerade einen gewaltigen Adrenalinausstoß hinter mir hatte. Strenggenommen waren es ja zwei, die ich innerhalb kurzer Zeit aushalten musste, wobei der erste – resultierend aus Jacks plötzlichem Kuss – deutlich tiefer in meine Eingeweide eingedrungen war. »Jetzt ist auch mal gut«, sagte ich leise und erhob mich, wobei ich mich gleichzeitig um den Baumstamm zog. »Na endlich.« Der letzte Einschlag in Mutschkes Haus war gefühlt Minuten her, wobei es sicher erst einige Sekunden gewesen waren. Nördlich von mir hörte ich deutlich, wie jemand durch den Wald rannte, und noch deutlicher hörte ich dabei ein Lachen. Philip. Er schien sich sehr zu amüsieren und irgendwie zogen sich meine Mundwinkel ebenfalls nach oben.

Jack müsste auch jeden Moment hier vorbeilaufen. Vorsichtig bewegte ich mich aus meinem Versteck und lugte durch Zweige, Sträucher und Büsche hindurch über die Lichtung, die in ein seltsam phosphoreszierendes Licht getaucht war und eine scheinbar unnatürliche Helligkeit ausstrahlte. Erst beim zweiten Hinschauen erkannte ich, dass es eine Taschenlampe mit einer wahnsinnig starken Leuchte war, die Mutschke in seiner Hand hielt und mit der er vom Haus aus in Richtung des Waldes für diese viel zu helle Ausleuchtung sorgte. Plötzlich blieb er stehen und hielt den Lichtstrahl genau auf mich. Sofort verschwand mein Grinsen, denn ich befürchtete, dass er mich deutlich erkennen konnte. Fast fühlte ich mich, als würde ich nackt dort stehen. Dann hörte ich etwas links von mir ein Knacken, gefolgt von den typischen Lauten, die Turnschuhe von sich geben, wenn man mit ihnen über trockenen Waldboden rannte. »Jack, puh, das wurde aber auch Zeit«, sagte ich mehr zu mir selbst. Umdrehen und hinterherrennen, das war mein eigentlicher Plan, doch irgendwie blieb ich wie versteinert stehen. Keine Ahnung, warum ich nicht weglief, obwohl Mutschke, mit der Taschenlampe in meine Richtung leuchtend, einige Schritte auf mich zugekommen war. Vielleicht brauchte ich in diesem Augenblick noch weiteren Nervenkitzel oder ich wollte insgeheim erwischt werden, oder wollte ich es gar auf eine direkte Konfrontation mit dem Stasi-Schwein ankommen lassen? Das würde ich wohl niemals erfahren und es war auch nicht wichtig, denn als Mutschke auf der Mitte der Lichtung stand, zuckte er mit den Schultern, ließ seufzend die Taschenlampe sinken und machte sich daran, wieder zu seinem Haus zu gehen.

Nachdem ich ihm einen Moment lang hinterhergeschaut hatte, wie er mit hängenden Schultern und schlurfenden Schritten von dannen zog, kam er mir so ganz und gar nicht mehr furchteinflößend vor wie zuvor, als er mich vor der Haustür überrascht hatte. Nein, er wirkte eher bemitleidenswert. Nein, auch nicht bemitleidenswert, vielmehr jämmerlich. Ja genau, ich denke, jämmerlich beschrieb es am besten. »Egal«, sagte und dachte ich gleichzeitig und setzte endlich an, hinter Jack herzulaufen. Ich wusst nicht, wie viel Vorsprung sie schon hatte, weil ich wirklich viel zu lange den alten Mann angestarrt hatte. Möglicherweise würde ich sie nicht einmal vor unserem Hauptquartier einholen. »Herausforderung angenommen«, sagte ich mir und beschleunigte meine Schritte.

***

Komplett außer Atem erreichte ich die kleine Anhöhe, von der es nur noch ein Katzensprung bis zu unserer Bude war. Wie erwartet konnte ich den Vorsprung von Jack nicht mehr einholen, was ich einerseits schade fand, andererseits war ich darüber auch heilfroh, denn wie um alles in der Welt sollte ich mich überhaupt verhalten, wo sie mich vorhin doch geküsst hatte? Erleichtert sah ich in der Ferne das Licht durch die Ritzen unserer Dachluke aufblitzen und hörte Philip aufgeregt plappern. Ich schüttelte mich, atmete tief durch und lief das letzte Stückchen. Mit einer fließenden Bewegung zog ich die hölzerne Öffnung nach oben und ließ mich in die unterirdische Behausung fallen.

»Tadaa!«, rief ich überschwänglich und sofort verstummte Philip und schaute mich mit einem merkwürdigen Gesichtsausdruck an, was nicht nur an der Petroleumlampe gelegen hatte. Auch Jonas musterte mich, als würde er auf den Wetterbericht warten oder in seinem Falle eher auf das Politbarometer. »Was ist los?«, wollte ich von ihnen wissen. »Und wo ist Jack?« Spätestens jetzt, als die beiden erst sich und dann mich ansahen, wusste ich, nein, wussten wir alle, dass etwas nicht stimmte.

»Wir dachten, sie wäre bei dir«, platzte es aus Jonas heraus.

»Nein«, erwiderte ich langsam. »Nachdem ich euch beide hab wegrennen hören, lief sie kurz darauf an der anderen Seite an mir vorbei. Ich bin vielleicht zehn Sekunden später hinter ihr her«, fuhr ich fort, obwohl mir schmerzhaft bewusst war, dass ich deutlich länger als zehn Sekunden dort herumgestanden hatte.

»Verdammt, du solltest doch auf sie aufpassen und sie einsammeln«, fauchte Philip und sämtliche Euphorie war mit einem Mal verflogen.

»Was machen wir denn jetzt?«, fragte Jonas, deutlich leiser als eben und mit einem leichten Zittern in der Stimme.

»Sicher ist sie nur etwas vom Weg abgekommen und kommt gleich. Wäre bei der Stockfinsternis auch kein Wunder.« Philip setzte sich wieder, nachdem er gerade aufgesprungen war.

»Ich weiß nicht, Jack kennt hier genau wie wir jeden einzelnen Baum und jeden Kiesel. Die verläuft sich doch nicht.«

»Wir sollten sie suchen gehen«, pflichtete Jonas meinen Bedenken bei. »Selbst, wenn sie sich unten am Hang bei einer Abzweigung vertan hätte, müsste sie längst hier sein.«

»Vielleicht hat sie sich hingepackt und den Fuß gebrochen oder so«, nahm Philip die Situation nun auch etwas ernster.

»Also, was machen wir?«

»Wir beide gehen sie suchen«, beschloss Philip, »und du wartest hier, falls sie doch noch herkommt«, ergänzte er in Richtung Jonas. Der holte einen Notizblock aus seiner Jacke und kritzelte etwas mit einem Kugelschreiber darauf.

»Gute Idee«, warf ich ein.

»Oh, muss sich der Herr Professor dazu Notizen machen?«, zog Philip ihn auf, doch Jonas reagierte nicht auf dessen Spitze, sondern riss den obersten Zettel ab und legte ihn auf unseren provisorischen Tisch. Dann quetschte er sich zwischen Philip und mir hindurch nach draußen.

»Ich werde natürlich nicht hier rumsitzen. Zu dritt sind wir viel schneller und haben einen größeren Suchradius«, sagte er mit entschlossener Stimme. Philip sah mich augenrollend an und folgte unserem Freund. Bevor ich ebenfalls nach draußen kletterte, warf ich noch einen Blick auf den Zettel. »Wir suchen dich, Jack. Falls du vor uns hier bist, warte bitte. Gruß Jo.«, las ich und musste unweigerlich lächeln. Altklug, aber treffend. Das war unser Jonas.

»Okay, dann lass uns aufteilen«, schlug Philip vor, womit wir einverstanden waren. »Falls irgendetwas passiert, ihr wisst ja –.«

»Der Eulenruf«, erwiderten Jonas und ich fast gleichzeitig.

Wir besprachen unsere Routen, darauf bedacht, dass der Abstand zwischen uns nicht zu gering und natürlich auch nicht zu groß sein würde. Denn falls wir uns dabei sehen könnten, bräuchten wir eher Tage als Stunden, um das Areal abzusuchen, und falls wir einen Eulenruf nicht hören könnten, wäre nicht auszuschließen, dass noch jemandem etwas passierte. Verdammt, wir gingen irgendwie schon davon aus, dass Jack etwas zugestoßen wäre. Mein Magen verknotete sich bei dem Gedanken, dass sie mit einem gebrochenen Bein irgendwo wimmernd herumlag und auf Hilfe wartete – nicht schreien dürfend, damit Mutschke sie nicht fand – oder noch viel schlimmer, dass sie gestürzt sein und sich den Kopf gestoßen haben könnte und nun bewusstlos hinter einer Eiche lag und Blut aus ihrer Platzwunde in den Waldboden sickerte. Dass ihr etwas noch Schlimmeres passiert sein könnte, verbot ich mir, mir vorzustellen.

***

Zwei Stunden waren wir umhergeirrt, waren jeden kleinen Weg abgegangen, der zwischen Mutschkes Haus und unserem Hauptquartier lag, hatten jede Senke, jede Anhöhe durchsucht, waren hinter jede größere Wurzel gekrochen und hatten in jeder uns bekannten Höhle nachgesehen. Die Höhlen, wovon es etwa acht oder neun gab, waren das Überbleibsel längst vergangener Tage, als noch Bären in unserer Gegend heimisch gewesen waren, hatte uns Paps erzählt. Was wir ihm jedoch nicht so ganz abkauften.

»Nichts, keine Spur von ihr«, keuchte Jonas mit auf dem Oberschenkel aufgestützten Armen, als wir uns wieder im Hauptquartier getroffen hatten.

»Ich hab auch nichts«, sagte ich und sah hoffnungsvoll zu Philip, der grimmig zu Boden schaute.

»Dann hat Mutschke sie«, sagte er plötzlich und es klang alternativlos.

»Das müssen wir der Polizei melden«, sagte Jonas hektisch.

»Ich, äh, glaube nicht, dass er sie hat«, begann ich zäh.

»Hä? Wie kommst du darauf?«, fragte Philip sofort.

»Nun, äh«, druckste ich herum. »Ich hab ihn, also den Mutschke, noch eine Weile beobachtet, nachdem ihr losgerannt wart.«

»Etwa zehn Sekunden«, erinnerte mich Jonas an meine vorhin getroffene Aussage.

»Ja, vielleicht waren es ein paar mehr.«

»Ein paar? Wieviel? Fünf? Zehn?« Die Schärfe in Philips Stimme bereitete mir einen weiteren Schweißausbruch.

»Ach, keine Ahnung, vielleicht eine Minute. Mehr auf keinen Fall«, sagte ich trotzig und hoffte, damit einigermaßen richtig gelegen zu haben.

»Du solltest auf sie aufpassen! Sie aufsammeln!«, stauchte er mich zusammen und ließ noch einige weitere Beschimpfungen auf mich niederprasseln, ohne, dass ich ihm widersprechen konnte.

»Wartet mal«, unterbrach ihn Jonas und zog sich dadurch Philips zornigen Blick zu. Besser er als ich, dachte ich und hörte ihm dann zu, genau wie unser selbsternannter Anführer. »So wie Lennard es schildert, waren es nicht Jacks Schritte, sondern meine, die er gehört hat.«

»Du warst doch auf der anderen Hausseite«, sagte ich perplex.

»Ja, eigentlich schon, aber ich hatte von dort keine freie Sicht, daher bin ich auf die andere Seite geschlichen. Demnach muss ich es gewesen sein, der an dir vorbeigelaufen ist.«

»Dann hättest du doch Jack am Haus sehen müssen. Ich meine, du müsstest ihr doch fast auf die Füße getreten sein«, folgerte Philip verblüfft und auch ich war neugierig, was Jonas noch erzählen würde.

»Tja, seltsam. Ihr habt recht, an sich hätte sie sich ganz in der Nähe aufhalten müssen –.« Jonas fasste sich mit gespreizten Fingern an den Kopf und bewegte sie, wodurch er seine Kopfhaut hin- und herschob, was in Kombination mit unserer Beleuchtung echt gruselig aussah. Etwa so, wie ich mir immer einen wahnsinnigen Wissenschaftler vorgestellt hatte. »Nein, ich habe sie nicht gesehen.« Er nahm seine Hände runter und sah sofort wieder aus wie immer. Wie ein Zwölfjähriger, der etwas zu gut im Futter stand. »Das lässt nur zwei Schlüsse zu«, fuhr er fort und wir hingen gebannt an seinen Lippen.

»Schieß los«, ermunterte ich ihn.

»Entweder, Mutschke hat sie vor unserem Beschuss entdeckt und sich ihrer habhaft gemacht –.«

»Ihrer habhaft gemacht, ernsthaft?«, fuhr Philip dazwischen, doch ich bedeutete ihm mit einer Handbewegung, den Mund zu halten.

»Sie sich geschnappt, wenn es dir besser gefällt«, ergänzte Jonas. »Oder sie hat kalte Füße bekommen und hat sich nach Hause verdrückt, bevor du das Signal gegeben hast.« Einige Sekunden herrschte Stille. Totenstille, auch wenn ich dieses Wort überhaupt nicht in meinen Gedanken haben wollte.

»Das kann ich mir nicht vorstellen«, sagte Philip endlich. »Um sie zu schnappen, war niemals genug Zeit.«

»Das stimmt«, sagte ich überzeugt. »Wie hätte er so schnell wieder bei der Haustür sein sollen?«

»Eben«, sagte Philip, »und was das andere angeht: Jack hat mehr Mut als wir alle zusammen, die würde nie kneifen.« Auch dem pflichtete ich gedanklich bei, doch ich beließ es bei einem Nicken.

»Ich sehe keine andere Möglichkeit, als zu ihr nach Hause zu gehen und nachzufragen.« Wie wenig Mut wir drei tatsächlich hatten, hätte man in diesem Moment in unseren Gesichtern ablesen können, die alles andere als heldenhaft zu Boden sahen.

KAPITEL 6

Heute

Erneut brummte das Handy in Isabells Tasche, woraufhin sie sich bemühte, nicht allzu auffällig durch den offenen Schlitz hinein und auf das Display zu gucken. Lennard, natürlich war es Lennard und damit dessen fünfter Versuch, sie zu erreichen. Dabei hatte sie ihm doch mehrfach klargemacht, dass sie während des Dienstes nur angerufen werden wollte, wenn es sich um etwas absolut Dringendes handelte, was schon das Niveau eines unmittelbar bevorstehenden Weltunterganges haben musste. Für alle anderen Fälle sollte er ihr eine Nachricht via WhatsApp oder Messenger schicken. In den ersten zweieinhalb Jahren ihrer Beziehung hatte dieses Agreement zwischen ihnen gut funktioniert, doch in den letzten Monaten hielt Lennard sich immer seltener daran. Wieder und wieder rief er sie wegen Belanglosigkeiten an und störte dadurch ihre Konzentration.

»Soll ich fragen?«, hörte sie Paul betont beiläufig sagen. Nein, sollte er nicht und Lennard sollte gefälligst aufhören, sie anzurufen. Isabell war heilfroh darüber, ihren Kollegen vorhin geschickt vom Thema Beziehung zwischen ihr und Lennard auf triviale Themen abgelenkt zu haben, doch mit jedem weiteren Anruf fühlte sich Paul berufen, seinen Senf dazuzugeben; auch wenn es für ihn eher ein Spiel war.

»Nein, sollst du nicht«, erwiderte sie knapp und drückte genervt an den Knöpfen ihres Smartphones herum, bis endlich das System herunterfuhr. »Und ab jetzt wirst du dazu auch keinen Anlass mehr bekommen.« Sie zog den Reißverschluss zu und ließ die dunkelblaue Kunstlederhandtasche auf den Boden zwischen ihre Füßen rutschen, die ebenfalls in dunkelblauen, perfekt zur Tasche passenden Pumps steckten. Aus dem Augenwinkel sah sie Paul schmunzeln. Klar, bereits zu Anfang ihres gemeinsamen Dienstes signalisierte er mal mehr, mal weniger deutlich sein Interesse an ihr auch über das Berufliche hinaus, doch diesen Zahn hatte sie ihm bei der erstbesten Gelegenheit gezogen. Die Trennungslinie zwischen Privatem und Dienstlichem gedachte sie nicht zu überschreiten. Auch wenn es in einigen Fällen gutging, kannte sie zu viele gescheiterte Kollegenehen oder eheähnliche Beziehungen, die danach zu äußerst krassen Spannungen in ganzen Abteilungen geführt, in Einzelfällen sogar kleine Firmen gesprengt hatten. Da spielte es auch keine Rolle, dass Paul ein durchaus imposanter, gutgebauter Kerl mit einer markant männlichen Gesichtsform war, der noch dazu mit einem eleganten Modegeschmack und einer nicht zu unterschätzenden Intelligenz punkten konnte. Doch selbst, wenn er statt seines eher rüden Wesens der Frauenversteher par excellence gewesen wäre, würde es mehr brauchen, als ein psychisches Loch und viel Alkohol, damit sie ihre Prinzipien über Bord werfen würde.

»Du weißt ja, ich bin immer für dich da«, schleimte er.

»Äh, ist deine Empathiezeit für heute nicht bereits abgelaufen?« Ausladend wirbelte er mit seinem linken Arm herum und sah übertrieben auf die Uhr. Langsam schüttelte er den Kopf.

»Ja, du hast recht«, korrigierte er sich, »also nerv mich nicht weiter mit deinen Pseudoproblemchen.«

»Gut, warum nicht gleich so?«, sagte sie, froh darüber, erneut vom Thema abgekommen zu sein. Bevor ihre Frotzelei in die nächste Runde gehen konnte, unterbrach sie eine Durchsage über Funk.

»An alle verfügbaren Einheiten in Rudow: Eine Anwohnerin meldet eine 058. Waltersdorfer Chaussee, Ecke Neuhofer Straße, in der Nähe der Post. Ich brauche jemanden, der sich das mal ansieht«, hörten sie eine Frauenstimme sagen, was sich wegen des statischen Rauschens aus dem Lautsprecher leicht kratzig anhörte. Isabell und Paul sahen sich an und waren sich sofort einig.

»Eine Belästigung? Dazu hab ich überhaupt keinen Nerv heute«, sagte Paul und sprach damit aus, was Isabell dachte.

»Ist nicht unser Fachgebiet, auch wenn wir gerade im gottverdammten Zentrum dieses Stadtteils fahren«, ergänzte Isabell, wodurch sie Paul ein zufriedenes Grunzen entlockte.

Als die Kollegin über Funk jedoch die beteiligten Personen näher beschrieb, wurden die beiden hellhörig.

»Das ist doch unser komisches Pärchen von vorhin, oder?«

»Ja, mit Sicherheit«, erwiderte Isabell und schaute ihn fragend an, woraufhin er nickte. Sie griff nach dem Handgerät und drückte die Sprechtaste. »Wagen 24, wir sind vor Ort und fahren hin.«

»Notiert«, kam es knapp zurück und das Rauschen war wieder fort. Während des sehr kurzen Gesprächs hatte Paul eine Lücke im Verkehr entdeckt und den Streifenwagen bereits gewendet. Er trat auf das Gaspedal, wodurch Isabell in den Sitz gedrückt wurde.

»Ruhig Blut, Brauner, es ist kein Mordanschlag, nur `ne Belästigung.«

»Hallo? Hast du dir das Mädel vorhin mal angesehen? Da spiele ich doch gern den Ritter in der strahlenden Rüstung.«

»Ja, hab ich. Sie sah aus wie zugedröhnt. Und wenn es so ist, wie du sagst, warum hast du nicht vorhin schon angehalten und nach dem Rechten gesehen?«

»Das, meine Liebe, liegt doch auf der Hand«, begann er und erhob den Zeigefinger. »Da wirkte es eher, als ob der werte Gatte die etwas angetüdelte Gattin nach Hause geleitet.«

»Du meinst also, zu wenig Konfliktpotential, um als großer Held einzugreifen?« Er nickte zustimmend, was mich zur nächsten Frage brachte: »Dir ist klar, dass es immer noch so sein könnte?«

»Könnte es nicht, sonst hätten wir doch eine 096«, sagte er lachend.

»Na klar, weil Oma Müller aus ihrer OG-Plattenbau-wohnung auch genau erkennt, wenn es sich um einen Familienstreit handeln würde.«

»Unterschätz mir Oma Müller nicht«, sagte er zwinkernd und überholte einen vor ihnen fahrenden Absetz-kipper, von dessen Muldencontainer aus ihnen gerade eine Prise Sand auf die Windschutzscheibe geweht war. Er deutete immer noch grinsend mit dem Daumen auf den LKW. »Falls die Sache mit der Belästigung zu lang-weilig wird, ziehen wir den hier aus dem Verkehr und scheißen ihn wegen mangelhafter Ladungssicherung an.«

»Du hast einen Knall. Aber gut, solange wir pünktlich Feierabend machen, soll es mir recht sein.«

»Damit du möglichst schnell nach Hause kommst?«, fragte er mit hochgezogenen Augenbrauen und natür-lich war ihr sofort klar, worauf er anspielte – und womit er richtig lag. Verdammt, am liebsten würde sie heute bis Mitternacht arbeiten, sich hinterher voll-laufen lassen und ohne Lennard sehen zu müssen ein-schlafen und morgen wieder zum Dienst fahren.

Sie erreichten ihr Ziel, bevor sie antworten konnte. Auf dem Gehweg erwartete sie bereits eine ältere Frau, die mit einem Kopftuch und einer Schürze bekleidet mit vor der Brust verschränkten Armen tadelnd zu ihnen sah, während Paul den Streifenwagen halb auf dem Gehweg, halb auf der Straße einige Meter vor ihr zum Stehen brachte.

»Nur weil bei den Politikern `ne Bombe hochgeht, könnt ihr euch mit anderen Sachen Zeit lassen, die uns Bürger betreffen, wa?«, begrüßte sie uns und sah genauso demonstrativ auf ihre Armbanduhr, wie es Paul vorhin getan hatte. »Mein Anruf war vor einer geschlagenen Viertelstunde!«

»Moin, gute Frau«, sagte Paul mit breitem, ostfriesischen Akzent. Ein Mitbringsel aus seiner nordischen Heimatstadt Emden, das er immer dann auspackte, wenn es galt, eine Situation aufzulockern. »Tut uns leid, wir sind eben erst informiert worden. Sie wissen ja, die Regierung spart jederzeit und überall am Personal, natürlich auch bei der Polizei.« Isabell erstaunte immer wieder, wie wirkungsvoll die Strategie ihres Kollegen funktionierte, denn sofort weichten die eben noch harten Gesichtszüge der herumzickenden Frau auf und sie offenbarte den Polizisten ein renovierungsbedürftiges Gebiss hinter ihrem schiefen Lächeln.

Die Beamten erfuhren von ihr, dass ein Mann im Anzug die Frau gegen ihren Willen in ein Auto zerren wollte, sie sich jedoch von ihm losreißen und ihm einen Tritt in die Weichteile verpassen hatte können, bevor sie in Richtung der Bushaltestelle wegrannte, die etwa 200 Meter südlich auf der anderen Straßenseite zu erkennen war.

»Haben Sie das Kennzeichen des Wagens gesehen? Seine Farbe? Das Fabrikat?«, fragte Isabell und fand es langweilig. Sie sehnte sich danach, möglichst schnell wieder ihrem normalen Job nachgehen zu können.

»Ja, das war so `ne Diplomatenkarre. Mercedes glaub ich, schwarz wie die Nacht.« Sie hielt die Hände in etwa einem halben Meter Abstand mit den Flächen zueinander, wie es Angler machen, um die Größe ihres Fangs zu verdeutlichen. Wahrscheinlich wollte die Frau damit unterstreichen, dass es ein sehr großer, sehr teurer Wagen gewesen sein müsste.

»Diplomat? Sie meinen, mit einer Null am Anfang?« Plötzlich nahm der Fall doch eine interessante Wendung und auch Pauls Augen wirkten schlagartig wacher.

»Ja, `ne Null, sag ich doch. Aber weiter weiß ich nicht genau. 14 glaube ich, den Rest konnte ich so schnell nicht erkennen. Meine Brille lag im Wohnzimmer, wissen Sie?«

»Okay, vielen Dank«, sagte Paul, jetzt wieder in für Isabell gewohntem und viel angenehmerem Hochdeutsch. Sie verabschiedeten sich von der Zeugin und stiegen wieder in den Wagen.

»Schon spannend«, meinte sie und schnallte sich an.

»Ja, sicher. Sehr spannend«, bestätigte Paul. »Zum Glück konnte die Trulla aber abhauen und der Anzug-Kerl hat sie nicht weiter verfolgt, sonst hätten unsere Kollegen wieder die Arschkarte, weil sie diesen Typen mit ihrer verdammten Immunität nicht ans Bein pinkeln können.«

Diese Problematik war auch Isabell bewusst, denn durch die politische Immunität waren neben den ausländischen Konsulatsangehörigen auch die deutschen Abgeordneten und weitere Regierungsmitglieder weitestgehend ihrem Zugriff entzogen, was die Aufklärung in so gut wie allen Bereichen der Polizeiarbeit erschweren konnte.

KAPITEL 7

Vor 15 Jahren

Nach fünfzehn endlos scheinenden Minuten, die wir uns als letzte Frist für ein Auftauchen von Jack gesetzt hatten, machten wir uns auf den Weg. Wir gaben mit Sicherheit ein ähnlich jämmerliches Bild ab wie vorhin Mutschke, so wie wir gerade mit hängenden Köpfen und Schultern die Wege entlang trotteten. Immer in der Hoffnung, Jack würde jeden Moment hinter einem Baum hervorspringen und »Verarscht!« rufen. Sicher wären wir dann ziemlich sauer auf sie gewesen, aber um ein Vielfaches erleichterter darüber, sie endlich wiederzuhaben.

Leider sprang sie nicht vor uns auf den Weg. Es war gespenstisch, denn ich hörte nichts außer dem leichten Wind, der seicht durch die Baumwipfel streichelte und dabei ein leises, gleichmäßiges Rauschen erzeugte. Keinen Ruf einer Eule, also einer echten, kein Vogelgezwitscher – was mitten in der Nacht auch nicht ungewöhnlich war – aber auch kein Motorengeräusch eines Autos in der Ferne, kein Rascheln von Kleintieren, die durch uns aufgeschreckt wurden. Gar nichts. Nur das Rauschen und die Atemgeräusche von Jonas und Philip.

Nach weiteren zehn Minuten, die wir schweigend nebeneinander herliefen, passierten wir die Rechtskurve, von der aus wir Jacks Elternhaus sehen konnten.

»Oben brennt kein Licht«, stellte Philip fest, was auch ich sah. Dennoch wusste ich nicht genau, worauf er damit hinauswollte. Selbst wenn sie vorhin nach Hause gerannt sein sollte, würde sie jetzt doch schon schlafen und demnach kein Licht in ihrem Zimmer brennen lassen. »Unten schon«, ergänzte er.

»Wem erzählst du das?«, blaffte ich ihn an, da diese Aussage natürlich ebenso unnötig wie seine vorherigen Feststellungen war.

»Ich sag es doch nur«, erwiderte er selten kleinlaut. Wir trotteten weiter, wobei wir immer langsamer wurden. Schließlich blieben wir seitlich des Gartentores stehen.

»Und jetzt?«, wollte ich von den anderen wissen, als ob mir Philip oder Jonas die Lösung für dieses Problem präsentieren könnten, wenn ich nur danach fragte.

»Hier«, sagte Jonas und drückte Philip etwas in die Hand, was ich als kleinen Stein erkannte. »Ziel auf ihr Fenster.« Grimmig dreinblickend nahm ihm Philip das Geschoss aus der Hand, spuckte darauf und ließ es in einem schwachen Bogen gerade so gegen die Scheibe fliegen, dass der Treffer ein deutlich zu vernehmendes Geräusch erzeugte, die Scheibe aber nicht Gefahr lief, zu zerbersten. Also ganz anders, als es bestimmt fünfzehn Mal vorhin bei Mutschke passiert war. Ich ballte meine Hände in den Hosentaschen zu Fäusten und hoffte, dass Jack den Aufprall gehört hatte und gleich das Licht anschaltete. »Bitte, komm schon«, flüsterte ich für meine Freunde unhörbar. Doch nicht in Jacks Zimmer machte jemand das Licht an, sondern vor der Haustür. Dabei hatten wir extra darauf geachtet, uns außerhalb des Radius aufzuhalten, der vom Bewegungsmelder erfasst wurde. Während wir uns fragend ansahen, hörten wir eine schneidende Stimme.

»Wer zum Teufel lungert hier vor meinem Haus herum?« Jacks Vater brauchte einen Moment, bis er uns sah, und einen weiteren, bis er uns erkannte. »Ach, ihr seid´s. Eure tolle Abenteuernacht schon vorbei?«, fragte er in einem herablassenden Tonfall. Wir scherzten immer, dass man als Anwalt wohl so sprechen musste, wenn man vor Gericht ernstgenommen werden und man Zeugen einschüchtern wollte. Schließlich betrieb Jacks Vater eine Anwaltskanzlei nordöstlich von Berlin. »Dann kannst du auch gleich reinkommen, Jacky. Verstehe eh nicht, warum du mit diesen Spinnern rumhängst.« Ich schluckte und sah schnell zu Jonas und Philip. Dass er uns nicht mochte und nichts von uns hielt, wussten wir und hatten uns damit arrangiert, aber da er Jack gerade angesprochen hatte, war klar, dass sie nicht hier war. Leichte Panik stieg in mir auf. Was sollten wir denn nun tun? Bis vorhin hatte ich fest darauf gehofft und auch irgendwie damit gerechnet, dass sie tatsächlich zu Hause sein würde, doch jetzt schien sich das erledigt zu haben.

»Ähm, Herr Kowalski, wir sind gerade auf der Suche nach Jack«, sagte ausgerechnet Jonas, der sich zwischen uns nach vorn geschoben hatte und damit mehr Mut bewies als Philip und ich, die sonst immer eine große Klappe hatten.

»Was´n da los, Schaatz?«, hörten wir plötzlich Jacks Mutter fragen. Sie hatte sich von uns und wohl auch von Egon Kowalski unbemerkt der Haustür genähert und stand nun schräg hinter ihm. Wobei stehen es nicht richtig beschrieb. Sie schwankte eher und bereits ihre Frage ließ für mich keinen Zweifel daran, dass sie ordentlich einen sitzen hatte. Sie trug einen seidenen Morgenmantel mit Papageienmuster, dessen Gürtelband an beiden Seiten lose herunterhing, sodass man den Bereich zwischen ihren Brüsten, ihren Bauchnabel und den olivgrünen Slip erkennen konnte.

»Deine feine Frau Tochter ist verschwunden«, ranzte er sie an und stieß mit der Schulter ihren Kopf weg, den sie gerade erst dort angelehnt hatte. »Und jetzt geh wieder rein!« Erst in dem Augenblick fiel mir auf, dass auch die Hose von Jacks Vater wahrscheinlich in großer Eile geschlossen wurde, denn durch den Hosenschlitz konnte ich deutlich ein Stück seines Hemdes erkennen. Das wurde ja immer schlimmer, und ich hatte keine Ahnung, wie diese Nacht noch eine gute Wendung nehmen sollte. Jacks Mutter hingegen schien recht unbeeindruckt von den Ereignissen, zuckte mit den Schultern, drehte sich um und taumelte in den Flur zurück. Egon Kowalski brabbelte noch etwas hinter ihr her, das wir von der Straße aus nicht verstehen konnten, da gerade ein PKW am Haus vorbeifuhr. Die beiden verhielten sich meiner Meinung nach irgendwie seltsam.

***

Wie die Hühner auf der Stange saßen wir aufgereiht auf dem Sofa und wagten es kaum, aufzuschauen. Jacks Vater hatte uns reinbefohlen und ging seit Minuten vor uns auf und ab, sodass ich mich schon fragte, ob er gleich eine Rinne in den Fußboden laufen würde, wie man es häufig in Cartoons zu sehen bekam. Doch sofort wurde ich wieder an den Ernst der Lage erinnert, als Egon Kowalski seine Stimme erhob.

»Also, noch einmal zum Mitschreiben: Ihr habt die Scheiben dieses Einsiedlers oben bei der alten Lichtung, dieses Mutschkes, demoliert, seid im Anschluss wieder zu eurem komischen Erdloch gelaufen und erst dort ist euch Experten aufgefallen, dass Jacky nicht bei euch ist?« Ich saß zwischen Jonas und Philip, so konnte ich trotz meines gesenkten Kopfes sehen, wie die beiden langsam nickten. Ich schloss mich an. »Und dann habt ihr das Gebiet zwischen euch und dem alten Spinner mehrfach komplett abgesucht und keine Spur von ihr gefunden?«

»Richtig, Herr Kowalski«, hörte ich Jonas flüstern.

»Und anstatt gleich die Polizei zu benachrichtigen, wolltet ihr Strategen erst einmal versuchen, ob ihr auch meine Fenster einwerfen könnt?«

»So war es nicht, Herr Kowalski«, begann ich. Klar, wir hätten auch gleich bei den Cops anrufen können, so wie er es direkt tat, nachdem wir ihm zum ersten Mal unsere Geschichte erzählt hatten. Doch uns hatte die Hoffnung davon abgehalten – die Hoffnung darauf, Jack wäre nach Hause gelaufen.

»Halt die Klappe, du Trottel«, unterbrach er mich barsch und wir zuckten alle zusammen. Er schaute zur Uhr, die über dem TV an der Wand hing. Unauffällig folgte ich seinem Blick. Die schwarzen Zeiger auf dem weißen, runden Ziffernblatt verrieten, dass es mittlerweile Viertel nach zwei und mitten in der Nacht war. Dann baute er sich genau vor uns auf und stemmte die Arme in die Hüfte, bevor er leise, aber scharf formulierte: »Ich hoffe für euch, dass Jacky sich nur verlaufen hat und noch da draußen herumirrt. Denn sollte meinem Mädchen etwas zugestoßen sein, und das sage ich mit allem Nachdruck, mache ich euch fertig. Einen nach dem anderen!«

»Ja, Herr Kowalski«, flüsterte ich und spürte einen riesigen Kloß meine Kehle abschnüren. Doch meine Angst rührte weniger von seiner Drohung her, nein, sie kam allein durch die Vorstellung, Jack würde wirklich etwas Schlimmes zugestoßen sein.

Kurz darauf sahen wir die Scheinwerfer eines Streifenwagens den Vorgarten erhellen. Das Fahrzeug hielt am Zaun vor dem Wohnzimmerfenster. In etwa dort, von wo aus Philip vorhin den Stein gegen Jacks Fensterscheibe geworfen hatte. Egon Kowalski stand mit dem Rücken zur Außenwand und drehte sich erst um, nachdem ihm unsere neugierigen Blicke nach draußen aufgefallen waren. Einerseits atmete ich erleichtert auf, da Jacks Vater uns nun nicht weiter mit seiner Strafpredigt runtermachen würde, andererseits müssten wir nun den Polizisten, die sich gerade mit Jacks Vater an der Tür unterhielten, auch noch Rede und Antwort stehen. Und das alles, obwohl wir doch darauf brannten, wieder hoch zur Anhöhe zu laufen und weiter nach Jack zu suchen. Irgendwo müsste sie schließlich sein. Mein Blick wanderte zur Tür. Eine Polizistin, die etwa im Alter unserer Eltern gewesen war, trat ein, gefolgt von einem jungen Kollegen, der meiner Meinung nach kaum älter aussah als Philip, dem schon die ersten Barthaare wuchsen, worum ich ihn insgeheim beneidete.

»Da ist die Chaostruppe«, sagte Egon Kowalski und zeigte auf uns, ganz so, als ob noch andere im Wohnzimmer säßen, die ebenfalls in Frage kämen.

»Danke, Herr Kowalski. Würden Sie uns bitte einen Moment mit den Jungs allein lassen?«, fragte die Polizistin, was die Laune von Jacks Vater nicht gerade anhob.

»Das ist mein Wohnzimmer und es geht um meine Tochter!«, erklärte er wütend und ich war mir sicher, die Beamtin würde klein bei geben, schließlich wusste sie bestimmt, dass er Anwalt war.

»Bitte«, sagte sie nur. Leise, höflich, aber energisch, und zu meiner großen Überraschung folgte Jacks Vater der Bitte und winkte verächtlich ab, bevor er türknallend das Zimmer verließ. Immer noch freundlich wirkend wandte sich die Polizistin uns zu, während ihr der junge Kollege einen Stuhl vom Esstisch reichte und anschließend einen Notizblock hervorzog. Fast so, wie es vorhin Jonas getan hatte. Vielleicht würde er ja auch einmal Polizist werden, schoss mir durch den Kopf. »Ich bin Kommissarin Ellen Busch und das ist mein Kollege, Polizeiobermeister Trappke. Jetzt erzählt noch einmal alles der Reihe nach.« Wir waren immer noch sehr angespannt, doch die Kommissarin schaffte es, uns innerhalb weniger Sekunden zu beruhigen, sodass wir, erst vorsichtig, dann immer schneller redend, jedes uns bekannte Detail berichteten. Der Polizeimeister kam kaum mit dem Schreiben hinterher.

»Und dann sind wir hier hergelaufen, weil wir dachten, dass Jack, also Jacqueline, vielleicht nach Hause gelaufen wäre«, schloss ich unsere Erzählung ab und schaute zu meinen Freunden. Sie nickten beide.

»Genau so war es, Frau Kommissarin«, bestätigte Jonas.

»Jo, stimmt«, sagte Philip.

»Gut, danke«, erwiderte die Polizistin und wandte sich ihrem Kollegen zu. »Wir brauchen nach Möglichkeit die Hundestaffel und einen Hubschrauber. Schau mal, was du besorgen kannst.«

»Alles klar«, sagte er nickend und ging mit schnellen Schritten aus der Tür.

»Und nun zu euch«, sagte sie in unsere Richtung. »Wissen eure Eltern schon Bescheid?« Mit einer hochgezogenen Augenbraue sah sie einen nach dem anderen von uns an. Wir schüttelten gleichzeitig unsere Köpfe. »Hab ich mir gedacht«, sagte sie verständnisvoll. »Ihr könnt euch sicher denken, dass ich euch nicht erlauben kann, an der Suchaktion teilzunehmen.« Sie schaute nach draußen, während sie weitersprach. »Ihr habt ja sicher ein Handy, oder zumindest einer von euch.«

»Ja, ich habe eins«, sagte Philip, der als Einziger von uns eins besaß, das er nicht abends abgeben musste, und zog es hervor. Leider hatte auch Jack keins dabei, wobei der Empfang dort oben sowieso lausig war und man nur alle paar Kilometer mal einen kleinen Bereich fand, wo man ein Signal hatte.

»Dann ruft bitte eure Eltern an, sie sollen euch hier abholen.« Sie zog einen Notizblock aus ihrer Uniformjacke und legte ihn vor uns auf den Couchtisch. »Vorher schreibt ihr mir noch eure ganzen Namen, die eurer Eltern, die Anschriften und die Festnetznummern auf, damit wir euch erreichen können.« Sie schob jedem von uns eine Visitenkarte zu. »Hier ist meine Nummer drauf. Falls euch noch etwas Wichtiges einfällt, meldet euch.«

***

Nacheinander riefen wir daheim an, keiner von uns konnte das Schlottern in der Stimme ganz unterdrücken. Kurz darauf trafen unsere Eltern fast gleichzeitig beim Wohnhaus der Kowalskis ein. Die Polizisten waren bereits seit ein paar Minuten fort und Jacks Vater konnte es kaum abwarten, auch uns wieder loszuwerden. Demnach war die Begrüßung unserer Eltern durch ihn ziemlich frostig, was den Vorteil hatte, dass weder meinem Vater noch dem von Jonas oder den Eltern Philips daran gelegen war, länger hierzubleiben, als nötig.

Auf dem Weg nach Hause musste ich die ganze Geschichte ein drittes Mal erzählen. Natürlich wollte auch mein Vater alles von A bis Z wissen.

»Ich habe euch doch gewarnt«, sagte er und für mich hörte sich seine Stimme resignierend an. Er war nie besonders laut mir gegenüber geworden, schrie mich nur äußerst selten an, und da musste ich schon gehörigen Mist verzapft haben. Meist blieb er total ruhig und sachlich, wobei ich mir manchmal schon gewünscht hätte, er würde mir einfach mal eine Ohrfeige verpassen. Besonders jetzt hätte ich es lieber gehabt, er würde mal richtig losbrüllen, anstatt diese komische Stimmung zu verbreiten. Sie besorgte mich, und das war an sich fast unmöglich, weil ich mir dermaßen Sorgen um Jack machte, dass es mich fast zerriss.

»Wir müssen sie suchen, Paps, bitte«, flehte ich ihn an, doch er reagierte gar nicht auf mich, sondern stellte das Autoradio an, aus dem leise, klassische Pianomusik erklang. Bis wir unser Haus erreicht hatten, sagte er kein Wort zu mir. Dort angekommen stieg er ebenso wortlos aus und ging ins Haus. »Paps, bitte«, wiederholte ich zum vierten Mal und musste meine Tränen unterdrücken, doch er ging einfach weiter und war im nächsten Moment im Hausflur verschwunden. In meinem Kopf rasten die Gedanken. Sollte ich einfach losrennen, sie auf eigene Faust suchen? Doch wo sollte ich anfangen? Wir hatten doch überall südlich von Mutschke nachgesehen. »Dann guck ich halt nördlich, vielleicht ist sie zum See runter«, redete ich mit mir selbst. »Nein, was sollte sie dort wollen? Blöde Idee. Vielleicht westlich?« Meine Verzweiflung wuchs von Sekunde zu Sekunde, bis ich die Haustür hörte. Immer noch saß ich bei geöffneter Tür auf dem Beifahrersitz unseres Wagens und rechnete damit, jetzt doch einen Einlauf von meinem Vater zu bekommen, dass ich schleunigst ins Haus und auf mein Zimmer gehen sollte. Doch anders als erwartet, öffnete er die Fahrertür, setzte sich hinter das Steuer und legte mir seine alte Ledertasche auf den Schoß, die er früher zur Arbeit mitgenommen hatte.

»Mach die Tür zu und schnall dich an«, sagte er ruhig, während er den Motor startete und anfuhr. Verwirrt schaute ich auf die schwere Tasche vor mir und öffnete sie bedächtig. Meine Hände glitten hinein und fühlten einige metallische Gegenstände, die ich schnell als zwei Taschenlampen ertastete. Darunter lag eine Dose, die sich wie eine für Haarspray oder Deodorant anfühlte. Ich zog sie raus und hielt sie vor mein Gesicht. »Das ist eine Druckluftfanfare, der Aufsatz liegt auch in der Tasche. Damit machst du Alarm, wenn du Jack aufgefischt hast, dann finden ich oder die von der Polizei euch schnell.«

»Oh«, sagte ich nur und kam mir blöd vor, weil ich vorhin gedacht hatte, meinen Vater würde das alles gar nicht interessieren. Aber klar, er mochte Jack, so wie er alle meine Freunde mochte, und natürlich würde er sie da draußen nicht einfach ihrem Schicksal überlassen. Dass er allerdings keine Fragen stellte, warum wir Mutschke diesen wenig netten Besuch abgestattet hatten, wunderte mich schon. Ich sprach dieses Thema lieber auch nicht an, da ich ihn dadurch vielleicht erst auf die Idee bringen würde. Andererseits wusste ich um seine Ruhe in stressigen Situationen. Er würde mir wahrscheinlich morgen den Kopf waschen, wenn wir ausgeschlafen waren und sich alle Probleme in Luft aufgelöst hatten. Nichts wünschte ich mir in diesem Augenblick mehr. Völlig egal, dass wir wegen der eingeworfenen Fensterscheiben natürlich noch Ärger bekommen würden und wahrscheinlich ein Jahr lang einen großen Teil unseres Taschengeldes für die Reparaturarbeiten an Mutschkes Haus abdrücken müssten.

Weiter unten in der Tasche fand ich noch Sachen für Erste Hilfe wie Bandagen, Tücher und eine Verbandsschere, aber auch ein Jagdmesser und zwei Seile. In den nächsten Minuten der Fahrt besprach ich mit ihm, welchen Bereich wir am besten absuchen sollten, also dort, wo die Polizei nicht eh schon suchte und auch nicht unbedingt dort, wo wir schon mehrfach gewesen waren. Mein Vater hielt am Rand des Waldweges an, der zur Lichtung vor Mutschkes Haus führte, allerdings in etwa 500 Metern Abstand davon. Noch einmal sprachen wir unser Vorgehen ab und wann wir uns wo treffen wollten, dann stapften wir in verschiedene Richtungen los.

KAPITEL 8

Heute

Es vergingen einige Sekunden, in denen wir uns sprachlos vor dem TV sitzend anstarrten, bevor Philip grinste.

»Alter, was ist denn mit dir los?«, fragte er und erst in diesem Moment begriff ich, dass er mich nur nachgeäfft hatte. Ich war völlig außer mir. Mein Herz schlug bis zum Hals und ich spürte, wie der Schweiß aus all meinen Poren schoss und sofort für ein nervenzermürbendes Jucken am Oberkörper sorgte. »Was starrst du mich so blöd an?«, hakte er nach. Langsam schloss ich den Mund, den ich bis eben offen gehalten hatte, und zeigte wie in Zeitlupe zur Mattscheibe, auf der immer noch die Bilder von der Explosionsstelle liefen.

»Hast du das etwa nicht gesehen?«, fragte ich gedehnt. »Hast du sie etwa nicht gesehen? Da, beim Rettungswagen? Gerade eben?« Mir wurde ganz komisch in der Magengrube und Philips verständnisloser Blick verbesserte meinen Zustand nicht gerade.

»Wovon zum Teufel redest du? Von der Moderatorin? Klar hab ich die gesehen. Hab dir doch vorhin schon gesagt, dass die besser aussieht als die Schnepfe vom Privatsender.« In mir ratterte es wie verrückt. Oder war ich verrückt? Warum um alles in der Welt hatte Philip sie nicht gesehen? Wir haben doch beide hingesehen.

»Willst du mich verarschen? Ich meine die Frau in dem beigen Blümchenkleid, die am Saniwagen verarztet wurde.«

»Sorry, hab nur auf die Sanitäterin geguckt.«

»Philip, ich bin mir sicher, dass das Jack war. Auch wenn die Haarfarbe jetzt etwas dunkler ist.« Von einer Sekunde auf die andere veränderte sich die Stimmung, nicht zum ersten Mal am heutigen Tag. Schon als uns Isabell über die Explosion in Berlin informiert hatte und wir kurz darauf das Fernsehgerät angestellt und die ersten Bilder gesehen hatten, wurde es gefühlt fünf Grad kälter im Haus, doch jetzt hatte das Zimmer mit einem Schlag die Gefriergrenze unterschritten.

»Nicht schon wieder, Lennard. Ich ertrag das nicht mehr«, erwiderte mein alter Freund kühl und schockte mich damit. Wenn er es einfach angezweifelt hätte oder nachgefragt, ob ich mir sicher wäre, okay, aber diese offen zur Schau gestellte Ablehnung verursachte fast körperliche Schmerzen bei mir.

»Hör zu, sie war es! Ich bin mir sicher!« Fassungslos sah ich zu ihm, wie er kopfschüttelnd aufstand und aus dem Zimmer gehen wollte. Er griff bereits zu seiner Jacke, die über der Lehne des Küchenstuhls hing.

»Ich hau ab, bei dir halte ich es einfach nicht mehr aus.«

»Warte doch«, bat ich, nahm die Fernbedienung und drückte hektisch auf einige Tasten. Irgendwie konnte man doch hier das Bild anhalten und zurückspulen, solange man auf demselben Sender geblieben war. Nichts passierte. Wie auch, diese Funktion kannte ich von unserem zwei Jahre alten Flachbildgerät, das Isabell und ich uns zusammen angeschafft hatten. Paps´ alter Röhrenapparat konnte das natürlich nicht. Genervt warf ich die Fernbedienung auf den Tisch und lief Philip hinterher. Kurz vor seinem Wagen erreichte ich ihn. »Mensch Philip, glaub mir doch, ich hab sie ganz genau erkannt.« Philip öffnete die Fahrertür und drehte sich zu mir, wobei er mich mitleidig ansah.

»Das hast du schon dreimal behauptet. Dreimal hast du dich geirrt und völlig umsonst alle damit verrückt gemacht.« Das überraschte mich jetzt nicht, denn in der Tat hatte es in den vergangenen Jahren drei Situationen gegeben, in denen ich sicher war, unsere alte Freundin erkannt zu haben. Jede dieser Situationen hatte sich leider als Rohrkrepierer entpuppt.

»Nein, dieses Mal ist es anders. Dieses Mal bin ich mir sicher!«, sagte ich und meine Stimme überschlug sich fast dabei. Philip seufzte und legte mir die Hand auf die Schulter.

»Lennard, du musst es endlich akzeptieren, so wie wir alle es akzeptieren mussten: Jacqueline Kowalski ist tot. Und du wirst ebenfalls damit leben müssen, dass du, dass wir Schuld daran haben.« Ohne weitere Worte stieg er ein und fuhr mit aufdrehendem Motor vom Grundstück, wobei er eine große Staubwolke aufwirbelte, die mich einhüllte. Schemenhaft sah ich, wie sich die Umrisse des Wagens entfernten und der Staub langsam wieder zu Boden fiel. Ich hielt mir die Hände vors Gesicht und starrte von den Handflächen beginnend an meinen Armen entlang über meinen Körper bis zu den Schuhen. Fast lückenlos hatte sich eine feine Staubschicht um mich herumgelegt und wurde vom Schweiß gehalten. Ich spürte die Tränen heiß über meine Wangen laufen.

»Aber ich bin mir sicher, dass sie es war.« Wie in Trance ging ich zurück ins Haus, fiel aufs Sofa und rollte mich ein. »Ganz sicher.«

**

Als ich aufwachte, wusste ich im ersten Moment nicht, wie lange ich schon in Embryonalhaltung auf der Couch gelegen hatte. Es musste mindestens eine Stunde gewesen sein, so steif wie sich meine Gelenke anfühlten, während ich unbeholfen auf die Beine kam. Warum schlief ich hier mitten am Tag? Ach ja, natürlich, Jack! Für einen Augenblick war meine Welt in Ordnung gewesen, bis mir das Bild aus den Nachrichten und natürlich die Beerdigung meines Vaters mit brutaler Wucht wieder ins Bewusstsein kamen, sich dort ausbreiteten und erneut für ein unerträgliches Gefühl der Ohnmacht und des Alleinseins sorgten. Isabell! Wenn mir jemand helfen konnte, dann meine Freundin. Hastig griff ich nach meinem Smartphone und wählte ihre Nummer. Enttäuscht darüber, dass sie nicht abnahm, beendete ich die Verbindung, ohne eine Nachricht zu hinterlassen. Wie dumm bist du eigentlich?, fragte ich mich gedanklich und schüttelte den Kopf. Erneut rief ich sie an, doch dieses Mal wartete ich geduldig ihre kurze Begrüßung auf der Mailbox ab, bevor ich nach dem Signalton draufsprach und sie bat, mich möglichst schnell zurückzurufen. Es wäre dringend. Danach legte ich auf.

»Und jetzt reiß dich verdammt nochmal zusammen«, sagte ich mir, während ich in den Spiegel an der Garderobe schaute und mir meines kläglichen Aussehens bewusst wurde. »So kannst du höchstens Werbung für Taschentücher oder stimmungsverbessernde Medikamente machen.«

Mit dem nächsten Telefonat bestellte ich mir ein Taxi, da mich Philip ja im Stich gelassen hatte. Ein wenig verstehen konnte ich ihn, schließlich waren es wirklich drei Fehlalarme, die ich in der Vergangenheit ausgelöst und damit für viel zusätzlichen Kummer bei allen gesorgt hatte, die Jack nahegestanden hatten. Doch dieses Mal war es völlig anders, das musste Philip doch erkennen. So wie ich es – wie ich sie erkannt hatte. Auch nach dem Nickerchen war meine Überzeugung keinen Deut gebröckelt: Bei der Frau im TV handelte es sich definitiv um Jack.

Dreißig Minuten würde es laut Aussage der Frau von der Zentrale dauern, bis der Wagen bei mir wäre. Für Berlin ein Grund für eine Beschwerde, für mein Heimatdorf im ländlichen Brandenburg, das von viel Wald und noch mehr Gegend umgeben war, handelte es sich bei einer halben Stunde um keine ungewöhnliche Wartezeit. Auf dem Lande tickten die Uhren halt langsamer. Diese Binsenweisheit hatte mein Vater mir schon bei etlichen Gelegenheiten unter die Nase gerieben, vor allem dann, wenn ich ihm von meinen dringenden, beruflichen Terminen in Berlin erzählte. Dreißig Minuten, das gab mir noch genügend Zeit, unter die Dusche zu springen, mich frischzumachen und meine sowie Isabells Sachen zusammenzupacken. Ursprünglich wollte ich den heutigen und morgigen Tag nutzen, um mit meiner Freundin die Sachen meines Vaters durchzugucken. Neben dem Klavier, auf das sie bereits spielerisch Anspruch erhoben hatte – durchaus zu recht, schließlich beherrschte sie das Instrument einigermaßen, im Gegensatz zu mir, der es gerade mal in schwarze und weiße Tasten unterteilen konnte – gab es einige Dinge in diesem Haushalt, die wir in unsere Wohnung mitnehmen wollten. Manche Sachen wollten wir verkaufen, das meiste jedoch an die Kirche oder andere Wohlfahrtseinrichtungen in der Gegend spenden. Was später mit dem Haus geschehen würde, darüber musste ich noch deutlich mehr als eine Nacht schlafen.

Doch das alles war jetzt gerade weit weg, zu präsent war das Bild der Frau, die ich klar als meine Jugendfreundin identifiziert hatte. Ganz klar?, fragte plötzlich eine mir durchaus bekannte Stimme in meinem Kopf. Ist das nicht einfach Wunschdenken? Oder ein weiteres Zeichen dafür, dass du langsam deinen Verstand verlierst?

»Lass mich!«, forderte ich sie auf und zu meiner Überraschung verstummte sie sofort. Ich drehte den Wasserhahn auf und kaltes Wasser prasselte auf meinen, vom Schlafen aufgeheizten Körper. Nur kurz spürte ich den süßen Schmerz, der von der belebenden Erfrischung abgelöst wurde.

***

Es dämmerte bereits, als ich den Schlüssel zu unserer Wohnung umdrehte und die Tür nach innen aufschob.

»Isabell«, rief ich und hatte gleich das Gefühl, sie wäre nicht da. Nirgends brannte Licht und schlafen würde sie mit Sicherheit noch nicht. »Isabell?«, wiederholte ich trotzdem, mehr aus Gewohnheit als in Erwartung einer Antwort. Einige weitere Male hatte ich von unterwegs aus versucht, sie zu erreichen. Zuletzt aus der S-Bahn, jedoch erklang immer die Mailbox. Nun gut, wenn man den Nachrichtensprecherinnen Glauben schenkte, die bei den Explosionen weiterhin von einem terroristischen Hintergrund berichteten, überraschte es mich nicht, dass sie bei der Arbeit voll unter Stress stand. Dennoch konnte ich ein wenig Enttäuschung darüber nicht verhehlen, dermaßen von ihr ignoriert zu werden. Aber das würde sich schon klären.

Nachdem ich die Koffer ins Schlafzimmer geschafft und die Straßenklamotten gegen einen schlabberigen, grauen Jogginganzug getauscht hatte, setzte ich mich an meinen Laptop und fuhr ihn hoch. Ungeduldig trommelte ich mit den Fingern auf der Schreibtischplatte, während sich langsam die Startseite aufbaute.

»Endlich«, sagte ich und ließ meine Finger über die Tastatur fliegen. Es dauerte nur wenige Minuten, bis ich in der Mediathek auf die Nachrichtensendung stieß, in der ich Jack gesehen hatte. Wenige Mausklicks später fand ich die Stelle und ließ sie als zweisekündige Sequenz in Dauerschleife abspielen. Sofort stellten sich meine Nackenhaare auf. Sie war es! Weiterhin hegte ich nicht den geringsten Zweifel daran, auch wenn Philip mich vorhin für verrückt gehalten hatte. Ich stellte die Sequenz um, sodass mir Einzelbilder gezeigt wurden, und suchte davon das aus, was mir Jack am deutlichsten zu zeigen schien. »Wenn du das siehst, wirst du mir glauben müssen, mein Freund«, sagte ich triumphierend und druckte das Bild in maximaler Auflösung aus.

Tief durchatmend zog ich das Foto aus dem Schacht des Multifunktionsgerätes und sah es mir an.

»Wo hast du so lange gesteckt?«, fragte ich in den Raum. »Und vor allem: Wo steckst du jetzt?« Das Klicken des Schlosses ließ mich aufhorchen. Ich legte das Foto zur Seite und ging in den Flur, wo Isabell gerade aus ihren Pumps schlüpfte.

»Hey, Lennard«, begrüßte sie mich eher kühl und ich merkte sofort, dass etwas nicht stimmte. »Ich komm nur kurz rein, um mich frisch zu machen und umzuziehen. Es wird eine lange Nacht heute.«

»Hi, ich hab versucht, dich zu erreichen.« Sie richtete sich auf und sah mich ernst an. Ihre dunkelbraunen Augen verrieten nichts.

»Ich weiß«, erwiderte sie seufzend. »Was ist denn so wichtig, dass du mich während eines Einsatzes aufgrund einer Terrorwarnung anrufen musst?« Ach, daher wehte der Wind. Jetzt fiel mir wieder ein, dass sie es gar nicht mochte, wenn ich oder überhaupt jemand während des Dienstes privat anrief. Warum auch immer das so tragisch war. Egal, ich wollte auf keinen Fall mit ihr darüber streiten, viel zu sehr brannte es mir auf den Nägeln, ihr über meine Entdeckung zu berichten.

»Ich habe vorhin Jack gesehen. In den Nachrichten«, plapperte ich los.

»Jack?«

»Jack, Jacqueline, die seit Jahren vermisst wird. Ich hab dir doch davon erzählt.«

»Ähem, du meinst, die seit Jahren tot ist. Und nicht nur du hast mir von ihr erzählt, sondern auch Philip, wie du weißt.« Ich schüttelte abwehrend den Kopf.

»Ja, oder nein, sie ist nicht tot. Philip hat etwas dramatisiert. Ich bin sicher, dass ich sie gesehen habe.« Isabell seufzte erneut und ihr Gesicht nahm mitleidige Züge an, was mich etwas stresste. Wollte sie mir nicht glauben? Dachten denn alle, dass ich bescheuert war? Sie trat auf mich zu und legte eine Hand auf meine Wange.

»Philip hat gemutmaßt, dass du dir die Schuld an ihrem Tod gibst und dein Unterbewusstsein dir deswegen immer wieder diese Streiche spielt. Das wievielte

Mal war das heute? Das vierte oder fünfte?« Genervt zog ich den Kopf zurück.

»Das stimmt doch so gar nicht, das –«, begann ich, bevor sie mich unterbrach.

»Weißt du, was ich glaube? Es hat mit dem Tod deines Vaters zu tun, mit dem Verlust. Außerdem hast du wieder Zeit mit Philip verbracht, das hat alte Erinnerungen geweckt. Die Dinge von damals kamen wieder hoch und zack, hast du eine Frau gesehen, die einer erwachsenen Jacqueline ähnlich wäre.«

»Nein, nein, nein.« Ich holte den Abzug vom Schreibtisch und hielt ihn ihr unter die Nase. »DAS IST JACK!«, wiederholte ich und hoffte, dass sie es eher begreifen würde, wenn ich es schrie. Seltsamerweise reagierte Isabell nicht wie sonst, wenn ich mal lauter wurde, indem sie zurückwich und mich mit scharfer Stimme zurechtwies. Nein, sie bekam einen merkwürdig verwirrten Ausdruck.

»Diese Frau habe ich heute gesehen«, sagte sie, als würde sie ein Selbstgespräch führen. Sie nahm mir das Foto ab und hielt es so, dass es besser beleuchtet war. »Ja, die ist uns heute über den Weg gelaufen. In Rudow.«

»In Rudow? Wo genau?«, wollte ich wissen und konnte mein Glück kaum fassen. Was für eine verdammte Fügung war das denn?

»In der Waltersdorfer Chaussee«, erwiderte sie immer noch leicht abwesend, bevor sie mich ansah. »Sie wurde von irgendeinem Typen mit `nem Diplomatenwagen angegangen. Doch sie hat sich losgerissen und konnte wegrennen, bevor wir eingreifen mussten.«

»Was? Diplomatenkarre? Losreißen?« Ich verstand gar nichts. »Aus welchem Land kam der denn? Die haben doch spezielle Nummern, da müsst ihr doch was machen, Personalien aufnehmen und so.«

»Die Zeugin hat lediglich eine 14 erkannt, was die Kennzahl von Äthiopien ist. Ob danach noch weitere Ziffern folgten, konnte sie auf die Schnelle nicht sehen. Aber wie gesagt, die Frau ist weggelaufen und der Mann hatte auf jeden Fall Diplomatenstatus. Da können wir mal so gar nichts machen. Abgesehen davon sind wir bei der Drogenfahndung und nur pro forma Streife gefahren.«

»Äthiopien? Aber –.«

»Warte mal«, unterbrach sie mich erneut, wobei ich eh nicht genau wusste, was ich sagen sollte. »Du meinst, du hättest sie in den Nachrichten gesehen? Bei der Explosionsstelle?«

»Ja, sag ich doch. Sie wurde während des Beitrags gerade verarztet.« Ich schaute auf das Bild und zeigte auf einen Ärmel, der am Rand zu sehen war. »Hier, der ist von der Sanitäterin.«

»Okay, lass mich den Ausdruck mitnehmen und ich frag die Kollegen, ob sie es mal durch den Computer jagen können. Vielleicht finden die ja etwas über sie heraus.«

»Das würdest du tun?«, fragte ich und mein Magen kribbelte. Wer sollte schneller etwas herausbekommen als die Polizei? »Danke, vielen Dank.«

»Nicht zu voreilig. Ich glaube nach wie vor nicht, dass es deine Jack ist, und sollte bei der Überprüfung etwas rauskommen, was nicht auf sie deutet, darf ich dir darüber nichts erzählen. Datenschutz und so, du verstehst?«

»Ja, klar, verstehe«, sagte ich schnell, wobei ich davon überzeugt war, sie würde es mir trotzdem sagen. Sie war schließlich meine Freundin.

KAPITEL 9

Vor 15 Jahren

Eine Woche war seit Jacks Verschwinden vergangen. Die bis dahin schlimmste Woche meines Lebens. Sogar noch etwas schlimmer als die nach dem Tod meiner Mutter. Was sicher daran lag, dass sich Mamas Ableben irgendwie angekündigt hatte und daran, dass es endgültig war. Anders als bei Jack, die möglicherweise gesund und munter wieder auftauchen würde. Das zumindest wollte ich glauben, solange das Gegenteil nicht bewiesen worden wäre.

Die bislang einzige Spur von ihr, die die Suchhunde der Polizei finden konnten, waren einzelne Haare auf dem Boot Mutschkes, das ein paar hundert Meter hinter seinem Haus an einem maroden Steg am Ufer des Sees festgebunden und von den Beamten sichergestellt worden war. Doch alle Versuche der Polizei, Mutschke selbst mit dem Verschwinden in Verbindung zu bringen, scheiterten. Er wäre in der Zeit von unserem Überfall auf ihn – den er interessanterweise nicht zur Anzeige gebracht hatte – bis zum Eintreffen der Polizisten mit der notdürftigen Reparatur der eingeworfenen Fensterscheiben beschäftigt gewesen. Das konnte durchaus den Tatsachen entsprechen, denn überall dort, wo sich keine Fensterläden befanden, hatte er breite Bretter davor genagelt. So jedenfalls berichtete es uns später die Kommissarin. Ehrlich gesagt hätte ich auch nicht gewusst, wie Mutschke es in der Zeit geschafft haben sollte, Jack einzufangen, zum Boot zu bringen und sie dann noch in der Mitte des Sees zu ertränken oder sie gar ein paar Kilometer den Fluss hoch zu schaffen. Nein, da stimmte etwas nicht, das war uns sonnenklar. Etwas stimmte mit dem Mutschke nicht.

»Der hat sicher Beziehungen zur Polizei, sodass ihm keiner ans Zeug flickt«, spuckte Philip fast aus, als wir davon erfuhren. Herr Mergenstein hatte uns oft genug mit verschwörerischer Stimme darüber aufgeklärt, dass die Verflechtungen der Stasi bis in die heutige Zeit hineinreichten und man niemals so ganz sicher sein könnte, mit wem man es zu tun hätte. Damals fanden wir das superspannend und aufregend. Doch jetzt, da Jack verschwunden war, war aus unserem etwas künstlichen Entsetzen knallharter Zorn geworden.

Taucher hatten den Grund des Sees und teilweise den angrenzenden Fluss nach ihr abgesucht, doch weder sie noch irgendwelche Kleidung oder andere Spuren von ihr wurden gefunden. Auch das Durchkämmen der Wälder brachte nur dort etwas zu Tage, wo wir in den Tagen zuvor mit ihr langgelaufen waren. Bei unserer unterirdischen Hütte und in der direkten Umgebung davon fanden sich natürlich viele Spuren, die sich allesamt als unnütz herausstellten. Auch der Helikopter gab auf, nachdem er vier Tage mit der Wärmebildkamera unsere Wälder überflogen hatte.

Die ersten Tage bekamen wir Druck von allen Seiten. Unsere Eltern, die von Jack, aber auch die Polizei und unsere Lehrer – alle fragten immer wieder aufs Neue, was genau geschehen wäre. Und jedes Mal schienen sie uns weniger zu glauben, wodurch wir noch enger zusammenrückten.

Als sich die Aufregung langsam legte, trafen wir uns mit den Fahrrädern bei unserer Höhle, die wir seit dem Tag nach Jacks Verschwinden nicht mehr betreten hatten. Von dort fuhren wir, zu allem entschlossen, zum Haus Mutschkes.

»Wenn die Cops schon nichts auf die Reihe bekommen, müssen wir uns halt selbst darum kümmern«, sagte Philip und schwang sich auf den Sattel. Wir hatten Mühe, mit ihm Tritt zu halten, doch wir schafften es und erreichten gleichzeitig die Lichtung vor Mutschkes Grundstück.

»Guck an, die meisten Fenster sind wieder repariert«, merkte Jonas an, was weder mir noch Philip, das glaubte ich zumindest, aufgefallen war. Interessiert hätte es uns ebenso wenig.

»Ja, ganz toll«, sagte ich daher auch nur. Wir hielten genau vor seinem Gartentor an und rutschten lässig vom Sattel auf die Gepäckträger unserer Räder. Dicht nebeneinander angeordnet, die Lenker in Richtung des Hauses ausgerichtet, versuchten wir, möglichst ernst auszusehen.

»Und jetzt?«, wollte Jonas wissen, als nach einigen Minuten stummen Wartens nichts passierte.

»Klingeln«, gab Philip vor und es folgte ein sekundenlanges, schrilles Konzert. Plötzlich hob Jonas die Hand. Wir folgten seinem Blick, der jetzt gar nicht mehr so entschlossen wirkte, wie es noch vor ein paar Augenblicken der Fall gewesen war. Auch ich schluckte, als ich Mutschke aus dem Haus treten und auf uns zukommen sah. Nun verstummten auch unsere Klingeln. Der Einsiedler trug dasselbe Zeug wie beim Überfall auf ihn. Seine wilden, ungepflegten Haare und der Bart deuteten darauf hin, dass er sich seitdem auch nicht mehr großartig um seine Körperpflege gekümmert hatte. Fasziniert und angewidert zugleich konnte ich meinen Blick nicht von ihm nehmen. Beim Gartentor blieb er stehen und stützte sich darauf ab. Fast schien es, als wollte er ein nettes Pläuschchen mit uns halten.

»Was wollt ihr Scheißer hier? Habt ihr nicht genug zerdeppert?«, fragte er jedoch mit einer Schärfe in der Stimme, die mich einschüchterte. Ich hoffte, er würde es mir nicht anmerken.

»Wo ist unsere Freundin?«, blaffte Philip ihn an.

»Ja, wir wissen genau, dass Sie dahinterstecken«, sagte Jonas, nicht ganz so laut. Bevor ich etwas sagen konnte, nahm ich wahr, wie Mutschkes zorniger Gesichtsausdruck sich verwandelte. Einen Moment lang dachte ich, er würde freundlich lächeln, doch dann erkannte ich, dass er uns verhöhnte.

»Ach, vermisst ihr etwa eure kleine Freundin? Tja, hättet ihr mal besser auf sie aufgepasst, ihr Scheißer.«

»Wir werden herausbekommen, was Sie mit ihr gemacht haben«, sagte ich mit einer Überzeugung, die mich selbst überraschte.

»Ach ja?«, fragte er fast amüsiert, »dann viel Erfolg dabei.« Von einer Sekunde zur anderen riss er das Gartentor auf und machte ein paar Schritte auf uns zu. Wir wichen zurück, doch er blieb eine Armlänge entfernt vor uns stehen, sodass ich ihn zum ersten Mal bei Tageslicht aus der Nähe sah, seine unreine, unrasierte Haut und den Teil eines Tattoos, der nicht vom Ärmel seines Shirts verdeckt wurde. Es sah aus wie der untere Teil eines Kreuzes, aber genau erkennen konnte ich es nicht. »Und jetzt verpisst euch hier, oder ich jag euch 'ne Ladung Schrot auf den Pelz!«

Gedemütigt fuhren wir nach Hause und ab dieser Situation war es um den Zusammenhalt unserer ehemaligen Gang geschehen. Jonas war der erste, der sich immer weiter von uns zurückzog und langsam einen anderen Freundeskreis aufbaute, zu dem Philip und ich nicht mehr passten. Auch die Beziehung zwischen Philip und mir bröckelte unaufhörlich, sodass wir zwar weiterhin Dinge zusammen unternahmen, aber es sollte niemals wieder werden wie früher. Wie früher, als wir noch zu viert gewesen waren.

KAPITEL 10

Heute

Es war jetzt zwei Stunden her, dass Isabell wieder zum Dienst gefahren war. Ich saß wie auf heißen Kohlen und wartete auf eine Nachricht von ihr. Kurz war ich versucht, erneut ihre Nummer zu wählen, doch ihre Ermahnung hielt mich davon ab. Obwohl ich es nach wie vor für übertrieben und albern hielt, sie nicht während des Dienstes anrufen zu dürfen, gerade in diesem Fall, der für sie doch quasi dienstlich war. Letztendlich gab ich mich geschlagen und schickte ihr lediglich eine Nachfrage über WhatsApp. Als sie nach einer weiteren halben Stunde nichts von sich hatte hören lassen, hielt ich es nicht mehr aus. Kurzerhand druckte ich einen zusätzlichen Abzug der vermeintlichen Jack aus, angelte die Autoschlüssel vom Brett neben dem Schuhregal und machte mich auf den Weg zurück in mein Heimatdorf. Zum Glück brauchte Isabell den Wagen nicht, zum Dienst fuhr sie mit der S-Bahn oder wurde von ihrem Kollegen Paul abgeholt. Beim Gedanken an ihn verzog ich das Gesicht. Wir hatten uns zwar noch nie richtig miteinander unterhalten bei unseren zehn oder elf Begegnungen, doch von Anfang an war er mir unsympathisch. Dazu passte Isabells Erzählung, dass er sie bereits angegraben hätte. Die fehlende Sympathie beruhte offensichtlich auf Gegenseitigkeit, was es vereinfachte, wenn Paul in einem Gespräch zwischen Isabell und mir mal thematisch gestreift wurde: Ich brauchte mich dann nicht zu verstellen und konnte meiner Abneigung freien Lauf lassen. Meine Freundin störte sich nicht daran, was mich auch nicht verwunderte, schließlich trennte sie Privates und Dienstliches konsequent, wie beim Telefonieren.

Während der langen Fahrt durch die Weiten Brandenburgs rasten mir die Gedanken mit dem Tempo des französischen Hochgeschwindigkeitszuges TGV durch den Kopf. Jack lebte! Kein Zweifel. Wie viele Stunden meines Lebens hatte ich mich dafür gehasst, nicht richtig auf sie aufgepasst zu haben! Dafür, Mutschke noch minutenlang angestarrt zu haben, anstatt den Posten wie geplant zu räumen. Dann hätte ich erkannt, dass es nicht Jacks Schritte, sondern die von Jonas gewesen waren, und sofort nach ihr gesucht. »Du hättest sie gefunden, mit Sicherheit!«, sagte ich mir jedes Mal, wenn ich an diese Situation dachte. Und jedes Mal fühlte ich mich noch ein Stück schlechter. Doch das alles war vorbei. Sie lebte und ich würde sie finden. Und wenn es das Letzte wäre, das ich tat. Ich würde sie finden und um Verzeihung dafür bitten, sie nicht beschützt zu haben und dafür, sie erst jetzt und nicht schon vor 15 Jahren gefunden zu haben.

Die Endorphine jagten durch meine Blutbahn. Ich kam mir so lebendig vor, wie ich es jahrelang nicht mehr von mir kannte. Fast, als hätte ich im Stand-by-Modus vor mich hinvegetiert und das Bild Jacks hätte meinen Rechner jetzt wieder hochgefahren. Daran, dass ich sie möglicherweise gar nicht finden würde, oder dass sie es trotz meiner felsenfesten Überzeugung am Ende doch nicht wäre – ich mich also geirrt hätte, ein weiteres Mal – erlaubte ich mir keine Sekunde, zu denken. Und ich nahm mir vor, mir in diesem Fall von niemandem reinreden zu lassen. Da konnten sich Philip und Isabell und wer auch immer auf den Kopf stellen. Apropos Isabell: Ich fischte mein Smartphone zwischen ein paar Unterlagen, den Resten zweier Cheeseburger, die ich unterwegs gekauft und fast komplett gefuttert hatte, sowie dem ausgedruckten Foto Jacks hervor, was alles auf dem Beifahrersitz lag, und schaltete das Display an. Nichts. Keine Nachricht von Isabell, keine von Philip, dem ich per SMS eine Kopie des Fotos geschickt hatte. Lediglich eine Updateinformation und der Hinweis auf einen geringen Ladezustand des Akkus ploppten auf. Es fühlte sich an wie ein dumpfer Schlag in die Magengrube, nicht sonderlich schmerzhaft, aber sehr unangenehm im Nachgang.

Nachdem ich mein Elternhaus passiert hatte, folgte ich der Straße für etwa zwei Kilometer, bevor ich auf eine unbeleuchtete Nebenstraße abbog. Wegen der fehlenden Fahrbahnmarkierung in Kombination mit dem üblen Zustand des Straßenbelags, der alle paar Meter von Schlaglöchern gesäumt war, die im Einzelfall die Größe eines Nudelsiebs erreichten, schaffte ich es nur mit Mühe, nicht im etwa einen Meter tiefen Graben zu landen, der seitlich von der Straße verlief. Den konnte ich im Moment zwar nicht erkennen, doch ich kannte die Straße, sowie ich jede andere Straße und jeden Weg rund um mein Heimatdorf kannte. Denn trotz der Wende hatte sich von der Infrastruktur her kaum etwas verändert. Klar, die größeren Land- und Bundesstraßen waren in gutem bis tadellosem Zustand, doch je mehr man Richtung Land kam, je mehr verstand man, was viele mit dem Begriff ›abgehängt‹ meinten. Die Jungen zogen in die Städte, zurück blieben die Alten, und zwar nicht nur die Menschen, sondern auch die Zustände. Wobei ich aus vielen Nachbarorten wusste, dass die kommunale Politik sich wirklich den Arsch aufriss und denen in Berlin auf die Füße trat, sodass es durchaus Hoffnungsschimmer am Horizont gab.

Am Ende mündete der Weg in einen geschotterten Wendehammer vor einem Einfamilienhaus. Durch das Küchenfenster fiel ein Lichtstrahl nach draußen, der die Blumen im Beet davor in einen diffusen Schimmer tauchte. Sofort durchlief mich ein wohlig-warmes Gefühl, musste ich doch an die Zeiten denken, in denen ich mit Jonas und den anderen bei seinen Eltern in der Küche saß, seine Mama uns Plinse machte, die wir mit Sirup übergossen, bevor wir sie hastig herunterschlangen. Es endete immer in einer ordentlichen Sauerei, bis wir sämtliche Eierkuchen verputzt hatten, doch Jonas´ Mama schien sich daran nie zu stören, eher freute sie sich darüber, dass es uns schmeckte.

Seine Eltern lebten mittlerweile in einer Seniorenresidenz in einer nahegelegenen Kleinstadt. Das wusste ich von Philip, der mit Jonas auch nur höchst selten Kontakt hatte. Ich hingegen hatte unseren Freund seit gefühlten Ewigkeiten nicht mehr gesehen. Damals, als ich schon mal glaubte, Jack erkannt zu haben, müsste unser letztes Treffen gewesen sein.

»Dahinter steckt Karen«, erklärte mir Philip einst. »Sie will sich endlich auch unten im Haus breit machen, und nicht nur im Obergeschoss.« Er unterstrich es mit einer abfälligen Handbewegung, die meiner Meinung nach gar nicht nötig gewesen wäre. Karen mochten wir nicht, hatten Philip und ich damals beschlossen, kurz nachdem das unscheinbare Mädchen mit den straßenköterblonden Haaren, die einen Jahrgang unter uns die Schule besuchte, mit Jonas zusammenkam. Nicht, dass sie ihn uns weggenommen hatte, nein, Jonas hatte sich ja selbst ein paar Jahre zuvor von uns abgekapselt. Sie vermittelte uns einfach das Gefühl, dass unser ehemaliger Freund tatsächlich ohne uns weiterlebte, uns überhaupt nicht vermisste, uns kein bisschen brauchte. Nein, wir mochten Karen nicht. Dass wir ihr damit Unrecht taten, war uns bewusst, aber egal.

Der Bewegungsmelder erfasste meinen Wagen, die Steine unter den bremsenden Reifen knirschten. Während ich aus dem Fahrzeug stieg, sah ich das Licht hinter der Haustür angehen. Ich ging um das Auto herum und schaute die Stufen hoch zu der zierlichen Frau, die mit verschränkten Armen, bekleidet mit einem mausgrauen Schlabberpulli, mitten in der Tür stand.

»Hallo, Lennard. Es tut mir Leid wegen deines Vaters«, hörte ich Karen mit einer kühlen, dennoch herzlichen Stimme sagen. Keine Ahnung, wie sie das hinbekommen hatte. Gern hätte ich mir den Umweg zu Jonas über seine Frau erspart und direkt mit ihm gesprochen. Es sollte nicht sein.

»Hi, Karen. Danke. Ist Jonas zu Hause?« Sie verspannte, das konnte ich deutlich sehen. Dachte sie etwa, ich wäre hier, weil er nicht zu der Beerdigung erschienen war? Weil ich ihm deshalb einen Vorwurf machen wollte? Es dauerte einige Sekunden, bis sie seufzend einen Schritt zur Seite machte und mit dem Kopf nach innen deutete.

»Er ist oben, in seinem Büro«, sagte sie tonlos und fügte fast flüsternd hinzu: »Stress ihn nicht, ihm geht es heute nicht gut.«

»Versprochen«, log ich, denn mir war klar, dass ich ihn sehr wohl aufregen würde, es interessierte mich aber nicht. Warum sollte ich besondere Rücksicht auf ihn nehmen? Hatte er damals Rücksicht auf uns genommen? Nein, er hatte uns, seine besten Freunde, fallengelassen wie heiße Kartoffeln. Und später ließ er sich mit dieser Allerwelts-Karen ein. Ich schüttelte den Kopf über mich selbst. Hatte ich wirklich gerade diese infantilen Gedanken? Mensch, Lennard, reiß dich zusammen! »Was hat er denn?«, fragte ich dann doch noch.

»Jonas leidet unter schweren Depressionen. Sag bloß, du weißt das nicht?«, meinte sie, atmete tief durch und schob verständnisvoll hinterher: »Ach, ja, du warst länger nicht hier, erzählt man sich, und mit deinem Vater hattest du deine eigenen Sorgen.« Depressionen? Jonas? Verdammt, warum hatte mir das niemand erzählt, warum hatte Philip das nie erwähnt? Zwar war ich medizinisch nicht sonderlich bewandert, aber ein paar Informationsfetzen über diese Erkrankung hatte ich schon im Kopf. Schließlich hatte mein Vater jahrelang unter dieser Erkrankung gelitten. Sollte ich Jonas trotz dieser Umstände wirklich mit meiner Entdeckung belasten? Oder wäre es besser, wenn ich später mit ihr, also mit Jack aufkreuzen würde, wenn ich sie gefunden hatte?

»Oh, nein, äh, das wusste ich nicht«, stammelte ich.

»Mit viel Glück ist er ansprechbar, aber es kommen immer öfter Phasen, in denen er völlig apathisch dasitzt, als wäre er in einer anderen Welt. Das liegt auch an den Medikamenten, sagt die Ärztin: Stimmungsaufheller schlagen bei ihm schlecht an und Alternativen gibt es kaum. Sie versuchen es experimentell, dreimal in der Woche fahren wir zu einer Therapie – also, wenn er nicht so ist wie heute. Seit vorgestern ist es wieder besonders schlimm. Deswegen konnte er auch nicht zu der Beerdigung kommen.« Ich kam mir vor wie der letzte Arsch, dass ich heute Nachmittag gedacht hatte, er wäre bewusst nicht gekommen, weil er meinem Vater die letzte Ehre verweigern oder aber mich nicht sehen wollte. Ich räusperte mich.

»Was für eine Scheiße, tut mir leid. Aber ich würde trotzdem gern zu ihm reingehen, wenn du nichts dagegen hast.«

»Na klar, ihr seid doch Freunde. Oder ihr wart es wenigstens, nicht wahr?« Nickend schob ich mich an ihr vorbei und erklomm die Treppe zum Obergeschoss. Beim Ankommen hatte ich neben dem Licht in der Küche auch welches durch die Scheibe seines Kinderzimmers gesehen und ging davon aus, dass er es mittlerweile als Büro nutzte. Jedenfalls solange er dazu in der Lage war. Trotz der betrüblichen Aussicht, meinen ehemaligen Freund gleich erkrankt anzutreffen, musste ich lächeln, als unter meinem Gewicht die vierte Stufe wie früher knarzte, als würde sie jeden Moment durchbrechen. Ich sah über die Schulter nach unten, wo Karen am Fuß der Treppe stehengeblieben war und mich beobachtete.

»Ihr habt sie immer noch nicht repariert?«, wollte ich wissen.

»Natürlich nicht, sie ist ja nicht kaputt«, erwiderte sie achselzuckend und verschwand aus meinem Sichtfeld in Richtung Küche.

Die Tür war angelehnt und quietschte leise, als ich sie aufschob, nachdem ich zuvor einmal angeklopft hatte. Ich trat ein und sofort überkam mich eine Welle des Mitgefühls. Mein alter Jugendfreund saß in einem lederbezogenen Ohrensessel, der unheimlich bequem wirkte. Eigentlich sah Jonas gut aus: Er hatte seine überflüssigen Pfunde längst verloren, die ihm als Jugendlichem zu schaffen gemacht hatten, und trug ein Sakko über dem gestärkten Oberhemd. Sein dunkelbraunes, volles Haar war zeitlos gescheitelt, während er mich durch eine teuer wirkende Brille ansah. So glich er auf den ersten Blick einem Anwalt, der gerade von einer Runde Golf oder Tennis zurück ins Büro gekommen war. Doch er sah nicht mich an, beziehungsweise, er starrte mir quasi genau auf den Bauch, während ich vor ihm stand.

»Hey, Jonas«, sagte ich leise. Keine Reaktion. Nicht einmal ein Blinzeln. Seufzend zog ich einen Stuhl heran und setzte mich ihm genau gegenüber, etwa ein Meter trennte uns voneinander. »Wie geht es dir?«, schob ich hinterher, und da ich ihn jetzt genauer betrachten konnte, fiel mir auf, dass er ganz und gar nicht so gut aussah, wie ich es in der schwachen Deckenbeleuchtung im ersten Moment empfunden hatte. Sein Gesicht war aufgedunsen und glänzte, als ob Karen es mit einer Schicht Vaseline eingeschmiert hätte. Was hieß hier ob, vielleicht hatte sie genau das getan, schließlich hatte er Depressionen und kein Parkinson, bei dem das Salbengesicht eines der Symptome war. Ich ließ meinen Blick durch das Zimmer schweifen und konnte nicht umhin zu lächeln, als ich den Wimpel unseres FCs neben einem Stapel *Asterix*-Hefte auf dem Regal hinter Jonas entdeckte. Wie früher. Auch die Poster an den Wänden schienen dieselben Bands und Tiere zu zeigen, die ich von früher her kannte. Nur der fette Sessel und der moderne Schreibtisch, auf dem ein großer Laptop stand, waren neu für mich. Ich beugte mich etwas vor und legte eine Hand auf sein Knie. Erst jetzt merkte ich, dass sein Bein zitterte. »Die Beerdigung war schön«, erzählte ich ihm mit ruhiger Stimme. »Schade, dass du nicht dabeigewesen bist. Philip war auch da.« Weder das Zittern veränderte sich, noch bewegten sich die Augen. Jonas schien tatsächlich in einer anderen Welt gefangen. Vielleicht in einer schöneren als der unseren, dachte ich kurz und wünschte es ihm. Ich redete noch ein wenig belangloses Zeug, während ich mit mir rang, ob ich ihm von Jack erzählen sollte. Ach, warum nicht, dachte ich schließlich. Wenn ich schon mal hier war, und außerdem bekam er es ja eh nicht mit. Ich schaltete die Schreibtischlampe an und drehte sie zu uns, dann holte ich das ausgedruckte Bild hervor und zeigte es ihm. »Schau mal, ich habe Jack gefunden«, flüsterte ich und zeigte auf die Frau. »Sie lebt! Wie ich es immer gesagt habe.«

Plötzlich atmete Jonas tief und geräuschvoll ein, sodass ich vor Schreck fast das Bild fallengelassen hätte. »Was ist los?«, wollte ich von ihm wissen, als ob er jetzt mit mir reden könnte. Das Zittern seines Beines wurde stärker und er atmete immer schneller und lauter, sodass Panik in mir aufstieg. Was hatte ich nur angerichtet? Karen hatte mich doch explizit davor gewarnt, ihn aufzuregen. Im nächsten Moment schwang die Tür auf. Karen stürzte an mir vorbei zu Jonas und nahm ihn in den Arm. In diesem Augenblick wurde mir bewusst, dass sie die Richtige für ihn war.

»Beruhig dich, Schatz, beruhig dich«, sagte sie mit weicher Stimme und streichelte über seinen Rücken. Ich saß wie ein Schuljunge vor den beiden und wusste nicht, was ich tun sollte. »Es ist besser, wenn du jetzt gehst«, nahm mir Karen die Entscheidung ab, der ich nur zu gern folgte.

»Tut mir leid, das wollte ich nicht«, sagte ich, unsicher, ob Karen oder Jonas mich hörten. Zu sehr schien sie erfolgreich damit beschäftigt, ihn zu beruhigen. Auf dem Weg nach unten verharrte ich kurz, lauschte den langsamer werdenden Atemzügen von Jonas, bevor ich nach draußen ging, ins Auto stieg und davonfuhr.

***

Einerseits fand Isabell es befremdlich, wie sehr sich Lennard in diese Sache mit Jack hineinsteigern konnte. Klar, Philip hatte es angedeutet, doch insgeheim hatte sie die Warnung als kleine Gehässigkeit unter Freunden eingestuft und sie nicht sonderlich ernst genommen. Andererseits fand sie es auch spannend, etwas über eine ihr völlig unbekannte Frau auf einem Foto herauszubekommen. Auch wenn es deutlich ihre Kompetenzen überstieg und gar nicht in ihr Aufgabengebiet fiel – bis es keine näheren Informationen über den Bombenanschlag vom Nachmittag gab, würden sie und Paul eh nur weiter zur Abschreckung durch die Stadt cruisen. Warum also nicht nebenbei ein paar Ermittlungen anstellen? Gerade wenn man, wie sie, einen guten Freund beim Landeskriminalamt hatte, der ihr sicher gern behilflich wäre.

»Glaubst du im Ernst, dass diese Frau die alte Freundin von deinem Kerl sein könnte?«, wollte Paul wissen, nachdem sie ihn kurz eingeweiht hatte.

»Ehrliche Antwort? Kein Stück. Allein schon wegen der Ermittlungsakten von damals«, erwiderte sie. »Aber ausgerechnet diese Frau ist uns bei dem Einsatz vorhin über den Weg gelaufen, daher bin ich schon neugierig, wer das sein könnte. Zumal sie fast in eine Diplomatenkarre gezerrt worden wäre.« Sie schaute herausfordernd zu ihrem Kollegen, der wieder hinter dem Steuer saß. »Interessiert es dich denn überhaupt nicht?«

»Prinzipiell bin ich für alles empfänglich, was nicht langweilig ist. Aber denk nicht mal im Traum daran, dass ich wegen dieser Geschichte auch nur die kleinste Dienstvorschrift verletzen werde.« Jetzt schaute er zu ihr und zog die Augenbrauen hoch. »Wie du das für dich hältst, musst du selbst wissen. Aber wehe, du ziehst mich in irgendetwas hinein.«

»Ja, ja, ist schon klar. Du bist ja schließlich schon immer ein Vorzeigecop gewesen«, neckte sie ihn, wohl wissend, dass er schon einige Disziplinarverfahren gegen sich hatte durch- und überstehen müssen.

»Nicht, dass ich dir irgendwie zuarbeiten will, aber ich könnte mir vorstellen, dass du über die Verkehrs-überwachungskameras die Nummer des Wagens herausbekommen könntest.«

»Mh«, machte Isabell. Sie hatte selbst schon daran gedacht, zumal die Chance groß war, da sie den genauen Zeitpunkt kannten, an dem sie das Fahrzeug in Rudow gesehen hatten. Jedoch fehlte der schlüssige Grund, womit sie diese Informationen legal einholen könnte. »Leider sitzt dort niemand, der mir einen Gefallen schuldet oder den ich besonders gut kenne.«

»Tja«, begann er und schaute provozierend zu Isabell, die gelangweilt durch die Windschutzscheibe die entgegenkommenden Autos beobachtete. »Gesetzt den Fall, ich würde dort jemanden kennen: Was würdest du es dich kosten lassen, wenn ich meine Beziehungen spielen lasse?«

»Alles, was du willst«, sagte sie und war sicher, er würde den Sarkasmus verstehen. »Dann kannst du mich haben.«

»Wohoo, nun dreh nicht gleich wieder durch. Oder sind das immer noch die Hormone? Ich hab doch nur einen Scherz gemacht. Gib mir mal das Notizbuch aus meiner Jackentasche.« Isabell drehte sich stöhnend nach links, um an das Kleidungsstück zu gelangen, das auf dem Rücksitz lag. Nach einem Moment hatte sie das Buch in der Innentasche gefunden und zog es hervor.

»Dieses?«

»Ja, sicher, oder denkst du, ich trage mehrere davon mit mir herum?«

»Ich frage mich eher, warum du überhaupt eines mit dir herumträgst. Das ist so 90er, verstehst du?«

»Klappe, du Küken. Willst du jetzt, dass ich dir helfe oder nicht?«

Kurz darauf rief er eine Nummer aus seinem Organizer an und schilderte einem gewissen Karl sein Anliegen. Besser gesagt, ihr Anliegen, oder noch besser, Lennards Anliegen.

»Danke«, sagte sie, nachdem das offensichtlich unterhaltsame Gespräch zu Ende war – diesen Eindruck bekam Isabell jedenfalls wegen Pauls Lachern zwischendurch und weil er es auf plattdeutsch führte.

»Da nich´ für«, erwiderte Paul, noch immer in seiner Emder Rolle.

»Ist Karl ein alter Freund aus Emden?«

»Nee, nee«, erwiderte Paul lachend, »Karl ist Auricher, die sind etwas –.« Statt den Satz fertig zu sprechen, kreiste er ein paar Mal mit seinem Zeigefinger um die Schläfe. »Du verstehst?«

»Ja, sicher«, log sie. Woher sollte sie sich auch als Ur-Berlinerin, die noch nicht so oft aus der Hauptstadt herausgekommen war, mit den ländlichen Gepflogenheiten in Ostfriesland auskennen? Wenn es sie mal in die Ferne getrieben hatte, war sie meist gleich nach Nordamerika gereist. »Schaut er nach?«

»Davon gehe ich aus«, sagte er und schon brummte sein Telefon. Isabell wartete geduldig das Ende des Gesprächs ab, bevor sie neugierig fragte:

»Und?«

»Der Hund hat doch tatsächlich schon gesucht, als wir das erste Mal telefoniert hatten. Ich sach ja, Auricher ...« Paul schüttelte den Kopf. »Also, pass auf: Unsere Zeugin hatte recht gute Augen, aber vielleicht nicht den richtigen Winkel zum Kennzeichen. Karl konnte der Uhrzeit einen S-Klasse Mercedes zuordnen, der auf das Kennzeichen 0 140 – 165 zugelassen ist.«

»140? Die steht doch für die Russische Föderation, oder?«

»Ja, genau. Die 165 deutet aber eher auf ein kleineres Licht hin. Vielleicht handelt es sich um den Hausmeister der Botschaft«, sagte Paul und kicherte.

»Vielleicht um einen kleinen Staatssekretär«, mutmaßte Isabell, denn auch sie wusste, dass der Rang desjenigen, auf den der Wagen zugelassen war, niedriger wurde, je größer die letzte Zahl auf dem Kennzeichen war. Der jeweilige Botschafter eines Landes hatte in der Regel die 1 dort stehen.

»Wie auch immer, wenn es bei Äthiopien geblieben wäre, wie wir anfangs dachten, hätte ich ja weiter mitgespielt, aber mit den Russen will ich nichts zu tun haben. Die verstehen keinen Spaß, wenn man sich in ihre Angelegenheiten einmischt.«

»Die sie auf unserem Grund und Boden abziehen«, warf Isabell ein.

»Das ist mir wumpe, ich bin raus.« Nach einem Augenblick fügte er hinzu: »Das würde ich dir übrigens auch empfehlen.«

KAPITEL 11

Schweißgebadet schreckte ich aus dem Schlaf auf und schnappte nach Luft. Jedenfalls glaubte ich das. Die Bilder aus dem Traum, den ich eben durchlebt hatte, waren wie in HD-Ultra vor meinem inneren Auge präsent. Ich stand in der Szenerie neben dem Krankenwagen, wo Jack gerade verbunden wurde. Wie es ihr ging und wo sie die ganzen Jahre über gewesen war, fragte ich sie und wollte auf sie zugehen, ihre Hand ergreifen. Doch anstatt mich ihr zu nähern, entfernte ich mich von ihr, immer schneller, immer weiter, als ob ein schwarzes Loch mich einsaugen und vollkommen verschlucken wollen würde. »Lennard, hilf mir!«, hörte ich die erwachsene Frau mit der Stimme der jungen Jack mir hinterherrufen. Sie war nur noch einen Millimeter groß zu sehen, eher weniger, doch hörte ich die Stimme immer lauter, fast donnerte sie direkt neben meinen Ohren. »Hilf mir! Dieses Mal! Bitte!«

»Was hast du?«, hörte ich jetzt Isabell fragen, die in ein Handtuch gehüllt neben dem Bett aufgetaucht war, gerade ihre nassen Haare kämmte und sorgenvoll auf mich herabschaute. Verstört suchte ich den Radiowecker: Halb neun und es war schon hell. Demnach müsste ich ausgeschlafen sein, nachdem ich gegen zwei ins Bett gefallen und sofort eingepennt war. Doch ich fühlte mich wie durchgekaut und ausgespuckt.

»Nichts, nur ein Traum«, sagte ich abwesend und war noch gefangen von den Bildern in meinem Kopf. Langsam ratterten die Gedanken und mit einem Schlag war ich wieder mitten in der Lage. Jack, ich musste

Jack finden. »Hast du etwas herausfinden können wegen des Fotos?« Der sorgenvolle Blick Isabells wich den harten Linien, die ich in letzter Zeit leider häufig bei ihr sehen musste. Wir sollten dringend mal darüber reden, dachte ich kurz, aber nicht jetzt.

»Nein, das heißt, doch. Aber nichts wirklich Brauchbares«, begann sie und ich konnte förmlich spüren, wie sehr sie mit sich ringen musste, ob sie mir alles erzählen sollte. Schließlich seufzte sie leise und klärte mich über den Wagen der russischen Botschaft auf.

»Und ihr könnt nicht herausfinden, wofür die 165 genau steht?«, wollte ich wissen. Mittlerweile saß ich aufrecht im Bett, von Müdigkeit spürte ich nichts mehr. Faszinierend, wie viel Adrenalin unser Körper doch in der Lage war, zu produzieren.

»Nein, und das will ich auch nicht. Und was das Foto angeht: Mein Freund vom LKA konnte über die Gesichtserkennung nichts herausfinden, auch nicht mit dem Wissen, dass sie bei der russischen Botschaft beschäftigt sein könnte oder zumindest die russische Staatsangehörigkeit hat.«

»Gibt es nicht noch andere Einheiten bei euch? Den Geheimdienst oder so, quasi das deutsche FBI?«, fragte ich und merkte gar nicht, wie sehr ich gerade den Bogen überspannte.

»Hör zu, Lennard«, begann Isabell, und die eisige Temperatur ihrer Stimme nahm vorweg, dass keine Liebeserklärung folgen würde. »Ich verstehe, dass dich die Geschichte von damals nicht loslässt. Auch verstehe ich, dass du dir deswegen Vorwürfe machst – obwohl ich persönlich keine Schuld bei dir erkennen kann, was Jacks Schicksal angeht. Aber was ich nicht verstehe und was ich auf keinen Fall weiterhin unterstützen werde, ist dieses Hirngespinst. Wie alt war Jack, elf Jahre? Zwölf? Egal, auf jeden Fall hast du nicht den blassesten Schimmer, wie sie jetzt aussehen würde. Oder hat sie ein besonderes Kennzeichen wie eine Narbe in Form eines Blitzes auf der Stirn oder eine Hasenscharte, an der du sie auch nach diesen vielen Jahren erkennen könntest?«

»Sie ist es, ich bin mir sicher«, erwiderte ich kläglich. Klar, aus der Sicht von Isabell mochte es etwas fragwürdig sein, und ja, auch eine Software, die Fotos von Personen erfasste und das Älterwerden simulierte, zeigte ein anderes Ergebnis von Jack, als ich es vor vier oder fünf Jahren mal anhand einer alten Aufnahme von ihr probiert hatte. Aber erstens war die Software schon uralt und zweitens nur Spielerei gewesen.

»Wenn du meinst, das weitertreiben zu müssen, dann mach das. Aber ohne mich. Ich muss jetzt schlafen, in sechs Stunden beginnt mein Dienst.« Sie beugte sich neben mich, wodurch der Duft ihres Duschgels in meine Nase stieg und eine feuchte Strähne meine Schulter streifte, und schnappte ihr Bettzeug. Wortlos drehte sie sich um und verschwand damit aus dem Zimmer. Vor einigen Wochen hätte ich in dieser Situation versucht, die Wogen zu glätten, doch dafür hatte ich gerade keinen Kopf. Ich musste schließlich Fragen stellen, und dafür müsste Isabell doch Verständnis aufbringen.

***

Die Adresse hatte ich schnell herausgefunden und hatte den S-Bahnhof Brandenburger Tor bereits in Richtung der Botschaft der Russischen Föderation verlassen.

Unter den Linden 63 bis 65 hatte das Internet ausgespuckt und als ich den hellgrauen, riesigen Gebäudekomplex erreicht hatte, schlug ich mir gedanklich vor die Stirn, war ich doch in der Vergangenheit etliche Male daran vorbeigeschlendert, ohne Notiz davon zu nehmen. Aber klar, wenn man etwas nicht benötigte, warum sollte das Bewusstsein Speicherplatz dafür verschwenden, zumal das Unterbewusstsein doch die deutlich höheren Kapazitäten aufwies.

Etwas nervös und gar nicht mehr so entschlossen, wie ich es noch vor einer Stunde gewesen war, blieb ich vor der schwarz lackierten, oben in einem Bogen geschwungenen, gusseisernen Tür stehen. Auf dem Schild links daneben, das unter der goldenen Hausnummer 63 angebracht war, sah ich den Doppeladler, der das Staatswappen der Russen zierte. Ebenfalls goldene Lettern klärten mich in deutscher Sprache darüber auf, dass ich mich vor der Botschaft der Russischen Föderation befand, was auf einem Schild rechts neben der Tür auch noch in kyrillischer Schrift zu lesen war. Davon zumindest ging ich aus, denn entziffern konnte ich es nicht.

Zögerlich drückte ich auf den Klingelknopf und hielt mein Gesicht vor die Kamera. Ich widerstand meinem Impuls, einfach wegzulaufen, und war überrascht davon, dass mich die weibliche Stimme, die ich durch den Lautsprecher hörte, nicht auf Russisch, sondern auf Deutsch ansprach. Sehe ich etwa so teutonisch aus?, fragte ich mich. Nachdem ich der Frau hinter dem Lautsprecher erklärte, dass ich ein paar möglicherweise delikate Fragen hätte, die indirekt mit der Demonstration am Brandenburger Tor und dem Anschlag zu tun haben könnten, summte es und die Tür ließ sich aufschieben. Bevor ich allerdings hindurchtreten konnte, erschienen zwei athletisch wirkende Männer, die mich in Empfang nahmen.

»Wenn Sie uns bitte folgen würden«, sagte der ältere der beiden, sein Akzent war kaum herauszuhören. Ich ging ihnen hinterher und wurde unter Zuhilfenahme einiger technischer Geräte, die ich eher in einem *James-Bond*-Film verortet hätte, wahrscheinlich auf Waffen, Bomben oder was auch immer abgesucht, womit ich die Botschaft unter meine Kontrolle hätte bringen oder sie gleich in die Luft jagen können. Daraufhin gab ich meinen Ausweis sowie mein Smartphone ab und musste einige Dokumente ausfüllen, darunter auch das obligatorische Covid-19-Formular, das ich in den letzten Wochen schon so oft ausgefüllt hatte, dass ich es nicht mehr zählen konnte. Meine Überprüfung hatte ich wohl positiv bestanden, denn einige Minuten später führten sie mich in das Allerheiligste, also in das Hauptgebäude, auf dem der große Turm in den Himmel ragte.

Der jüngere Mann ging schräg vor mir, der ältere folgte mir auf der anderen Seite. Jede Bewegung der beiden schien eingespielt, sodass ich mir immer mehr vorkam wie in einem Agentenfilm. Hoffentlich würde ich nicht gleich in einen kleinen Raum gesperrt und eine Lampe auf mich gerichtet werden, während ich von zwei stark rauchenden Männern in Trenchcoats durch die Mangel gedreht wurde.

»Nehmen Sie bitte hier Platz, Herr Bruckmann, Sie werden dann aufgerufen«, riss der jüngere Securitymann mich aus den Gedanken.

»Danke«, sagte ich knapp und ließ mich schnell auf den mir zugewiesenen Stuhl fallen.

Kaum eine Minute verging, da öffnete jemand die schwere Eichentür gegenüber von mir. Neben der Türzarge las ich ›Direktorin Anastasia Surkow‹. Ein junger Mann im Anzug trat heraus und guckte suchend über den Flur, bis sein Blick an mir hängenblieb.

»Herr Bruckmann?«, fragte er höflich, aber distanziert. Ich nickte, woraufhin er zur Seite trat und mich hineinbat. »Kommen Sie bitte, Frau Direktorin Surkow erwartet Sie bereits.«

»Oh, ja, danke«, stammelte ich verlegen und beeilte mich, damit er nicht länger als nötig dort in seiner angedeuteten Verbeugung stehenbleiben musste. Das Zimmer, offenbar das Vorzimmer zu Direktorin Surkows Büro, hatte ich schnell durchquert und war durch die ebenfalls offene Tür getreten, die seitlich davon abging. Direktorin von was eigentlich? Hm, vielleicht würde ich das gleich erfahren.

»Guten Tag, Herr Bruckmann«, begrüßte mich die Frau mit den streng nach hinten gebundenen, blonden Haaren, die oben zu einem Dutt gedreht waren. Sie deutete an, aufzustehen, und wies auf einen Sessel gegenüber ihres Schreibtisches. Sie war höchstens dreißig und erinnerte mich mit der Frisur, ihrer scharfen Stimme und dem beigen Kostüm eher an eine fiese Lehrerin als an eine Botschaftsangestellte. An eine, trotz der harten Gesichtszüge, attraktive fiese Lehrerin. Doch strenggenommen hatte ich keine Vorstellung davon, wie jemand auszusehen hatte, der oder die in einer Botschaft arbeitete. »Was kann ich für Sie tun?«

»Vielen Dank erst einmal, dass Sie mich empfangen, Frau Direktorin Surkow«, sagte ich und versank fast in dem Sessel, sodass ich etwas zu ihr hochsehen musste. Ein Schelm, wer Böses dabei dachte. Während der

Fahrt hierher und der Wartezeit war ich gedanklich wieder und wieder durchgegangen, was ich eigentlich hier sagen sollte. Zu einem großen Teil war ich davon überzeugt gewesen, gar nicht erst zu einem Gespräch hereingebeten zu werden, und hatte deshalb noch keine endgültige Strategie.

»Wir sind stets bemüht, unseren Freunden hier in Deutschland und überall auf der Welt eine willkommene Atmosphäre zu schaffen, daher bitte ich noch einmal um Nachsicht für die Sicherheitsmaßnahmen, denen wir Sie unterziehen mussten. Gerade der Vorfall gestern hat uns wieder einmal vor Augen geführt, in welch einer fragilen Welt wir leben.«

»Dafür habe ich natürlich volles Verständnis«, sagte ich hastig. An den Anschlag gestern hatte ich kaum noch gedacht. Klar, die Polizeipräsenz auch hier um das Botschaftsgebäude herum war schon auffällig, aber ich war einerseits zu fokussiert auf meinen Plan und gleichzeitig zu aufgeregt, um mir über andere Dinge einen Kopf zu machen.

»In der S-Bahn vorhin hörte ich sich Passanten darüber unterhalten, dass es sich um einen Anschlag der Al-Qaida gehandelt haben soll«, ließ ich fallen, fand es als Inhalt eines Smalltalks allerdings gewöhnungsbedürftig. »Stimmt das?«

»Diese Gerüchte haben wir ebenfalls gehört, und es bleiben lediglich Spekulationen, bis das vermeintliche Bekennerschreiben nicht verifiziert wurde. Aber Sie sind sicher nicht wegen der Explosionen hier.« Sie lächelte fein. »Das hoffe ich jedenfalls.«

»Nein«, sagte ich schnell und schob gequält lachend hinterher: »Nein, nicht deswegen.« Ich zog den Ausdruck mit dem Foto Jacks aus der Tasche und reichte ihn über den Schreibtisch. Anastasia Surkow nahm ihn entgegen und betrachtete ihn, während ich meine Geschichte in Kurzform schilderte. »Daher frage ich mich, ob Sie diese Frau erkennen und ob sie hier beschäftigt ist. Beziehungsweise frage ich Sie das.«

Direktorin Surkow legte den Ausdruck auf die Schreibtischplatte und strich mit dem Handrücken darüber.

»Und Ihre Bekannte sah diese Frau gestern in unsere Botschaft gehen?«, fragte sie skeptisch. Ich vermutete, mit dieser Notlüge zu weit gegangen zu sein. Aber ich konnte ja schlecht sagen, dass jemand aus dem Konsulat versucht hatte, sie zu entführen, jedenfalls, solange ich Antworten wollte.

»Ja«, sagte ich deswegen mit fester Stimme, drückte meinen Rücken durch und neigte mich leicht nach vorn. »Können Sie mir weiterhelfen?« Es verging ein Moment der Stille, bevor sie mir das Foto zurückgab und leicht den Kopf schüttelte.

»So gerne ich Ihnen auch etwas anderes sagen würde, ich muss Sie leider enttäuschen. Falls diese Frau bei uns beschäftigt wäre, dürfte ich es Ihnen nicht sagen. Sie ist jedoch nicht hier beschäftigt, sonst hätte ich sie schon einmal gesehen. Was Ihre Bekannte Ihnen allerdings erzählt hat, entbehrt jeder Wahrheit, denn unsere Haupteingangstür wurde nach dem Anschlag geschlossen und erst am späten Abend wieder geöffnet.« Jetzt stand sie auf und strich ihr Kostüm glatt, so wie sie es eben bei dem Foto getan hatte. »Es tut mir leid.« Das war wohl mein Zeichen.

»Trotzdem danke«, sagte ich und konnte meine Enttäuschung kaum verbergen. Jedoch keimten Zweifel auf, ob sie mir wirklich alles gesagt hatte, was sie wusste. Denn bei dem Betrieb hier und den vielen weiteren Gebäuden wie der Schwimmhalle und dem Kulturhaus, die sich auf der Rückseite der Botschaft befanden und mit einigen anderen Objekten zum Gesamtkomplex gehörten, konnte mir nicht vorstellen, dass sie jeden einzelnen Beschäftigten persönlich kannte. Und jemand anderen gefragt hatte sie schließlich nicht.

Hinter mir ging die Tür auf und der Sekretär Surkows steckte seinen Kopf ins Zimmer.

»Wenn ich Sie dann bitte nach draußen begleiten dürfte, Herr Bruckmann«, sagte er. Zuvorkommend benahmen sich die Mitarbeiter der Botschaft ja, stellte ich grimmig fest. Mir wäre allerdings lieber gewesen, sie hätten mich angemault, dafür aber mit brauchbaren Informationen versorgt. So stand ich wie zuvor mit leeren Händen da. Mir wurden meine Sachen wieder ausgehändigt und derselbe Mann, der mich hineingeleitet hatte, brachte mich auch wieder sicher nach draußen.

Kurz darauf fand ich mich auf dem Gehweg vor dem Gebäude wieder und war ratlos, was ich als Nächstes tun sollte. Zum Glück brauchte ich mir wenigstens keine Sorgen wegen meines Jobs zu machen. Als freiberuflicher Architekt arbeitete ich meist von zuhause aus und konnte meine Arbeitszeit frei einteilen. Ein Vorteil, den viele Menschen erst notgedrungen durch die Corona-Pandemie kennenlernen durften. Andere wiederum profitierten nicht davon, sondern waren mit der plötzlichen, simultanen Aufgabe völlig überfordert, Beruf und Kinderbetreuung unter einen Hut zu bekommen und dabei das heimische Internet nicht zusammenbrechen zu lassen.

Mein Magen knurrte, daher holte ich mir auf dem Weg zur U-Bahn einen Döner, den ich unterwegs verdrückte, stets darauf bedacht, mich nicht mit Tsatsiki oder Cocktailsauce vollzukleckern. Bis zum vorletzten Bissen klappte es, dann jedoch entzog sich ein Tropfen der weißen Knoblauchcreme sämtlichen physikalischen Gesetzmäßigkeiten – gut, vielleicht nicht denen, aber zumindest denen des guten Benehmens – und landete auf meiner Schuhspitze. Mit einer halben Drehung versuchte ich noch, dem Treffer zu entgehen, doch vergeblich.

»Scheiße«, entfuhr es mir, dann zuckte ich zusammen. Hatte ich gerade das gesehen, was ich glaubte? »Ja, das hast du«, sagte ich mir und zweifelte nicht daran, auch wenn das sehr befremdlich war. Ein flaues Gefühl breitete sich in meiner Magengegend aus und es hatte nichts mit dem Döner zu tun.

KAPITEL 12

Vor 15 Jahren

Auch vier Monate nach Jacks Verschwinden hatte sich für mich nichts normalisiert. Im Gegenteil, ich fand es unerträglich, dass fast alle Leute um mich herum weiterlebten, als wäre nie etwas passiert. Jonas ignorierte mich vollkommen, Philip hatte Anschluss an ein Gruppe Jungs gefunden, die eine Jahrgangsstufe über uns waren, und selbst mein Vater versuchte alles, um das Thema Jack nicht aufkommen zu lassen. Dass nun vor einer Woche auch noch Jacks Eltern ihr Haus verkauft hatten und in die Nähe Berlins gezogen waren, schienen außer mir alle zu begrüßen. Bloß keinen Kratzer an der ländlichen Idylle zulassen. Wir waren ja eine ach so tolle Dorfgemeinschaft.

Aber ich wollte nicht aufgeben, wollte nicht einsehen, dass Jack fort war, dass sie tot war. Irgendwo musste sie sein und wahrscheinlich befand sie sich in großer Not und wartete sehnlichst darauf, dass ihr jemand helfen würde. Doch was taten ihre tollen Eltern und ihre super Freunde? Business as usual.

Seit Wochen schwang ich mich in jeder freien Minute aufs Rad und fuhr hoch zur Lichtung, wo ich es hinter ein paar Büschen sicher verstecken konnte, und suchte. Buchstäblich jeden Zentimeter in der Umgebung von Mutschkes Grundstück unterzog ich einer genauen Überprüfung, fuhr mit den Händen über den Waldboden, ließ den Sand zwischen meinen Fingern hindurchrinnen und blickte hinter jeden Busch und

Baum, ob ich eine Spur von ihr finden würde. Immer blieb ich wachsam und achtete peinlichst genau darauf, dass Mutschke mich nicht bemerkte oder noch schlimmer, sogar bei meiner Suche überraschte. Zu ernst hatte ich seine Drohung genommen, uns eine Ladung Schrot zu verpassen, auch wenn ich nicht wirklich daran glauben konnte. Andererseits, falls er mit Jacks Verschwinden zu tun hätte, würde er vor so einer vergleichsweisen Kleinigkeit wohl kaum zurückschrecken.

Zweimal hatte ich sein Haus beobachtet und ihn wegfahren sehen, sodass ich allen Mut zusammengenommen und mir Zutritt verschafft hatte. Jedoch war ich zu ängstlich, um alle Zimmer seines Hauses zu durchsuchen oder gar die Schränke zu durchwühlen. Daher hatte ich es dabei belassen, in alle Zimmer einen flüchtigen Blick zu werfen und dafür seine Garage genauer zu inspizieren.

Doch so sehr ich mich bemühte, so sehr ich es auch wollte, ich konnte nichts finden, was mich weiterbrachte, nicht einmal im Ansatz.

Gerade kam ich von einer neuerlichen Suchaktion nach Hause geradelt – es dämmerte schon, weshalb ich sie auch abgebrochen hatte – da sah ich neben Paps Klapperkiste einen Streifenwagen parken. »Bis dass der Rost uns scheidet«, war seine typische Antwort darauf, wie lange er den uralten Ford noch fahren wollen würde. Kurz überschlug ich im Kopf, ob ich etwas angestellt haben könnte, weswegen sie bei uns wären, oder ob Mutschke doch meine heimlichen Besuche in seiner Hütte bemerkt und mich deswegen bei der Polizei angezeigt hatte. Schulterzuckend fuhr ich an den Autos vorbei und stellte mein Rad an seinen Platz an der seitlichen Hauswand. Im Flur hörte ich bereits meinen Vater reden.

»Lennard?«, rief er dann, offensichtlich hatte er mein Hereinkommen gehört. Was soll´s?, dachte ich mir und ging ins Wohnzimmer, wo ich die Polizistin sofort wiedererkannte, die mit meinem Vater über Eck auf der Couch saß. Sie lächelte mich an.

»Hallo Lennard, setz dich doch bitte«, sagte sie mit derselben Freundlichkeit wie bei unseren letzten Begegnungen. Eigentlich war sie viel zu sympathisch für einen Cop, dachte ich nicht zum ersten Mal.

»Hi, Paps, hallo, Frau Busch«, erwiderte ich und setzte mich auf einen Stuhl. Die Kommissarin, die in Jacks Fall ermittelte, straffte sich. Es fiel ihr sichtlich nicht leicht, mir zu sagen, was auch immer sie mir sagen wollte, ging es mir durch den Kopf. Verdammt!, durchfuhr es mich und ich fühlte mich, als wenn mir der Stecker gezogen worden wäre. Jegliche Energie schien meinen Körper zu verlassen. Sicher wollte sie mir mitteilen, dass sie Jacks Leiche gefunden hatten.

»Ich habe es deinem Vater schon erzählt, aber ich möchte es dir persönlich sagen«, begann sie und ich musste dem Impuls widerstehen, mir die Ohren zuzuhalten und rauszurennen. »Unsere Ermittlungen wegen Jacqueline, ach ja, ihr nennt sie ja Jack«, korrigierte sie sich. »Also, unsere Ermittlungen wegen Jack sind sämtlich im Sande verlaufen. Wir haben jede einzelne Spur so weit verfolgt, wie es uns möglich war, haben den Suchradius über unseren Zuständigkeitsbereich hinaus ausgeweitet und Unterstützung von allen regionalen und überregionalen Dienststellen bekommen. Aber leider blieben unsere Bemühungen erfolglos.«

»Aber, aber das heißt doch, dass sie noch lebt. Also vielleicht, meine ich«, stammelte ich und kämpfte mit den Tränen. Ellen Busch beugte sich zu mir und legte ihre Hand auf meine.

»Vielleicht lebt sie noch, ja. Aber wir können leider nichts mehr tun. Natürlich bleibt die Akte geöffnet und wir halten die Ohren offen –.«

»Aber Sie suchen nicht weiter«, unterbrach ich sie und sprang auf.

»Lennard«, sagte mein Vater, doch auch ihm fuhr ich ins Wort.

»Hör doch auf, dir ist das doch auch alles egal! Es interessiert niemanden außer mir, was aus Jack wird, nicht die Polizei, nicht einmal ihre eigenen Eltern.« Jetzt konnte ich meine Tränen nicht zurückhalten, heiß liefen sie mir über die Wangen. »Ich hasse euch! Alle!« Dann rannte ich aus dem Wohnzimmer, die Treppe hoch und schloss meine Tür hinter mir. Aufgewühlt, traurig und wütend zugleich warf ich mich aufs Bett.

KAPITEL 13

Heute

Der Großteil meiner Aufregung hatte sich auf der Fahrt zurück in meine Wohnung bereits verzogen, dennoch sorgte ein Restzittern dafür, dass ich drei Versuche brauchte, um den Schlüssel ins Schloss zu stecken.

»Endlich«, stöhnte ich leise, als ich ihn drehen und schließlich die Tür öffnen konnte. Schnell trat ich ein, zog sie wieder zu und verriegelte sie mit der silbernen Kette, die ich bislang eher als Deko begriffen hatte, da ich mir nicht vorstellen konnte, solche Sicherheitsmaßnahmen im vierten Stock eines Mietshauses zu benötigen. Ich hängte den Schlüssel zurück, eilte ins Wohnzimmer und kniete mich vor das Sofa. Es fühlte sich gut an, meine schlafende Freundin zu beobachten, deren Brustkorb sich langsam, aber regelmäßig hob und senkte, während die Strähne, die ihr im Gesicht hing, mit jedem Atemzug einen Zentimeter weggepustet wurde, bevor sie wie selbstverständlich zurück an die alte Stelle fiel. Zärtlich strich ich sie hinter das Ohr, wo sie liegen blieb. »Isabell«, flüsterte ich und streichelte ihre Wange, woraufhin sie etwas zurückwich und langsam die Augen öffnete.

»Was? Wie spät ist es?«, wollte sie schlaftrunken wissen.

»Du hast noch zwei Stunden bis zum Dienst, aber ich muss dir was erzählen«, sagte ich und hatte Mühe, mich zu zügeln, damit ich nicht einfach drauf los plapperte, bevor sie mir richtig zuhörte.

»Warum weckst du mich dann jetzt schon?«

»Weil ich dir etwas Wichtiges sagen muss.« Isabell streckte sich, stützte sich an der Lehne ab und schob sich in den Sitz, sodass ihr Gesicht nur etwa eine halbe Armlänge von meinem entfernt war. Sie räusperte sich.

»Gut, dann lass hören«, forderte sie mich mit einer Stimme auf, die mir klarmachte, dass sie jetzt nicht irgendeinen belanglosen Scheiß hören wollen würde.

»Okay, aber hör mir bitte erst bis zum Ende zu, bevor du was sagst«, bat ich sie und wartete ihr zustimmendes Nicken ab, bevor ich ihr von meinem Besuch in der russischen Botschaft berichtete. Mehr als einmal musste ich sie mit einem Handzeichen dazu bringen, nicht empört dazwischenzugehen. »Das war alles«, schloss ich schließlich und wartete mit durchgestrecktem Rücken auf ihre Meinung.

»Ich weiß gar nicht genau, wo ich anfangen soll«, begann sie kopfschüttelnd. »Du hast dich wegen einer Information von mir, die ich dir in absoluter Diskretion anvertraut habe, an die Botschaft der Russischen Föderation gewandt –.«

»Nein, nicht direkt, ich habe der Frau ja erzählt, dass eine Bekannte sie hat dort hineingehen sehen«, unterbrach ich sie, woraufhin ich mir einen bösen Blick einfing.

»Du hast die Verbindung zu den Russen aufgrund meiner Information über das Botschaftskennzeichen, das heißt –.«

»So läuft das doch bei Ermittlungen, oder nicht? Man biegt sich das alles so hin, wie man es braucht, damit man vorankommt.«

»Ja, in schlechten Hollywood-Thrillern vielleicht, bei denen jede Dienstvorschrift lediglich als Handlungsvorschlag angesehen wird. Aber das läuft nicht bei echter Polizeiarbeit und vor allem nicht in Deutschland!«

»Nun, ich bin ja auch kein Cop«, sagte ich und versuchte, Isabell mit einem Lächeln milde zu stimmen. Kurz verhärteten sich ihre Gesichtszüge, bevor sie ebenfalls lächelte, allerdings nur leicht angedeutet.

»Nein, das bist du nicht. Dennoch finde ich es nicht okay. Was du allerdings bei der Bahnstation gesehen haben willst –.« Sie drehte beide Handflächen nach oben und zuckte mit den Schultern. »Das hast du dir sicher eingebildet, weil du noch so aufgeregt vom Besuch bei der Genossin, wie hieß sie noch? Surkowa? warst.«

»Ohne a, nur Surkow, dafür Direktorin davor, wovon allerdings, weiß ich nicht«, berichtigte ich unnötigerweise. »Aber ich habe es mir nicht eingebildet: Als die Sauce runtertropfte und ich mich deswegen gebückt habe, konnte ich den Mann genau sehen, der mich anschaute und dann sofort nach rechts hinter die Mauerecke abgehauen ist. Ich bin noch hin und konnte ihn nirgends mehr entdecken. Das heißt, er ist gerannt, damit er schnell genug aus meinem Sichtfeld verschwindet. Ich bin mir absolut sicher, dass er mich verfolgt hat!« Es schüttelte mich, als das kantige Gesicht des Mannes vor meinem inneren Auge erschien. Ich hätte eine Zeichnerin anweisen können, ein Phantombild von ihm anzufertigen, so sehr hatten sich die Details in meine Erinnerungen eingebrannt: die zusammengewachsenen Brauen, die schiefe Nase, die an einen Boxer erinnerte, und die Schlägermütze, wie sie halbseidene Typen in Krimis und Thrillern der 70er und 80er Jahre trugen. Isabell musterte mich, wobei ich überhaupt nicht einschätzen konnte, was gerade in ihrem hübschen Kopf vor sich ging. Hielt sie mich für übergeschnappt, für paranoid, oder glaubte sie mir?

»Gibst du mir bitte das Wasser?« Ich drehte mich zur Hälfte um, damit ich ihrer Hand folgen konnte, die hinter mich wies, griff nach der Flasche Mineralwasser, öffnete den Deckel und reichte sie ihr. Sie trank ein paar große Schlucke und gab sie mir zurück. »Danke«, sagte sie und hielt ihren Handrücken vor den Mund, da sie aufstoßen musste. »Ich bin keine Expertin für internationale Beziehungen und mit Geheimdiensten habe ich ebenfalls nichts zu tun, aber mein gesunder Menschenverstand sagt mir, dass du das nicht ernstnehmen musst.« Jetzt war sie es, die die Hand hochhielt, um meinen Einspruch abzuwehren. »Hör mir zu! Die haben deine persönlichen Daten, wissen also, wo du wohnst, und können mit etwas Recherche herausfinden, was du beruflich machst. Ebenso könnten die mit wenig Aufwand auch feststellen, dass ich mir dir zusammenlebe und welchen beruflichen Background ich habe. Und du sagst, du hättest lediglich die Vermutung geäußert, dass die Frau vom Foto –.«

»Jack!«, fügte ich hinzu.

»Die du für Jack hältst«, ergänzte sie, woraufhin diesmal ich die Augen verengte, was Isabell jedoch nicht wahrnahm oder wahrnehmen wollte. »Dass sie in der Botschaft beschäftigt wäre. Warum sollten sie dir also einen Aufpasser hinterherschicken?« Erneut schüttelte sie den Kopf. »Und dann noch einen, der sich bei der erstbesten Gelegenheit zu erkennen gibt? Ich glaube nicht, dass der FSP oder SWR oder wie auch immer der Nachfolger des KGB für den Auslandseinsatz jetzt heißt, solche Dilettanten beschäftigt.«

»Wenn du meinst«, sagte ich nachgebend und konnte mich ihrer Argumentation nicht wirklich entziehen. Abgesehen davon, dass es auch gar keinen plausiblen Grund gab, mich zu überwachen.

»Ja, das meine ich«, sagte sie, schwang sich hoch und schritt an mir vorbei in Richtung Bad. Kurz darauf hörte ich das Wasser unter der Dusche und überlegte, schnell für einen Quickie hinterherzugehen, doch irgendwie war ich nicht dafür in der Stimmung. Zu sehr wühlten mich die jüngsten Ereignisse auf: die Beerdigung, der Anschlag, Jack, Genossin Anastasia Surkow von der Botschaft und mein Verfolger Boxernase, auch wenn Isabell nicht an ihn glaubte. Nein, für Sex war jetzt nicht der richtige Zeitpunkt. Ich musste weitersuchen!

Mit meinem Smartphone in der Hand saß ich eine halbe Stunde später in der U-Bahn. Warum hatte sich Philip nicht gemeldet? Keine Reaktion auf das Foto zu zeigen, das ich ihm geschickt hatte, fand ich unter aller Sau. Auch wenn ich ihm nicht übel nehmen konnte, dass er meinen Enthusiasmus bezogen auf Jack nicht ganz teilte – zumal ich wirklich schon ein paar Mal danebengelegen hatte. Aber nicht dieses Mal. Kurzentschlossen rief ich seine Nummer auf und drückte das grüne Telefonhörersymbol. Es klingelte.

***

Philip saß gerade in seiner Werkstatt auf dem Fahrersitz des alten Trabants 601, dem dritten und meistgebauten Modell des VEB-Automobilherstellers aus Zwickau. Mit einem Kaffee in der einen Hand strich er mit der anderen über das schlichte Armaturenbrett, als sein Handy brummend auf dem Deckel der Werkzeugkiste anfing, zu wandern. Der seltsam metallisch-klirrende Ton, der dadurch erzeugt wurde, erinnerte ihn an ein Tablett voller leerer Sektgläser, die auf einem Servierwagen aus dem Saal geschoben wurden.

»Was will der denn schon wieder?«, ächzte er, nachdem er Lennards Namen auf dem Display erkannt hatte. Er hatte jetzt Besseres zu tun, als mit dem Spinner zu telefonieren, schließlich wollte er irgendwann mal wieder mit dem in den 1980ern zugelassenen Wagen seiner Eltern, auf den sie damals über zehn Jahre hatten warten müssen, über die Dörfer cruisen. Dazu müssten noch viele Schrauben geschraubt und Bleche geschweißt werden. Abgesehen davon klang ihm Karens vorwurfsvolle Stimme noch in den Ohren, was ihm ebenfalls die Lust auf Lennard verdarb. Sie hatte ihn gestern am späten Abend angerufen und zur Rede stellen wollen, weil Lennard bei ihnen aufgetaucht war und Jonas damit völlig durcheinandergebracht hatte. Philip wusste erst gar nicht, wie ihm geschah, denn auch ihm war der Gesundheitszustand ihres alten Jugendfreundes nicht in diesem Ausmaß bekannt. Sicher, er hatte hin und wieder davon gehört, dass Jonas sehr ruhig und introvertiert geworden sein soll, dass es ihn jedoch so schlimm erwischt hatte, machte ihn sprachlos. Philip verzichtete darauf, Karen über die Jack-Spinnerei von

Lennard aufzuklären, denn er ging davon aus, dass sich das alles in wenigen Tagen in Wohlgefallen auflösen würde. Erst recht, nachdem er vor Karens Anruf das Foto gesehen hatte, das ihm Lennard geschickt hatte. Sofort hatte er die TV-Szene wieder vor Augen, von der das Bild stammte. Doch genauso wenig wie in Lennards Elternhaus beim Fernsehen konnte er auf dem geschickten JPEG eine Ähnlichkeit mit Jack feststellen. Wie zum Teufel das auch funktionieren sollte, denn mittlerweile war selbst das Gesicht der zwölfjährigen Jacqueline bei Philip verblasst. Kein Wunder, nach über 15 Jahren konnte einem schon das eine oder andere Detail aus dem Gedächtnis verschwinden. Und die wenigen Fotos, die er von Jack und den anderen als Jugendliche noch besaß, waren in einem alten Fotoalbum versteckt, von dem er gar nicht mehr wusste, wo es überhaupt herumlag. Dennoch griff er nach seinem Telefon und ging ran.

»Was willst du?«, blaffte er ihn an.

»Sei mal nicht so pissig«, hörte er Lennard sagen und musste sich ein Grinsen verkneifen. Es war egal, wie sauer er des Öfteren auf seinen Freund war. Und ja, er hatte so manches Mal einen wirklich guten Grund, verdammt sauer auf ihn zu sein – immer noch arbeitete der Verrat Lennards bei der Sache mit dem fehlenden Alibi in ihm. Trotzdem war und blieb er sein Freund, dem er bereit war, so ziemlich alles zu verzeihen. Auch wenn er ihm mit seiner neuen ›Ich-Hab-Jack-Gesehen-Story‹ und deren Folgen gerade mächtig auf die Eier ging.

»Leck mich«, erwiderte er daher nur und schilderte kurz den Anruf von Karen.

»Oh«, sagte Lennard nur, bevor er ihm eine abstruse Geschichte mit einem Botschaftsbesuch und einem Agenten erzählte, der ihn verfolgte, angeblich so ein schlechter *Sylvester-Stallone*-Verschnitt aus den ersten *Rocky*-Filmen. Verdammt, durchfuhr es Philip, jetzt war Lennard komplett durchgedreht. Was ging nur im Kopf seines Freundes vor, dass er sich dieses Mal so dermaßen hineinsteigerte?

»Lennard, auch wenn du es nicht hören und schon gar nicht wahrhaben willst: Ich sehe keine Ähnlichkeit zwischen der Frau auf dem Foto und Jack. Null!« Er hörte Lennard am anderen Ende der Leitung seufzen. »Es tut mir leid, aber ich denke, du solltest auf Isabell hören, wenn schon nicht auf mich. Lass es gut sein, akzeptier es endlich oder such dir Hilfe.« Ohne eine Antwort zu bekommen, hörte Philip nur ein Klicken, dann war das Gespräch beendet. Wäre doch nur damals ihre Leiche gefunden worden, wie viel Kummer hätte uns das in den letzten Jahren erspart, dachte er noch, dann trank er seinen Kaffee aus, stellte den Becher weg und griff zum Schraubenschlüssel.

KAPITEL 14

Genau ein Jahr war seit Jacks Verschwinden vergangen und Kommissarin Ellen Busch hatte ihr Wort gehalten. Leider. Nichts weiter war von der Polizei unternommen worden, um Jack zu finden oder wenigstens zu klären, was mit ihr passiert sein könnte. Mutschke wurde nicht in Untersuchungshaft oder wie das hieß gesteckt, sein Haus nicht nochmal unter die Lupe genommen, und Hubschrauber, Taucher oder Hundestaffeln waren auch nicht mehr losgeschickt worden, um unsere Wälder und Seen nach ihr abzusuchen. Ausnahmslos jeder im Dorf und in der Schule tat mittlerweile so, als hätte es diesen schlimmen Tag, als hätte es Jack niemals gegeben. Ich konnte mit niemandem darüber reden. Jonas lebte in einer völlig anderen Welt, Philip brach sofort unser Gespräch ab, wenn ich auf unsere Freundin zu sprechen kam, und selbst meinem Vater war es sehr unangenehm, mit mir über Jack zu sprechen. Was ich am wenigsten verstehen konnte, da er sie doch sehr gemocht hatte. Das zumindest hatte ich immer gedacht.

Enttäuscht darüber, dass meine Klassenlehrerin keine Gedenkminute für Jack halten wollte und auch meine Klassenkameraden nur genervt von meiner Idee abgewinkt hatten, war ich nun auf dem Heimweg. Philip lag seit ein paar Tagen mit einer Grippe flach, so fuhr ich allein den Weg von der Schule nach Hause. Als ich um die letzte Kurve bog, sah ich den Postboten auf unser Grundstück fahren.

»Hallo, Herr Keller«, rief ich dem stets gutgelaunten Mann zu, der gerade mit einer Handvoll Briefe auf dem Weg zu unserem Briefkasten war.

»Hallo, junger Mann«, erwiderte er und blieb stehen. »Willst du die Post gleich mit reinnehmen?« Ich trat in die Rücktrittbremse, sodass mein Hinterrad auf dem Schotter abdriftete und ich zum Stehen kam.

»Klar, geben Sie her«, sagte ich, da ging die Haustür auf und mein Vater lief Herrn Keller entgegen.

»Ich nehm sie schon«, sagte er erstaunlich fröhlich, »guten Tag, Manfred«

»Hallo Richard, so schnell kommen normalerweise nur Hunde auf mich zu, wenn ich auf den Hof fahre«, sagte Manfred Keller lachend, worin mein Vater einstimmte. Ich zuckte mit den Schultern und schob mein Rad um die Ecke. Als ich es abgestellt und meinen Schulranzen vom Gepäckträger genommen hatte, fuhr der gelbe VW Golf schon von unserem Grundstück. Auch mein Vater war wieder im Haus verschwunden.

»Wie war die Schule heute?«, wollte Paps wissen, während er die Briefe in eine Schublade legte. Warum auch immer er das tat, normalerweise blieben sie geöffnet den Tag über auf der Anrichte neben dem Küchentisch liegen. Aber was soll´s, dachte ich mir, ging mich ja nichts an.

»Geht so«, antwortete ich wahrheitsgemäß und überlegte kurz, den traurigen Jahrestag anzusprechen. Da mein Vater aber gerade einen seiner besseren Tage erwischt zu haben schien und ich ihm die Stimmung nicht verderben wollte – nur zu gut wusste ich um seine Depressionen, die ihn an Mamas Todestag in regelmäßiger Heftigkeit ereilten – verkniff ich es mir und blieb mit meiner Traurigkeit allein. Vielleicht würde ich im Laufe des Tages noch einen Versuch unternehmen, mit ihm über meinen Kummer zu sprechen. Aber wahrscheinlich würde ich es nicht tun und die Sache mit mir allein ausmachen. Darin hatte ich schließlich mittlerweile ein Jahr lang beste Übung.

So aßen wir schweigend nebeneinander den Rindfleischeintopf, den mein Vater einmal im Monat für uns zauberte.

»Ich geh Hausaufgaben machen«, sagte ich, nachdem ich das letzte Bisschen vom Teller gelöffelt hatte, und stellte ihn in die Spüle.

»Mach das«, erwiderte Paps, der noch bei seinem zweiten Teller war. »Ich fahr nachher zum Supermarkt. Brauchst du was?« Ja, dachte ich schlagartig: Ich brauchte jemanden, der mir zuhörte und mich verstand. Jedoch sagte ich stattdessen:

»Wir haben kaum noch Brot.«

»Alles klar, einen Laib Brot, damit du in der Schule nicht verhungern musst.«

»Ja«, sagte ich leise und schlurfte aus der Küche in mein Zimmer, wo ich mich sofort an die Mathematikaufgaben machte. Nicht, weil ich die binomischen Formeln so gern hatte, sondern weil ich mich darauf konzentrieren musste und somit nicht ständig an den Jahrestag denken konnte.

Normalerweise lag mir die elementare Algebra mit ihren Zahlen, Grundrechenarten und Variablen. Doch heute tanzten a und b im Quadrat, die kleine Zwei schwirrte da rum, wo sie es gerade für richtig befand, innerhalb und außerhalb von Klammern, mal plus, mal minus, wie ein Schwarm wilder Küchenfliegen in meinem Kopf. Wie sehr ich mich auch anstrengte, es gelang mir nicht, mich auf die lumpigen drei Formeln zu konzentrieren, die ich an anderen Tagen mit großer Sicherheit in jede Richtung aufgelöst hätte.

Unten hörte ich das Zufallen der Autotür. Das folgende Motorbrummen nahm ich als Anlass, eine Pause einzulegen. Und wenn ich eh meine Aufgaben unterbrach, was bot sich mehr an, als frische Luft zu schnappen? Nichts natürlich, dachte ich mir, lief nach draußen, schwang mich aufs Rad und fuhr los. Ziellos – erstmal.

***

Auspowern, ich müsste mich nur auspowern, dann würden die blöden Gedanken verschwinden und ich hätte den Kopf frei für die Schulaufgaben. Verschwitzt schoss ich den Waldweg hinab. Fliegen und andere Insekten klatschten mir ins Gesicht und schnell schloss ich den Mund. Auf einen solchen Nachtisch hatte ich keinen Appetit. Unten in der Linkskurve müsste ich nur noch das Tempo mitnehmen für die kleine Anhöhe, dann wäre ich in Windeseile wieder daheim am Schreibtisch. Nachdem ich mir den stinkigen Schweiß abgeduscht hätte, natürlich. Andererseits könnte ich in der Kurve auch rechts abbiegen und am Bach entlang fahren, einen kleinen Umweg zur Lichtung machen, denn irgendwie interessierte es mich gerade brennend, wie Mutschke den Jahrestag beging. Würde er wenigstens von einem schlechten Gewissen geplagt sein? Oder wäre dieser Donnerstag für ihn einfach ein Donnerstag, wie es ihn 52 mal im Jahr gab? Vielleicht sollte ich ihn mal wieder daran erinnern, was er letztes

Jahr getan hatte – denn an seiner Schuld bestand für mich weiterhin nicht der Hauch eines Zweifels.

Ich überlegte nicht lange und entschied mich für den Umweg. In der Ferne konnte ich die Lichtung hinter den Bäumen bereits sehen. Was genau ich jetzt hier wollte, war mir auf dem Weg auch nicht klargeworden, daher beschloss ich, mich dem Grundstück erstmal von ihm unbemerkt zu nähern und spontan zu entscheiden, was ich dann gegebenenfalls machen würde. Darauf achtend, auf keinen trockenen Zweig zu treten und durch den entstehenden Knall Mutschke auf mich aufmerksam zu machen, stieg ich vom Rad und schob es vorsichtig weiter. Schnell merkte ich, dass irgendetwas hier nicht stimmte. Als ich nach einigen Schritten sah, was hier nicht ins Bild passte, fiel mir die Kinnlade herunter und ich fühlte mich leer. Einfach nur leer.

KAPITEL 15

Heute

Wer solche Freunde hatte, der brauchte keine Feinde mehr, ging mir nach dem kurzen Telefonat mit Philip durch den Kopf. Entweder war er blind oder blöd. Oder beides. Andernfalls war es mir unerklärlich, dass man diese Ähnlichkeit übersehen konnte: Die Augen, die Augenbrauen, die gerade Form ihrer Nase und das leicht vorstehende Kinn, alles, wirklich alles bewies, dass diese Frau eindeutig Jack war.

»Kümmern Sie sich um Ihren eigenen Scheiß«, blaffte ich einen älteren Herren ein paar Reihen vor mir an, der mich während meines Telefonats schon angesehen hatte, als käme ich aus der Klapse oder von einem anderen Stern. Vielleicht hatte ihn mein Gerede vom russischen Geheimdienst verwirrt oder gar verängstigt. Das hingegen war noch lange kein Grund und erst recht keine Rechtfertigung dafür, dass man mich anstarren konnte wie einen Schimpansen im Berliner Zoo. Sofort wirkte meine Ansage, denn er drehte sich um und beschäftigte sich auffällig mit der Tasche, die auf seinem Schoß lag. Fast tat er mir leid und ich überlegte für eine Sekunde, mich zu entschuldigen. Aber nur fast. Bei der Station Rudow ging ich wortlos an ihm vorbei und verließ die U 7, suchte den Bus und fuhr zwei weitere Haltestellen, bis ich die Poststelle erreicht hatte, an der Isabell und ihr Kollege gestern den versuchten Übergriff gesehen hatten. Ich machte mir keine Illusionen darüber, ausgerechnet hier auf den entscheidenden

Hinweis zu treffen, wo sich Jack momentan aufhielt. Aber ich war mir sicher, dass es mir helfen würde, mich weiter in die Situation zu versetzen.

»Dort soll sie zum Bus gelaufen sein«, murmelte ich vor mich hin und machte mich auf den Weg zur Haltestelle.

Viel los war nicht gerade. Ob das an der Pandemie lag, am gestrigen Anschlag, oder ob hier generell eher ein ruhiges Eck war, wusste ich nicht, da ich mich hier noch nicht oft aufgehalten hatte. Eine Kollegin wohnte hier ganz in der Nähe, allerdings hegte ich keinen so engen Kontakt zu ihr, dass wir schon mal über die Belebtheit ihrer Wohngegend gequatscht hätten.

Die nächsten zwei Stunden verbrachte ich damit, die Busfahrer der verschiedenen Routen zu belästigen. Ihnen das Foto Jacks zu zeigen und danach zu fragen, ob sie sie gestern hier haben einsteigen lassen. Zwei Stunden, in denen ich bestenfalls ein knappes Nein, in einigen Fällen auch einen unmissverständlichen Hinweis auf den Datenschutz kassierte, sodass ich bereits aufgeben wollte. Eine Viertelstunde gab ich mir noch, dann würde ich meine Suche zumindest hier abbrechen und die Strategie überdenken.

Der nächste Bus fuhr heran und nur einen Moment nach dem Anhalten öffneten sich zischend die geteilten Vordertüren. Eine farbige Frau im Alter von etwa 50 lächelte mich herzlich mit strahlend weißen Zähnen an. Ein Blick in den hinteren Bereich des Busses verriet mir den wahrscheinlichen Grund ihrer guten Laune: Nur zwei Fahrgäste saßen darin, demnach war das gerade eine entspannte Fahrt. Ebenfalls um einen freundlichen Eindruck bemüht, stieg ich ein und wandte mich an sie.

»Guten Tag, ich habe eine ungewöhnliche Frage. Sind Sie diese Strecke gestern auch gefahren?« Kurz wirkte

Sharona Müller, wie die Busfahrerin gemäß ihres Namensschildes hieß, etwas verwirrt, fing sich jedoch sofort.

»Ja, wie jeden Tag in dieser Woche. Warum fragen Sie? Falls Sie etwas im Bus vergessen haben: Wir geben das regelmäßig bei uns im Büro ab. Da müssten Sie –.«

»Nein, ich habe hier nichts vergessen«, unterbrach ich sie und zog das Foto hervor. »Diese Frau suche ich. Sie ist hier gestern in den Bus gestiegen.« Sharona inspizierte den Ausdruck genau und ich konnte quasi hören, wie es in ihrem Kopf ratterte. Diese Frau wusste etwas! Meine Nerven begannen zu flattern, kalter Schweiß juckte auf meinem Rücken, als würde der Teufel persönlich eine Tüte Histamin drauf schütten und genüsslich einreiben.

»Nein, äh, ja, diese Frau ist hier gestern eingestiegen«, sagte Frau Müller zäh. »Sind Sie von der Polizei?«, schob sie schnell hinterher.

»Das bin ich nicht«, gab ich zu und hielt ihr einen zusammengefalteten Zwanzig-Euro-Schein vor die Nase. Sie warf einen Blick in den Rückspiegel, um sich zu vergewissern, dass die Fahrgäste nicht herschauten, und steckte das Geld ein. »Hat sie etwas gesagt und wo ist sie ausgestiegen?«

»Sie hat irgendwas vor sich hingemurmelt. Sie saß dort.« Sharona zeigte an mir vorbei in die zweite Sitzreihe. »Sie hat ständig nach draußen geguckt, als ob sie sich vor jemandem versteckt hätte oder verfolgt wurde.«

»Haben Sie gar nichts verstanden davon?«

»Nein, mein Russisch ist nicht gut genug dafür.«

»Russisch?«, wiederholte ich etwas enttäuscht. Zwar hatten wir in der Schule noch Russisch als Fach und

Jacks Talent für Fremdsprachen tauchte aus der Erinnerung auf, dennoch verwirrte es mich.

»Ja, das heißt, als sie hier wieder ausgestiegen ist, sagte sie danke auf Deutsch.« Also doch, warum nicht gleich so?, dachte ich in einem Anflug von Ungeduld.

»Wie, sie ist hier ausgestiegen?«

»Ich fahre eine geschlossene Route. Quasi immer im Kreis«, erzählte sie wieder lächelnd und unterstrich es, indem sie mit dem Zeigefinger Kreise in die Luft zeichnete. »Und sie ist 42 Minuten später genau hier wieder ausgestiegen. So lange dauert nämlich diese Tour.«

»Wohin sie dann gegangen ist, wissen Sie wahrscheinlich nicht, oder?«

»Hm, ich weiß nicht, vielleicht könnten Sie meinem Gedächtnis etwas auf die Sprünge helfen«, flüsterte sie verschwörerisch und hielt unauffällig die Hand auf. Ich fischte einen Geldschein hervor und ärgerte mich ein wenig darüber, nur noch einen Fünfziger dabei zu haben; bislang war Sharona aber ihr Geld wert gewesen. »Danke«, sagte sie und ließ raschelnd den Schein verschwinden. Dann zeigte sie in die Richtung, aus der ich gekommen war. »Dort ist sie runtergelaufen. Und jetzt muss ich weiter.«

»Ich danke Ihnen, Sharona, viel Spaß mit der Kohle.« Erneut offenbarte sie mir ihre beneidenswert weißen Zähne. Dazu formte sie ein V aus Zeige- und Mittelfinger, das sie mir durch das Glas der sich schließenden Tür zeigte, während ich ausstieg und einen Meter vom Fahrbahnrand zurücktrat. »Jawoll«, sagte ich und schlug mit der Faust in die Handfläche. Das konnte nur heißen, dass Jack sich hier ganz in der Nähe aufhielt oder es zumindest gestern getan hatte. Niemals war ich mir in den letzten 15 Jahren sicherer, sie zu finden, als jetzt.

Mit ungebremster Zuversicht hielt ich zwei Teenager an, die mir mit nach hinten gedrehten Baseball-Caps auf Skateboards entgegenkamen, und zeigte ihnen den Ausdruck.

»Habt ihr die Frau hier schonmal gesehen?«

»Alter, die is´ voll alt«, sagte der eine und kicherte. Sehr erwachsen, dachte ich mir, aber was erwartete ich heutzutage von den bildungsfernen Halbstarken, zu denen ich die beiden Jungs zählte, die einen offensichtlichen Migrationshintergrund besaßen.

»War bestimmt mal `ne Schnitte früher«, ergänzte der andere, nicht weniger albern.

»Also, habt ihr sie schon mal gesehen?«, fragte ich genervt und wollte schon weitergehen.

»Bleib doch ma´ locker«, sagte der Zweite. »Hier Arslan, denk mal Turban weg«, meinte er und verdeckte mit seinem Daumen das von der Sanitäterin angelegte Pflaster auf der Stirn.

»Ja, sicher, Alter. Das´ die von neulich. Mit dem Russenspast.« Meine Antennen vibrierten und ich konnte mein Glück kaum fassen, dass ich ausgerechnet von diesen beiden Schwachmaten einen wichtigen Tipp bekommen würde.

»Was meinst du damit?«, drängte ich ihn.

»Hey, locker bleiben, Digga«, sagte er und wich vor mir zurück, woraufhin ich beschwichtigend die Hände hob.

»Ich muss das wissen, also?«

»Das´ paar Tage her, da hatte sie oben bei Bahnhof Rudow Stress mit `nem Russen, da sind wir zwischen und haben der Chica den Penner vom Hals geschafft.«

»Ja, aber die Chica war nich´ sonderlich nett, is´ einfach weg. Und frag nich´, wohin, Alter. Keine Ahnung.«

»Danke, Jungs.« Ich nahm das letzte Kleingeld aus der Hosentasche und wollte es ihnen in die Hand drücken. »Hier, holt euch ein paar Bier oder Energiedrinks.« Jetzt waren es die Jungs, die abwehrend die Hände hochhielten.

»Korrekt von dir, Alter, aber wir haben selber Cash.« Sie grüßten noch mit einem mir unbekannten Handzeichen, dann warfen sie ihre Bretter wieder auf den Gehweg und machten sich vom Acker. Überrascht davon, wie sehr mich meine Vorurteile mal wieder übertölpelt hatten, sah ich den beiden hinterher, die mich nicht nur von ihrer Art, sondern auch von ihrem Aussehen her an die jungen Ausgaben von Erkan und Stefan erinnerten, ein recht erfolgreiches Comedy-Duo aus den 90ern und 2000ern.

Mein Enthusiasmus kannte keine Grenzen mehr. Kaum zu glauben, wie einfach das alles im Moment lief – wie schnell ich an konkrete Informationen gekommen war. Das konnte nur bedeuten, dass ich auf der richtigen, der brandheißen Spur direkt zu Jack war. Und es müsste doch mit dem vorhin bereits genannten Teufel zugehen, wenn ich sie nicht bald finden würde. Das Brummen meines Handys unterbrach meine Gedanken.

KAPITEL 16

Vor 14 Jahren

Was sollte das? Wie zu einer Salzsäule erstarrt, verharrte ich im dornigen Schutze eines Strauches, der noch einige dunkle Beeren trug. Ich sah Mutschke am Gartentor stehen und sich mit einem Mann unterhalten. Doch nicht irgendein Mann stand ihm dort gegenüber und reichte ihm gerade einen Briefumschlag. Nein, es war mein Vater, es war Richard Bruckmann, der offensichtlich ein Geschäft mit diesem Stasi-Schwein abwickelte, das zumindest für Mutschke zur Zufriedenheit verlief. Jedenfalls deutete das arrogante Grinsen darauf hin, mit dem er meinen Vater bedachte.

In mir tobte ein Orkan der Gefühle. Was um alles in der Welt hatte Paps mit diesem Verbrecher zu schaffen? Und wofür steckte er ihm Geld zu? Leider konnte ich nur Wortfetzen verstehen, da der Wind die gesprochenen Sätze verschluckt hatte, bevor sie zu mir herüberdringen konnten. Was gäbe ich darum, mich jetzt mit *Scottys* Hilfe nach allerbester *Raumschiff-Enterprise*-Manier auf die andere Seite des Hauses beamen zu können, um das Wortgefecht, zu dem es mittlerweile ausgewachsen war, zwischen den beiden mithören zu können. Sie sprachen immer lauter und die Körperhaltung verriet eine Aggressivität, die keiner der beiden zu verstecken versuchte. Bei Mutschke hatte ich das am Abend von Jacks Verschwinden schon gesehen, von Paps kannte ich so ein Gebaren nicht. Und ich wusste in diesem Moment nicht, was mir mehr Angst machte: Diese unbekannte Seite an ihm oder dass er etwas mit Mutschke zu schaffen hatte.

Plötzlich packte mein Vater den etwas größeren Stasi-Spitzel und zog ihn an sich heran, sodass sich ihre Nasenspitzen fast berührten. Obwohl ich weit genug von der Szenerie entfernt war, wich ich einen halben Schritt zurück und hielt die Luft an. Paps raunte ihm etwas zu und stieß ihn anschließend von sich. Mutschkes Augen hatten sich geweitet, er war also von der Entschlossenheit meines Vaters überrascht und ein wenig eingeschüchtert worden. Kurz brodelte Stolz in mir auf, Stolz auf meinen Vater, der dem Bösen die Stirn bot. Doch nur eine Sekunde später hatte mich die emotionale Realität wieder eingeholt und der eben noch empfundene Stolz wich der Desillusion. Wer sagte mir denn, dass in dieser Situation Mutschke der Bösewicht war? Niemand! Die Vorstellung, mein Vater könnte etwas mit Jacks Verschwinden zu tun haben, ließ mich erschaudern.

Kurz darauf war das kleine Schauspiel zu Ende. Mein Vater wandte sich von seinem Gegenüber ab und ging wortlos zu unserem Auto. Mutschke sah dem davonfahrenden Wagen hinterher, wobei er mich an mich selbst erinnerte, wie ich ihn, also Mutschke, in der Nacht damals noch angestarrt hatte.

»So ein Penner«, hörte ich ihn dann sagen, während er verächtlich abwinkte und zum Haus zurückging. Mich ärgerte die Windstille, beziehungsweise, deren miserables Timing. Ein paar Minuten früher und ich hätte wahrscheinlich den Grund dieses befremdlichen

Treffens erfahren. So blieb mir nichts anderes übrig, als es selbst herauszufinden.

Auf dem Weg nach Hause zermarterte ich mir das Gehirn, wie ich es nur anstellen sollte, an die Informationen zu kommen. Philip brauchte ich nicht zu fragen, der würde wahrscheinlich nur vorschlagen, die beiden mit Waterboarding oder elektrischen Stromstößen zu foltern, bis sie die Wahrheit ausspuckten. Jonas hätte vielleicht eine gute Idee gehabt, schließlich war er der Schlaumeier von uns. Aber es dieses ›Uns‹ gab es nicht mehr, würde es nie mehr geben, wurde mir mal wieder schmerzhaft bewusst und eine gewisse Traurigkeit gesellte sich zu den anderen schlechten Gefühlen, die heute ein Gruppentreffen in mir abzuhalten schienen. Hey, das war witzig, baute ich mich etwas auf, aber lange konnte mich mein kleiner Joke nicht aufheitern.

Mein Vater war, wie ich erwartete, noch nicht zu Hause. Sehr gut. Wahrscheinlich hielt er sich jetzt wirklich im Supermarkt auf, damit er nicht aus Versehen ohne Einkäufe wiederkam und mir gegebenenfalls dafür eine Erklärung liefern musste. Doch je länger ich auf ihn wartete, je länger ich mir darüber den Kopf zerbrach, wie ich meine erschütternde Beobachtung am besten ansprechen sollte, je mehr zweifelte ich daran, ob das wirklich eine gute Idee wäre. Schließlich war ich heute schon den ganzen Tag über sehr aufgewühlt gewesen. Es begann in der Schule, als mich das offensichtliche Desinteresse an Jacks Jahrestag, beziehungsweise die manifeste Verdrängung davon, zutiefst verletzte. Die Ignoranz meines Vaters beim Mittagessen setzte es fort und die typische Fröhlichkeit unseres Postboten machte es insgesamt auch nicht besser. Da blitzte ein Gedanke auf: der Postbote und die heutige Post. Ich sprang von meinem Schreibtischstuhl hoch, von dem aus ich unsere Einfahrt beobachten konnte, und rannte hinunter. Vielleicht hatte das komische Verhalten von Paps ja etwas mit dem anschließenden Treffen bei Mutschke zu tun. Schließlich musste es einen Grund dafür geben, warum die Post in einer Schublade verschwunden war. Ich Idiot, warum hatte ich nicht gleich daran gedacht und nachgesehen? Schnaufend erreichte ich die Küche und überlegte kurz, wohin Paps die Briefe genau gelegt hatte. Ja, natürlich, in die Schublade neben dem Besteck, in der wir ansonsten jede Menge nutzloses Zeugs aufbewahrten. Jedenfalls aus meiner Sicht. Meine Hand schloss sich um den Messinggriff, das Metall fühlte sich kühl an.

»Mist«, entfuhr es mir, als ich daran zog und sie nicht aufging. Dass sich diese oder auch andere Schubladen im selbstgezimmerten Küchenschrank hin und wieder verkanteten, war dem nicht sonderlich ausgeprägten Talent meines Vaters für schreinerische Detailarbeiten geschuldet. Für die gröberen Arbeiten hingegen war er wie geschaffen. Beim nächsten Versuch hatte ich mehr Glück und mit einem Knarzen zog ich sie auf. Doch im selben Moment hörte ich den Motor unseres Wagens, der auf den Hof fuhr. Ich überlegte hin und her, schaute von der Schublade, in der ich etwa zehn Briefumschläge verschiedener Größe und ein Baumarktmagazin erkennen konnte, zum Fenster hinaus. Mein Vater war bereits ausgestiegen und blickte in meine Richtung.

»Hey, komm und hilf mir tragen«, hörte ich ihn rufen, wobei seine Stimme von der Fensterscheibe etwas gedämpft wurde. Ich nickte, woraufhin er sich wieder zum Wagen drehte. Nachschauen, nicht nachschauen, nachschauen ... Zum Teufel damit, dachte ich mir, schob sie wieder zu und ging nach draußen. Sicher würde ich heute noch ein paar Gelegenheiten bekommen, um noch einmal nachzusehen.

»Du warst ganz schön lange weg«, sagte ich, um einen beiläufigen Tonfall bemüht.

»Ach, stoppst du jetzt die Zeit, wenn ich einkaufen fahre?«, erwiderte mein Vater darauf und klang etwas gereizt. Das allerdings passte umso mehr in mein Bild vom heutigen Tag. An jedem anderen Tag, dessen war ich mir sicher, hätte er über meinen Spruch geschmunzelt und wahrscheinlich etwas Witziges zurückgegeben.

»Nein, natürlich nicht«, beschwichtigte ich ihn, schnappte mir einen der Kartons aus dem Kofferraum und trug ihn in die Küche, wo ich ihn neben unserer Vorratskammer abstellte. Wie ich es gewohnt war, sortierte ich die Einkäufe gleich in die dafür vorgesehenen Regale.

»Es kommt noch mehr«, sagte Paps und stellte einen weiteren Karton neben den mittlerweile leeren. »Und hier ist auch das bestellte Brot. Ich hoffe, Vollkorn ist in deinem Sinne?« Ich folgte seinem Blick und nickte bestätigend, als ich das frische, in dicke Scheiben geschnittene Brot durch die Plastikfolie hindurch sah. Da die Verkäuferin sie nicht verschlossen hatte, drang der Duft in meine Nase und sofort überkam mich das Verlangen, mir eine Stulle dick mit Nutella zu bestreichen und mich damit in mein Zimmer zu verziehen. Ich entschied mich für meinen Schreibtisch, allerdings ohne die Verpflegung.

In den folgenden zwei Stunden machte ich meine Hausaufgaben fertig, bereitete ein Referat vor, das ich nächste Woche in Biologie halten sollte, und lernte ein paar neue Englisch-Vokabeln. Dabei lauschte ich immer nach unten und warf gelegentlich ein Auge nach draußen. Jetzt endlich sah ich Paps auf seinem Drahtesel vom Hof radeln. Vermutlich würde er zu den Michels fahren, um mit seinem alten Freund Heinz ein Schwätzchen zu halten, wie er diese Plaudereien immer nannte. Schwätzchen, was für ein blödes Wort, aber gut, das war nicht mein Problem. Im Gegenteil: Genau dieses Schwätzchen bescherte mir nun die Möglichkeit, die Post einer eingehenden Inspektion zu unterziehen.

Anders als vorhin gab die Schublade sofort nach. Neugierig schaute ich hinein und war für einen Moment verstört. Keine Post. Nicht ein einziger Brief. Wo hatte er sie nur –? Ah, jetzt lag sie auf dem gewöhnlichen Platz. Schnell sah ich mir Umschlag für Umschlag an: Stromrechnung, Werbung für Tiernahrungsmittel, Werbung für schnelleres Internet – witzig, da wir in unserer Gegend teilweise überhaupt keinen Empfang hatten – Werbung für den neuen Volkswagen, den wir uns eh nicht leisten konnten, wie Paps schon oft betont hatte. Nachdem ich zwei weitere Rechnungen und einiges an Reklame mehr gesichtet hatte, legte ich sie enttäuscht zurück. Das ergab überhaupt keinen Sinn für mich. Das Knacken eines Holzscheites ließ mich aufhorchen. Ich ging zum Holzofen, der hauptsächlich als Heizung fungierte, aber manchmal auch zum Kochen benutzt wurde, und schaute einer Ahnung folgend durch die Glasscheibe in die Brennkammer, wo noch eine kleine Flamme loderte. Dann sah ich die Ecke eines Papieres, die noch kein Opfer des Feuers geworden war. Schnell öffnete ich die Klappe, worauf mir heiße Luft ins Gesicht blies. Mein Atem stockte. Mit der Zange, die zum Einlegen der Holzscheite diente, holte ich den Schnipsel heraus und pustete die Asche davon herunter. Ein Glück, dass keine Glut mehr daran haftete, sonst hätte mein Luftstoß auch den Rest zum Verbrennen gebracht. Nachdenklich nahm ich die Ecke, die noch etwa die Größe einer Visitenkarte hatte, zwischen Daumen und Zeigefinger und drehte sie vor meinen Augen zu beiden Seiten. Sie war aus Pappe und auf einer Seite glatt. Entweder handelte es sich dabei um ein Foto oder eine Postkarte oder ein als Postkarte benutztes Foto. Alles andere ergab überhaupt keinen Sinn. Allerdings ergab es für mich ebenfalls keinen Sinn, dieses Papier im Feuer vorzufinden. Denn es stand vollkommen außer Frage für mich, dass mein Vater das Ding verschwinden lassen wollte, sonst hätte er die Werbung auch in den Ofen geworfen. Leider konnte ich so gut wie nichts mehr auf der Vorderseite erkennen. Was ich erahnen konnte, war ein See oder Meer und angrenzenden Wald. Nadelwald. Auf der Rückseite fand ich gar nichts, nicht ein Buchstabe oder gar Wort, was mich nicht sonderlich überraschte, denn sollte es tatsächlich eine Postkarte gewesen sein, hielt ich die untere rechte Ecke in der Hand, auf der man eh selten etwas schrieb. Wenn dann vielleicht noch die Postleitzahl und den Wohnort des Adressaten, doch eine Linie am oberen, verkohlten Rand verriet mir, dass die Adresse weiter oben gestanden hatte. Mit dem wenig aussagekräftigen Fund in meiner Hand ging ich zurück in mein Zimmer.

Ich musste darüber nachdenken, wie ich weiter mit der Situation umgehen wollte. Sollte ich meinen Vater tatsächlich zur Rede stellen, auch wenn ich seine Antwort darauf nicht ertragen könnte? Oder sollte ich endlich das tun, was alle anderen hier im Ort machten, und die Sache mit Jacks Verschwinden auf sich beruhen lassen? Jack auf sich beruhen lassen?

KAPITEL 17

Heute

Kaum hatte Isabell ihr Büro betreten, steckte ein Kollege seinen Kopf in die Tür.

»Du sollst sofort zu Grenzer kommen.«

»Hat er gesagt, was er will?«

»Bin ich dein Privatsekretär oder was?«, giftete der hagere Polizist, der eher selbst wie ein Drogenabhängiger aussah als jemand, der Dealern hinterherjagte.

»Ist ja gut, Herbert, reg dich ab«, sagte sie und wandte sich Paul zu, der sich von seinem Schreibtisch aus an dem kleinen Schlagabtausch erfreute. Sie hörte, wie sich Herbert mit schlurfenden Schritten entfernte.

»Was hat der für ein Problem? Schlechten Sex gehabt?«

»Eher gar keinen, so wie er aussieht«, erwiderte Paul.

»Weißt du, was Grenzer von mir will?« Paul zuckte mit den Schultern.

»Nee, keine Ahnung. Aber ich bin froh, dass er nur dich und nicht uns sprechen will.« Er kicherte schadenfroh und nahm eine Akte zur Hand, die er vor sich aufschlug.

Endlich durften sie sich wieder um ihre eigentliche Arbeit kümmern und mussten nicht mehr Kindermädchen für die Hauptstadt spielen. Wahrscheinlich wollte der Dienststellenleiter ihr neue Instruktionen geben, vielleicht waren wieder neue

Verordnungen der Stadt erlassen worden, wie mit diversen Junkies zu verfahren war. Es waren bewegte Zeiten mit dieser links-grünen Regierung, die sich scheinbar mehr zoffte, als konstruktiv zu arbeiten. Doch Isabell war politisch nicht sonderlich interessiert. Ihr Parteibuch war das Strafgesetzbuch und solange ihr Dienstherr rechtzeitig die Kohle überwies, war ihr ziemlich egal, was ›die da oben‹ machten.

»Kommen Sie rein, Isabell«, hörte sie die schnarrende Stimme Grenzers sagen, nachdem sie pro forma an den Türrahmen geklopft hatte, obwohl er sie bereits wegen der halb offenstehenden Tür gesehen hatte. Dezenter Malzgeruch stieg ihr in die Nase, der vom Muckefuck verströmt wurde. Ihr Chef trank gefühlt ständig diesen löslichen Malzkaffee, Isabell konnte sich an keine Situation in seinem Büro erinnern, in der die Tasse mal leer gewesen wäre und es nach etwas anderem gerochen hätte.

»Hallo Chef, was kann ich für Sie tun?«, fragte sie, blieb in der Tür stehen und schaute in die Ecke zur Sitzgarnitur, wo zwei Männer in Zivil saßen und sie anstarrten. So jedenfalls kam es ihr vor.

»Für mich nichts, aber für die beiden Herrschaften hier.« Er deutete auf die Männer, die ihr jetzt zunickten.

»Mein Name ist Hauptkommissar Seiler, das ist mein Kollege Hauptkommissar Fleischmann«, ergriff der Ältere der beiden das Wort. »Wir sind von der gestern eingerichteten Soko Brandenburger Tor und unterstehen direkt dem Innenministerium. Setzen Sie sich doch bitte, Frau Meyer.«

»Aha, direkt dem Innenministerium. Und womit kann ich Ihnen weiterhelfen?« Sie wechselte einen

Blick mit ihrem Chef, der mit den Schultern zuckte. Dann nahm sie einen Stuhl und setzte sich den beiden Sonderermittlern gegenüber. Doch statt einer Erklärung legte jetzt der Jüngere ein Foto auf den Tisch und drehte es zu ihr. Letzteres hätte er sich sparen können, denn sie erkannte es, bevor es den Tisch berührt hatte.

»Sie haben gestern eine Anfrage zu dieser Frau gestellt. Wir würden gerne von Ihnen wissen, warum«, erklärte Fleischmann. Das konnte doch nicht sein! Warum wussten die von ihrer Nachforschung. Sie verfluchte Lennard dafür, sich überhaupt für ihn danach erkundigt zu haben. Schließlich hatte sie gleich gedacht, dass das irgendwelchen Ärger nach sich ziehen würde. Okay, eigentlich hatte Paul es ihr prophezeit.

»Ja, habe ich, aber das hatte nichts mit dem Anschlag zu tun. Es ging um einen älteren Fall«, log sie und fragte sich gleichzeitig, warum sie das tat.

»Ach ja? Sind Sie da sicher?«, hakte Seiler nach. Hilfesuchend drehte sie sich zu Grenzer um.

»Wenn Frau Oberkommissarin Meyer Ihnen das sagt, gibt es keinen Anlass, daran zu zweifeln«, schnarrte er. »Ich schlage vor, Sie kommen zur Sache, meine Herren, oder soll ich noch jemanden von der Personalvertretung kommen lassen?«

»Immer mit der Ruhe«, sagte Seiler und hob beschwichtigend die Hände, »wir spielen ja alle im selben Team.« Isabell atmete tief durch und räusperte sich.

»Eben. Also, was hat es mit dieser Frau auf sich?«

»Wir haben Grund zu der Annahme, dass diese Frau eine entscheidende Rolle in dem Explosionsdesaster spielte.«

»Äh, wie das?«, fragte Isabell verwundert.

»Beim Auswerten aller Überwachungsvideos wie auch dem Material, das uns von den Teilnehmenden der Demonstration zur Verfügung gestellt wurde, stellten wir verschiedene Aufnahmen sicher, die diese Frau kurz vor den Explosionen mit einem Gerät in der Hand zeigte, das von unseren Experten als Fernzünder erkannt wurde«, klärte Fleischmann Grenzer und Isabell auf, die einen Pfiff ausstieß.

»Und Sie haben keine Ahnung, wer die Frau sein könnte?«, fragte sie und hoffte, dass die Identität der Frau den Kollegen längst bekannt war und es sich bei ihr nicht um Jack aus Brandenburg handelte, sondern um Samira aus Afghanistan, Soraya aus dem Iran oder wen auch immer aus dem Nahen Osten, der sich ja laut Bekennerschreiben zu dem Anschlag bekannt hatte. Das hieß, natürlich nicht der ganze Nahe Osten, sondern diese vermaledeite Al-Qaida.

»Nein«, sagte Seiler und versetzte ihr damit einen kleinen Stich. »Deswegen kommen wir ja auf Sie zu.« Isabell trommelte mit den Fingern auf der Holzlehne ihres Stuhls und verfluchte Lennard ein weiteres Mal.

»Ich denke, ich sollte Ihnen sagen, warum ich die Gesichtserkennung habe durchführen lassen«, begann sie schließlich und erzählte den Sonderermittlern von der Vermutung ihres Freundes und der schon fast zwanghaften Suche nach seiner Jugendfreundin. Jetzt waren es Seiler und Fleischmann, die während der Ausführung Blicke miteinander wechselten, sich Notizen machten und aufmerksam zuhörten. »Und daher habe ich einen alten Freund darum gebeten, das Bild durch den Rechner zu jagen. Allerdings rechnete ich nicht damit, etwas in Sachen Jacqueline zu erfahren, sondern ich hoffte, es wäre einfach eine Studentin oder sonstige Angestellte, die nachweislich nichts mit der Jugendfreundin meines Freundes zu tun hätte«, schloss sie und rieb die schwitzenden Hände an ihren Jeans trocken, wodurch sich der blaue Stoff an ihren Oberschenkeln sofort verdunkelte.

»Sie denken also selbst nicht, dass es diese Jacqueline sein könnte?«, fragte Seiler nach. Isabell schüttelte den Kopf.

»Nein, ich gehe nicht davon aus. Ich habe vor einiger Zeit die Akten von dem Fall gelesen. Und ich will der damals zuständigen Kollegin keinen mitgeben, aber meiner Meinung nach wurde seinerzeit sehr lückenhaft ermittelt. Um die Zeit des Verschwindens herum befand sich überdies mit Hermann Kurz ein geständiger Sexualstraftäter auf der Flucht, der wenige Tage darauf in Thüringen aufgegriffen worden war. Jacqueline passte perfekt in sein Beuteschema, doch er ist nie deswegen verhört worden. Was jetzt auch nicht mehr möglich ist, da er zwei Jahre darauf in Haft verstarb.«

»Thüringen ist nicht Brandenburg«, sagte Fleischmann und rieb sich das Kinn.

»Nein, aber es liegt auch nicht tausend Kilometer davon entfernt. Hören Sie, ich will ja nicht sagen, dass er das Mädchen entführt hat, aber es deutet doch einiges darauf hin, dass ihre Leiche in einem Fluss oder See in der Nähe versenkt oder tief im Wald vergraben wurde und man sie bislang einfach nicht gefunden hat. Sie müssen wissen, die Gegend ist ziemlich naturbelassen, um nicht zu sagen, es handelt sich in weiten Teilen um Wildnis. So kenne ich das sonst nur aus Kanada.« Den Vergleich hatte sie beim ersten

Besuch von Lennards Vater schon gezogen, als sie sich in ihre Au-pair-Zeit in der Nähe von Toronto zurückversetzt fühlte.

»Das klingt plausibel«, erklärte Fleischmann, »Dennoch müssen wir allen Hinweisen nachgehen. Inwieweit ist die Aussage Ihres Freundes glaubhaft, was seinen Besuch in der Botschaft der Russischen Föderation und das Beschattetwerden hinterher angeht?«

»Ich wüsste keinen Grund, warum er lügen sollte. Allerdings kann ich mir vorstellen, dass seine Fantasie ihm manchmal einen Streich spielt. So ganz hat ihn diese Geschichte nie losgelassen.«

»Okay, das ist mehr, als wir erwartet haben«, begann Seiler. »Wir brauchen von Ihnen und Ihrem Kollegen noch eine Beschreibung des Mannes, den Sie in Rudow zusammen mit der Frau gesehen haben. Der sie in den Botschaftswagen ziehen wollte.«

»Kein Thema, wohin sollen wir kommen?«

»Sie müssen nirgendwohin, unsere Zeichnerin wird Sie innerhalb der nächsten halben Stunde in Ihrem Büro aufsuchen. Es wäre schön, wenn Sie das einrichten könnten.«

»Klar, kein Problem, wir werden da sein.«

»Danke für Ihre Mitarbeit, Frau Meyer«, sagte Fleischmann und erhob sich. »Wir würden trotzdem noch gern mit Ihrem Freund, diesem Lennard Bruckmann sprechen. Wo erreichen wir ihn zur Zeit?«

»Ja, sicher«, sagte Isabell und gönnte es ihrem Freund fast, sich noch mit den beiden auseinandersetzen zu müssen. Sie zog ihr Handy hervor und gab den beiden die Telefonnummer Lennards. »Wo er zur Zeit steckt, kann ich Ihnen nicht sagen.

Wahrscheinlich sucht er gerade nach der Frau. Keine Ahnung.« Dass er sich damit in Gefahr brachte, wurde ihr erst bewusst, als sie schon fast wieder in ihrem Büro war. Sie zog erneut ihr Smartphone hervor und wählte entgegen ihrer Gewohnheit Lennards Nummer. »Geh schon ran«, knurrte sie.

KAPITEL 18

Vor 14 Jahren

In meinen Eingeweiden ging es zu wie auf dem Jahrmarkt, wenn ich mich mal wieder in die Achterbahn setzte, obwohl ich mit Zuckerwatte, gebrannten Mandeln, einer Bulette und anderen Leckereien vollgefuttert gewesen war. Es rumorte, blubberte, zog hier und da. Doch dieses Mal war es nicht meine eigene Schuld, dass es mir schlecht ging, dieses Mal lag es an all den Gleichgültigen und an meinem eigenen Vater, der seltsame Geheimnisse vor mir zu haben schien.

Es dämmerte schon, als ich noch einmal ins Wohnzimmer ging, wo Paps eine Dokumentation über die Treuhandgesellschaft anschaute. Eine staatliche Einrichtung, die laut unserem Lehrer Mergenstein für den Ausverkauf der DDR verantwortlich gewesen war. Ein Skandal, bei dem bis heute niemand zur Verantwortung gezogen worden war. »Aber das ist Politik, meine lieben Schülerinnen und Schüler«, hörte ich seine Stimme in meinem Kopf dozieren, »da geht es nur vordergründig um die Gesellschaft. Den meisten Politikern geht es um ihre eigenen Belange.« Allerdings nahm ich ihn nicht mehr ansatzweise so ernst, wie ich das vor über einem Jahr noch getan hatte, als wir durch ihn inspiriert unseren Feldzug gegen den Stasi-Spitzel Mutschke planten und durchführten. Nach und nach war mir bewusst geworden, dass er seinen persönlichen Groll damit verarbeitete, indem er uns seine

Schimpfmonologe vortrug. Obwohl er als beamteter Lehrer zu politischer Neutralität verpflichtet war, ließ er kaum eine Möglichkeit der Einflussnahme im Klassenraum aus.

Wortlos setzte ich mich in den Sessel über Eck zu meinem Vater und schaute die Sendung. Nach etwa zehn Minuten fragte ich:

»Hatte die Treuhand eigentlich auch etwas mit der Stasi zu tun?«

»Hm«, machte mein Vater. »Äh, nein, die Treuhand kam doch erst nach der Wende. Sie war eine Institution der BRD, die Stasi war ein Produkt der DDR«, erklärte er, ohne den Blick vom TV zu nehmen.

»Unser Lehrer meint, die Treuhand war ein korrupter Haufen, der sozusagen das Tafelsilber der ehemaligen DDR verscherbelt hat. Und das meist völlig unnötig.«

»Kluger Mann, dieser Mergenstein«, sagte Paps beiläufig, »aber ich würde es nicht so schwarz-weiß betrachten. Das Leben ist eine Ansammlung von Grautönen.«

»Was meinst du denn damit?« Jetzt wandte sich Paps zu mir und sah mir in die Augen.

»Das heißt, dass es kein reines Gut und Böse gibt, außer in Filmen und Büchern natürlich«, schob er lachend hinterher. »Aber im von euch Kids sogenannten Real Life ist es niemals eindeutig. Auch wenn jemand etwas Böses tut, muss er nicht zwangsläufig ein böser Mensch sein. Das zählt natürlich genau so für den gegenteiligen Fall.« Ich versuchte, das eben gehörte in meinem Kopf zu sortieren.

»Demnach muss der Mutschke, der Stasi-Spitzel war, also Böses getan hat, kein böser Mensch sein?«, fragte ich und zwang mich, meiner Stimme keinen gereizten Unterton zu verpassen.

»Hm, gut, bei dem Mutschke würde ich schon eher von der anderen Seite herangehen. Er gehört meiner Meinung nach schon eher zu der üblen Sorte Mensch. Warum fragst du?« Ja, warum fragte ich das wohl? Vielleicht, weil mein Vater etwas mit diesem üblen Typen zu schaffen hatte? Ich räusperte mich und nahm meinen Mut zusammen.

»Ich habe dich heute bei ihm gesehen.« Totenstille, auch im TV war gerade passend dazu ein Szenenwechsel.

»Wie, äh, du hast mich gesehen?«, stammelte er und wurde wieder ähnlich aggressiv wie zuvor, als ich ihn gefragt hatte, was er so lange im Supermarkt gemacht hat. »Verfolgst du mich etwa?«

»Nein«, sagte ich kleinlaut. »Ich bin durch die Gegend gefahren und hab euch zufällig gesehen.« Wie um alles in der Welt konnte ich gerade ein schlechtes Gewissen haben? Ich war es doch nicht, der irgendwelche komischen Sachen mit Mutschke am Laufen hatte.

»Was genau hast du denn gesehen, oder meinst du, gesehen zu haben?«, fragte Paps mit ruhiger Stimme, die etwas unsicher klang. Ich fasste meine Beobachtung zusammen, wobei ich den Teil wegließ, in dem ich Stolz auf ihn empfunden hatte. Davon war mein Gefühl im Augenblick nämlich Universen entfernt. »In dem Umschlag, den du gesehen hast, war Geld.« Aha, dachte ich, verstört triumphierend, wusste ich es doch. »Geld für die von euch zerschossenen Fenster.« Was? Das verstand ich nicht.

»Wie meinst du das?«, fragte ich daher.

»Bei eurem Auftritt im letzten Jahr habt ihr Fenster im Wert von über 6000 Euro zerdeppert. Damit Mutschke euch nicht anzeigt, haben wir vereinbart, dass ich es ihm in Raten zurückzahle, und heute war die letzte davon fällig. Hast du sonst noch irgendwelche Fragen oder Vorwürfe, wo wir gerade dabei sind?« Ich fühlte mich auf einmal unendlich klein und dumm. Darauf hätte ich mit etwas Nachdenken auch allein kommen können. Ich traute mich kaum, die nächste Frage zu stellen, aber ich konnte es einfach nicht lassen.

»Was für eine Postkarte oder welches Bild hast du heute im Ofen verbrannt?« Aus dem Augenwinkel beobachtete ich ihn, wobei ich eigentlich auf den Boden zu meinen Füßen sah. Allerdings konnte ich keine eindeutige Regung in seinem Gesicht feststellen.

»Ich glaube, dir ist diese ganze Stasi-Geschichte zu Kopf gestiegen, vielleicht sollte ich mal mit deinem Lehrer reden«, begann er aufgebracht, beruhigte sich aber schnell. »Oder liegt das alles daran, dass das mit Jack heute ein Jahr zurückliegt?« Er hatte es also doch nicht vergessen.

»Ja«, hauchte ich und eine Träne der Traurigkeit aber auch des Gerührtseins, die ich nicht unterdrücken konnte, lief mir die Wange hinunter.

»Die Karte war die monatliche Erinnerung von Mutschke, dass sein Geld fällig wäre. Die habe ich grundsätzlich verbrannt, weil es mich jedes Mal wieder ärgert.«

»Tut mir leid, Paps«, sagte ich, stand auf und nahm ihn in den Arm. »Entschuldigung. Dafür, dass ich neugierig war und dafür, dass du soviel Geld wegen mir bezahlen musstest.« Ich spürte seine Hände, wie sie über meinen Rücken strichen, und roch sein herbes Aftershave.

»Ist schon gut, mein Junge. Jetzt ist alles bezahlt und ich hoffe, deine Fragen sind beantwortet.«

»Ja«, schniefte ich und ließ von ihm ab. »Gute Nacht.« Beruhigt von der Wahrheit und davon, dass er mir meine Unterstellungen nicht nachtrug, ging ich ins Bett und fiel schnell in einen traumlosen Schlaf.

KAPITEL 19

Heute

Bestens gelaunt zog ich das Smartphone hervor und sah den Namen Philip auf dem Display. Was wollte der denn? Egal, dachte ich, was er auch sagte, er würde mein Hochgefühl nicht stören können.

»Hey, Philip, willst du dich für irgendetwas entschuldigen?«, fragte ich lachend. Die Ernsthaftigkeit in seiner Stimme verursachte dann doch ein leises Grummeln in meiner Magengegend.

»Alter, hast du keine Nachrichten gesehen?«

»Nachrichten? Doch, klar, gestern mit dir. Und vorhin hab ich irgendwas von wegen Al-Qaida gehört«, antwortete ich zögerlich.

»Nein, Mann, das meine ich nicht. Es geht um die Frau von deinem Foto –.«

»Um Jack?«, unterbrach ich ihn hellhörig.

»Um die Frau, die du für sie hältst. Such dir einen Fernseher, egal auf welchem Programm, jeder Sender zeigt ein Foto von ihr. Sie ist die Hauptverdächtige für den Anschlag. Alter, halt dich bloß fern von der!« Puh, das saß. Es war wie damals, als die Polizistin uns erklärte, die Suche nach Jack einzustellen. Dieses Gefühl des Verrats und der Ohnmacht. Allerdings wusste ich gerade nicht, an wen ich meine Emotionen adressieren musste.

»Danke für die Information«, sagte ich kühl und drückte Philip weg. Keine hundert Meter vor mir erspähte ich ein Elektronikgeschäft und beschleunigte meinen Gang. Da im Schaufenster kein Fernsehgerät ausgestellt war, betrat ich das Innere des kleinen Ladens und musste nicht lange warten, bis mich ein Foto Jacks von einem der Großbildgeräte in super-HD anblickte.

»... wird diese Frau im geschätzten Alter von 25-35 gesucht. Sie hat eine Verletzung auf der Stirn. Falls Sie diese Frau sehen, sprechen Sie sie nicht an, sondern informieren Sie die nächste Polizeidienststelle. Die Person ist mutmaßlich bewaffnet und gefährlich«, erklärte die Nachrichtensprecherin, die mir spontan unsympathisch wurde. Gerade als der Besitzer des Ladens aus dem Hinterzimmer nach vorn kam und mich begrüßen wollte, verschwand ich bereits wieder nach draußen. Du brauchst einen Plan, Lennard, ganz dringend!

Doch bevor ich einen guten Plan schmieden konnte, musste ich die Puzzleteile in meinem Kopf erst einmal zusammensetzen. Fest für mich stand nach wie vor, dass es sich bei der Frau aus dem TV um Jack handelte. Weiter konnte ich mir nicht vorstellen, dass sie zu einer Terroristin geworden war. Sicher spielten gerade nur haufenweise Missverständnisse ein übles Spiel mit ihr. Aber sie wurde de facto von der Polizei gesucht, was meine mir selbst gestellte Aufgabe nicht gerade erleichterte. Wenn sie nicht gefunden werden wollte und jetzt LKA, BKA, BND und was weiß ich nicht alles, welche Ermittlungsbehörden nun zuständig waren, ihre Fühler nach meiner alten Freundin ausstreckten, würde sie sicher untertauchen, ganz sicher. Denn eins war neben allen anderen Dingen für mich in Stein gemeißelt: Jack suchte keinen Kontakt zu ihrem alten Leben, auch nicht zu mir, was mir einen erneuten Stich versetzte. Dennoch war ich überzeugt davon, dass sie dafür einen plausiblen Grund hatte, und der war sicher nicht ich und genauso wenig die Mitgliedschaft bei Al-Qaida. Dagegen sprach schon allein die Situation mit dem Wagen der Botschaft, von der mir Isabell erzählt hatte. Ebenso, wie die beiden Komiker vorhin, sprach sie von einem Russen. Dieses Puzzle war einfach zu verwirrend und es fehlten noch Teile, um es zu lösen.

Eine halbe Stunde etwa saß ich jetzt schon hier im Bushäuschen, um über mein weiteres Vorgehen zu sinnieren, da holte mich erneut mein Handy in die Realität zurück. Ohne darauf zu achten, wer mich anklingelte, ranzte ich in das Gerät:

»Was willst du noch von mir, Philip? Lass mich in Ruhe!«

»Hier ist Isabell«, hörte ich meine Freundin mit fester Stimme sagen und fragte mich allen Ernstes für eine Sekunde, warum sie mit Philips Smartphone telefonierte, bevor mir klar wurde, dass sie mich natürlich von ihrem Anschluss aus anrief. »Hör mal, wo bist du gerade?«

»Oh, sorry, ich dachte, du wärst –.«

»Ja, Philip, das hab ich mitbekommen«, unterbrach sie mich unwirsch. »Also, wo bist du?«

»Was ist denn los?«, fragte ich und gab mich ahnungslos in der Hoffnung, sie wusste noch nicht über die aktuelle Entwicklung Bescheid. Was angesichts ihres Jobs natürlich sehr naiv von mir war. »Ich bin in Rudow.« Ich hörte sie in den Apparat stöhnen. Sie war massiv genervt, wurde mir klar, auch wenn ich mir gerade selbst keine Schuld daran gab.

»Diese Frau von deinem Foto, die du für Jack hältst, wird der gestrigen Anschläge beschuldigt und ist bereits zur Fahndung ausgesetzt. Jeder Cop in und um Berlin sucht gerade nach ihr. Tu mir einen Gefallen: Fahr nach Hause und warte einfach, bis die Kollegen sie gefunden haben. Dann kannst du immer noch klären, ob es sich bei ihr um deine alte Freundin handelt. Falls du sie selbst aufspürst und sie tatsächlich eine Terroristin ist, wird sie nicht zögern, dich kaltzumachen. Und ich möchte gern noch länger etwas von dir haben.« Ein warmes Gefühl breitete sich in meinem Bauch aus. Es war schon eine Weile her, dass ich so etwas von Isabell gehört hatte, was allerdings an uns beiden lag, denn auch ich zeigte mich in jüngster Vergangenheit nicht gerade als Empathiebolzen.

»Gut, ich fahr nach Hause«, versprach ich und wenn es auch nur dazu diente, sie zu beruhigen.

»Danke. Und übrigens, die Sonderermittler vom Terrorteam wollen dich sprechen. Sicher melden die sich gleich noch. Ich bitte dich darum, konstruktiv mit ihnen zusammenzuarbeiten. Das bleibt sonst hinterher an mir hängen.«

»Mach ich.«

»Okay, dann bis später. Warte nicht auf mich, wir haben jede Menge nachzuarbeiten hier.«

»Ihr schafft das schon«, munterte ich sie auf, beendete das Telefonat und schaltete mein Smartphone aus. Ganz aus. Denn auf ein Gespräch mit irgendwelchen Cops, die nur Jack hopsnehmen wollten, hatte ich überhaupt keinen Bock. Und wie es sich anhörte, würden sie versuchen, mich zu Hause zu erreichen, wodurch ich etwas Zeit gewonnen hatte, um mich hier noch umzuschauen. Schließlich galt es, den

Spuren zu folgen, solange sie noch frisch waren. Das sagte man unter Jägern nicht ohne Grund.

***

Isabell legte das Telefon zur Seite und schüttelte den Kopf.

»Na, was denkst du, wird sich dein Teufelskerl an deine Bitte halten?«, fragte Paul, der gerade mit seiner Beschreibung des Verdächtigen fertig war. Colleen war noch damit beschäftigt, die Zeichnung einzuscannen und an ihre Kollegen zu übermitteln. Isabell schaute demonstrativ zu der Phantomzeichnerin, die mit dem Rücken zu ihr in einer Tasche herumkramte.

»Ja, natürlich«, sagte sie und formte ein für Paul deutlich zu erkennendes, tonloses ›niemals‹ hinterher, woraufhin ihr Partner schmunzelte.

»Langsam gefällt er mir.«

»Ach ja? Warum wundert mich das jetzt kein Bisschen?« Colleen zog geräuschvoll den Reißverschluss zu und schulterte die Tasche, bevor sie sich zur Tür wandte.

»Danke für eure Mitarbeit«, sagte sie und verschwand.

»Gern«, rief Paul hinterher und schob leise seine Telefonnummer nach.

»Die hat sie wohl nicht gehört, du Experte.«

»Und wenn schon. So kann mir niemand unterstellen, ich würde es nicht versuchen«, erklärte Paul und sorgte damit für ein fragendes Gesicht bei seiner Kollegin. Sie winkte ab. »Ist auch egal, sag lieber, was du jetzt vorhast.«

»Was meinst du?«

»Na, willst du deinen Schatz allein die böse *Mata Hari* fangen lassen? Es könnte gefährlich für ihn werden. Nicht, dass es besonders schade um ihn wäre, aber immerhin ist er dein Freund.«

»Du Arsch«, konterte Isabell und überlegte. So ganz Unrecht hatte Paul ja nicht damit, dass sich Lennard womöglich in Gefahr begab. »Ich denke, ich fahre mal eben rum und schau nach dem rechten.« Sie stand auf, griff nach ihrer Handtasche und ging los.

»Warte doch, ich bin nicht mehr der Schnellste«, ächzte Paul, obwohl es ihn sicher null anstrengte, so gut wie er in Form war.

»Ach, willst´e mit?«

»Klar, einer muss schließlich auf euch aufpassen.«

»Chauvi!«

»Du mich auch.«

Sie frotzelten noch etwas herum, bis sie im Wagen saßen. Isabell genoss das lockere Geplänkel mit Paul, das einen willkommenen Kontrast zum derzeit anstrengenden Umgang mit Lennard darstellte. Gerade mal eine Viertelstunde waren sie unterwegs, als über den Funk der Fund einer männlichen Leiche um die dreißig im Stadtteil Rudow gemeldet wurde. Allem Anschein nach starb das Opfer eines unnatürlichen Todes. Das Tatort-Team wäre bereits unterwegs, alle sich in der Gegend aufhaltenden Streifenwagen wären angehalten, die Augen offenzuhalten. Ein Ziehen ging durch Isabells Magen. Paul bemerkte die Anspannung seiner Kollegin.

»Komm schon, du glaubst doch nicht wirklich, dass es sich dabei um Lennard handelt?«, munterte er sie auf und blieb für seine Verhältnisse ungewohnt ernst dabei.

»Nein, natürlich nicht. Aber ich würde trotzdem gern eben dort rumfahren. Nur, um auf Nummer sicher zu gehen, du verstehst?«

»Kein Thema, wir sind ja eh gerade auf deiner Privatmission unterwegs, da können wir auch gern den Kollegen von der Spurensicherung auf den Sack gehen«, erwiderte Paul. Warum um alles in der Welt sollte der Tote auch Lennard sein? So ein Quatsch.

***

Langsam kam ich mir vor wie die Mischung aus einem Privatermittler und einem Handelsvertreter, so wie ich von Haus zu Haus ging und die Bewohner befragte, ob sie Jack in der Gegend gesehen hätten. Wobei von Haus zu Haus im übertragenen Sinne zählte, denn ich beschränkte mich auf Häuser, in denen ich beleuchtete Fenster ausmachen konnte. Mein anfänglicher Enthusiasmus wich nach und nach der harten Realität, die sich darin äußerte, dass mir nach den beiden Komikern auf den Skateboards niemand mehr etwas zu ihr sagen konnte. Bei mittlerweile über dreißig Anwohnern, von denen lediglich ein älterer Herr in Erwägung zog, so eine Frau hier mal vorbeischlendern gesehen zu haben, verflog die Hoffnung auf schnellen Erfolg wie der Furz eines Präriehörnchens in einem Sandsturm. Die übrigen Leute konnten nichts mit dem Foto anfangen, wenn sie mir denn überhaupt antworteten, was an ganzen zwei Türen der Fall war. Da ich aber weder über ein dominantes Auftreten noch über einen Polizeiausweis verfügte, ließ ich es über mich ergehen, einfach stehengelassen zu werden.

Die Zeit verging. Die Sonne hatte sich längst verabschiedet und der Dämmerung Platz gemacht. Je dunkler es wurde, umso mehr beruhigte sich der Verkehr. Allerdings könnte das auch nur an meiner Wahrnehmung gelegen haben, da ich mich mittlerweile ein paar Blocks von der Hauptverkehrsstraße entfernt hatte. Die Straßen wurden immer schmaler und der Abstand zwischen den Laternen immer größer. Zumindest schien es für mich so, da ich in der Mitte zwischen zwei Exemplaren kaum noch meine Schuhe erkennen konnte. Blau-weiße Sneakers, die ich gerade liebend gern gegen meine Wanderschuhe getauscht hätte, mit denen ich durch Wälder und Hügel streifte, wenn mich die Natur mal wieder rief, was in der jüngsten Vergangenheit viel zu selten der Fall gewesen war. Diese Straße würde ich noch zu Ende gehen, dann würde ich die heutige Suche abbrechen und mir gegebenenfalls eine angepasste Strategie erarbeiten müssen. Ohne große Illusionen ging ich auf die nächste Haustür zu, die von einer ovalen Lampe nur notdürftig beleuchtet wurde, und drückte wahllos auf einen der Klingelknöpfe. Es dauerte ein paar Sekunden, bis sich eine krächzende Männerstimme durch den Lautsprecher meldete. Leider sprach sie kroatisch oder serbisch, vielleicht auch rumänisch, so genau konnte ich das nicht einordnen. Jedoch verstand ich kein Wort davon. Zu meiner Überraschung erschien der Körper zur Stimme nach einem Augenblick persönlich in der Tür. Der Mann um die 60 reichte mir bis zur Nase, trug eine Jogginghose, die er bis über den Bauchnabel gezogen, und ein schulterfreies Feinrippunterhemd, das er sorgfältig in den Bund gesteckt hatte.

»Was wollen?«, fragte er lächelnd und ich wünschte mir, ich hätte diesen Anblick nie gesehen. Vielleicht fünf Zähne, überschlug ich unbewusst, deren Hauptfarbe schwarz war, gefolgt von gelb. Ich zwang mich, zurückzulächeln, während ich ihm das Foto zeigte.

»Haben Sie diese Frau hier schon einmal gesehen?« Seine Mundwinkel gingen langsam nach unten und seine Augen verengten sich. Bingo, dachte ich, der Mann weiß etwas. Nach einer gefühlten Ewigkeit schaute er vom Foto hoch zu mir.

»Nu«, sagte er und wiederholte es, während er den Kopf schüttelte. »Nu.«

»Trotzdem danke«, erwiderte ich enttäuscht und wandte mich von ihm ab. Als ich auf dem Gehweg war und mich noch einmal umdrehte – eine stille Hoffnung hielt sich, dass er doch etwas wusste – war es bereits wieder dunkel vor dem Haus und der Mann verschwunden. Verdammt, es hatte so gut angefangen, ich war mir doch hundertprozentig sicher, sie zu finden. Na ja, ich konnte es nicht erzwingen. Am Ende der Straße angekommen, bog ich nach rechts ab, da ich in der Gegend die nächste Bushaltestelle vermutete. Ganz schön dunkel hier, dachte ich, als es wie auf Befehl heller wurde. Ein Auto hatte irgendwo hinter mir auf der ansonsten leeren Straße die Scheinwerfer angeschaltet. Der Ausleuchtung nach zu urteilen sogar das Fernlicht. Vielen Dank dafür, unbekannterweise, schoss mir durch den Kopf, da hörte ich den Motor aufheulen. »Hey, hey, du willst doch hier kein Rennen fahren, ganz allein und mitten in der Nacht«, sagte ich und drehte mich zur Quelle des Geräuschs um. Keine Sekunde zu früh, denn das Licht, also auch das

Fahrzeug, schoss genau auf mich zu. »Spinnst du?«, entfuhr es mir und ich blieb wie auf den Boden getackert stehen. Immer näher kam das Licht und immer lauter wurde das Brüllen des Motors. »Scheiße!«, schrie ich und machte einen Satz zur Seite über eine kniehohe Grundstücksmauer. Während des Hechtsprungs drehte ich mich halb um und sah, wie der Wagen bis dicht an das Mauerwerk heranrauschte, um mit quietschenden Reifen wieder vom Gehweg auf die Straße zu fahren und in der Dunkelheit zu verschwinden. Fassungslos und völlig verstört rollte ich mich auf den Rücken und blieb auf dem Rasen liegen. Hatte er mich erwischt? War ich verletzt? Wo blieben die Anwohner und die Polizei? Das musste doch jemand mitbekommen haben. Sekunden vergingen, doch nichts tat sich. Das hieß, in meiner rechten Schulter breitete sich ein Schmerz aus. Sicher war ich eben darauf gefallen. Mühsam rappelte ich mich hoch und bevor ich mich um meine Verletzungen und Klamotten kümmerte, vergewisserte ich mich, dass ich allein war. Unglaublich, mittlerweile müssten doch etliche Schaulustige auf der Straße sein, doch ich sah nicht einmal jemanden hinter den beleuchteten Fensterscheiben. Hatte ich mir das etwa eingebildet? Nein, das hast du nicht!, sagte ich mir und drückte zur Sicherheit auf meine Schulter, was mit einem stechenden Schmerz belohnt wurde. Clever, Lennard, sehr clever.

Nachdem ich mich gesammelt hatte, setzte ich meinen Weg fort. Zuerst hatte ich daran gedacht, die Polizei einzuschalten, doch dann erinnerte ich mich an eine Situation vor ein paar Monaten, die ich von unserer Wohnung aus beobachtet hatte. Damals sah ich, wie ein Autofahrer bestimmt vier oder fünf mal mit Anlauf gegen einen Stahlpfeiler auf der anderen Straßenseite gefahren war, als würde er ein Ritterturnier bestreiten. Erfolglos hatte er das Schauspiel abgebrochen und war weggefahren. Später erfuhr ich von einem Nachbarn, dass der Fahrer voll wie ein Amtmann gewesen war und keinen konkreten Plan verfolgt hatte. Wenn jetzt also dieser Fahrer eben auch einfach nur hackedicht war oder vielleicht nur Bremse und Gaspedal vertauscht hatte – davon hörte ich in letzter Zeit immer wieder, vorrangig bei betagten Verkehrsteilnehmern – warum sollte ich dann die Pferde scheu machen? Sicher, auch solche Autofahrer müssten kassiert werden, aber ich wollte mit den Cops im Moment lieber nichts zu schaffen haben, solange ich Jack nicht gefunden hatte. Je länger ich nun darüber nachdachte, umso unwahrscheinlicher fand ich es, dass mich tatsächlich gerade jemand hatte bewusst überfahren wollen. Warum sollte das auch jemand tun?

Dann dachte ich an meinen Verfolger Boxernase zurück und daran, dass Jack gegen ihren Willen in ein Auto gezerrt werden sollte. Ein Schauer lief mir über den Rücken. Ich sollte das vielleicht doch ernst nehmen. Keine zwei Minuten später zahlte sich meine erhöhte Aufmerksamkeit aus. Von der nächsten Kreuzung und der dahinterliegenden Bushaltestelle trennten mich nur noch ein paar Meter. Gerade atmete ich erleichtert aus, da hörte ich erneut, wie sich ein Wagen von hinten näherte. Angespannt blickte ich über die Schulter, bereit zum nächsten Sprung. Wieder wurde das Fernlicht eingeschaltet, was mich etwas blendete, und ich hörte, wie der Wagen beschleunigte. »Nicht mit mir!«, krächzte ich und rannte los bis zur

Kreuzung, bog links ab und nutzte einen schmalen Pfad, der zwischen zwei Häusern hindurch führte. Ich rannte hinein, ohne zu wissen, ob ich mich damit in eine Sackgasse begab. Schnell merkte ich, dass es ein Hinterhof war, vollgestellt mit Mülltonnen und Fahrrädern. Hier konnte ich nicht bleiben. Hektisch sah ich mich um. Da! Die Mauer hinter den Tonnen. Einer Katze gleich kletterte ich auf die blechernen Container, von wo aus ich mich an der Mauer hochziehen und sie überwinden konnte, und zwar ohne dabei Krach zu machen. Was aber wohl eher meiner Sinnestrübung und dem höllisch lauten Rauschen des Blutes durch meine Ohren geschuldet war. Ich ließ mich fallen und rechnete damit, mir beim Aufprall den Fuß zu brechen oder mich mit irgendetwas Spitzem aufzuspießen. Aber ich landete weich, butterweich. Ich hielt den Atem an und lauschte, während ich meine Handfläche über den samtenen, fast flauschigen Untergrund gleiten ließ. Moos, ganz klar, ich war auf einem Teppich aus Moos gelandet. Auf der anderen Seite der Mauer hörte ich das Zuschlagen von Autotüren. Was ging hier ab zum Teufel? Ohne länger darüber nachzudenken, drehte ich mich um und rannte weiter.

Das Rasenstück hatte ich in wenigen Sekunden überquert, dann erwartete mich die nächste Mauer. Ich nutzte einen davor parkenden SUV als Hilfstreppe, wodurch ich mit spielender Leichtigkeit auf die andere Seite gelang. Ein erdiger Geruch stieg mir in die Nase und ich vermutete, auf einem Friedhof gelandet zu sein, doch mit wenigen Blicken überzeugte ich mich davon, dass es sich um den Rand eines Wäldchens handelte. Nicht mehr so schnell wie eben, aber immer noch zügig, durchquerte ich ihn, darauf bedacht, nicht über eine Wurzel zu stolpern oder in ein Erdloch zu treten.

Mir wurde klar, dass es kein einfaches Wäldchen, sondern ein kleiner Teil eines Parks sein müsste, darauf deuteten jedenfalls die angelegten Wege hin, die die einzelnen Waldstücke trennten. Diverse Hinweisschilder, an denen ich vorbeilief, die ich in der Dunkelheit jedoch kaum lesen konnte, bestätigten meine Vermutung. Mit zusammengekniffenen Augen und ein wenig Fantasie konnte ich ›Rudower Höhe‹ auf einem davon entziffern. Somit hatte ich zumindest wieder etwas Orientierung. Nach Minuten blieb ich stehen und lauschte in die Nacht. Außer dem lauen Wind, der die Baumkronen streifte, und dem fernen Motorengeräusch, das von der hier vorbeiführenden A 113 zu mir herüberschwappte, war es ruhig. Kein Zerbersten von Ästen, auf die mein Verfolger trat, und kein angestrengtes Keuchen. Ich war in Sicherheit – vor Boxernase oder vor wem auch immer.

***

Die Meldung führte Paul und Isabell zum ›Großen Rohrpfuhl‹, einer Wohngegend am Rande Rudows, beziehungsweise zu dem dazugehörigen Weiher, der Isabell mit seinen aus dem Wasser wachsenden Bäumen eher an die Sümpfe Louisianas erinnerte, als an einen Teich in der bundesdeutschen Hauptstadt. Gerade bei der heißen Witterung der letzten Tage schwirrten hier gefühlt Millionen von Mücken herum und machten Jagd auf Blut unter schwitziger Haut, was diesen Eindruck noch verstärkte. Nur gut, dass sie hier wenigstens vor Alligatoren sicher wären.

Zwei rüstige Spaziergänger, die den beißenden Insekten trotzten, hatten vor etwa einer Stunde den grausigen Fund gemeldet, als sie den leblosen Körper mit dem Rücken nach oben auf der Wasseroberfläche treiben sahen.

»Der oder die Mörder haben sich jedenfalls keine große Mühe gegeben, die Leiche zu verstecken«, erklärte ihnen gerade der leitende Kollege der Tatortgruppe, der sich kaum darüber verwundert zeigte, dass zwei Polizisten der Drogenfahndung als Erste beim Tatort auftauchten. Er führte sie zur Leiche, die sie mittlerweile aus dem Wasser gefischt und am Ufer auf den Rücken gedreht hatten. »Keine Sorge, sie ist noch ziemlich frisch«, beruhigte er die beiden vorsorglich, was bei Wasserleichen nicht unbedingt so war, denn je länger sie unter Wasser blieben, umso schockierender wurde der Anblick, den sie abgaben. »Schätze mal, der wurde gestern Abend erst hier entsorgt«, griff er dem Pathologen vor und zeigte auf das Loch in der Stirn des Toten. »Aufgesetzter Schuss, kleines Kaliber, ziemlich saubere Sache. Außer am Hinterkopf, da wird es etwas eklig bei der Austrittswunde.«

»Danke«, sagte Isabell leise und zog Paul von der Leiche fort, der kaum seine Augen vom Opfer nehmen konnte.

»Wenn ich sowas sehe, frage ich mich, warum ich nicht im ersten Fachkommissariat arbeite. Ich glaube, ich wäre ein begnadeter Mordermittler.«

»Ja, ganz genau, Paul Monk«, sagte sie mit ironischer Anspielung auf den bekannten TV-Polizeiberater der gleichnamigen Serie und ging weiter in Richtung ihres Wagens.

»Warum hast du es denn so eilig? Es ist eindeutig nicht Lennard, also mach dich doch mal locker«, erwiderte Paul und schaute noch einmal über die Schulter.

»Könnte es sein, Mr. Paul Columbo, dass du den Toten nicht erkannt hast?«, fragte sie mit gerunzelter Stirn.

»Was? Hä?«, reagierte er verblüfft. »Wer soll das denn bitte sein?« Pauls Gesicht schien nicht groß genug zu sein, um all die Fragezeichen darin unterzubringen, die scheinbar um ihn herumschwirrten.

»Der Tote, Herr Scherlock Paul Holmes Kellermann, ist der Mann, der gestern der Frau, die Lennard für seine Freundin hält, unter die Arme gegriffen hat, als sie sich fast vor unserem Wagen auf die Klappe gelegt hat.« Einige Sekunden Stille folgten, in denen Isabell beschloss, ihren Kollegen nicht weiter mit den Namen von TV-Cops zu veralbern.

»Ernsthaft?«, wollte Paul dann wissen, »bist du sicher?«

»Zu einhundert Prozent«, bestätigte Isabell ihre Beobachtung und verstand für einen Moment Lennard, der wahrscheinlich mit der gleichen Sicherheit diese Jacqueline erkannt haben wollte.

»Potzblitz«, sagte Paul, »dann lass uns mal schnell deinen Lennard finden.«

Während sie in der Dämmerung durch die Straßen des Stadtteils fuhren und nach Lennard Ausschau hielten, berieten sie, ob sie Isabells Erkenntnis den beiden Sonderermittlern zukommen lassen würden. Oder sagten sie es einfach den für den vermeintlichen Mord zuständigen Ermittlern? Fragen über Fragen. Oder, und diese Option stand momentan auf Isabells

Liste ganz oben, sie erzählten davon vorerst niemandem, zumindest solange sie Lennard nicht in Sicherheit wähnten. Denn irgendetwas Brandgefährliches spielte sich hier gerade ab, und Isabells Freund lief Gefahr, ein Teil davon zu werden.

»Da vorn«, rief Paul und zeigte mit dem Finger auf einen Mann, der etwa 50 Meter vor ihnen auf dem Gehweg lief. »Ist er das nicht?«

»Keine Ahnung, mach mal das Fernlicht an.« Paul tat, wie ihm geheißen, und im nächsten Moment wirkte die Straße deutlich heller. Der Mann schien sich angesprochen zu fühlen, denn er schaute über die Schulter. »Ja, das ist er«, sagte Isabell und atmete erleichtert aus. Paul nickte und beschleunigte den Wagen, wobei er etwas zu fest auf das Gaspedal drückte und so den Motor leicht aufheulen ließ.

»Was hat er denn?«, fragte Paul perplex, als Lennard plötzlich losrannte, die Straße vor der Kreuzung überquerte und in der Seitenstraße verschwand.

»Woher soll ich das wissen?«, erwiderte Isabell, die nicht weniger verwirrt wegen der Fluchtreaktion ihres Freundes war. »Fahr einfach hinterher.« Sie holte ihr Handy hervor und sah, dass sie von derselben Nummer drei Anrufe in Abwesenheit erhalten hatte. Die interessieren mich nicht, dachte sie und wählte Lennards Nummer, während Paul den Wagen in die Seitenstraße lenkte. Er sah gerade noch einen Schatten zwischen zwei Gebäuden verschwinden und fuhr auf den Parkplatz davor, wo er den Wagen abstellte.

»Was nun?«, fragte er.

»Er hat sein Handy ausgeschaltet«, erklärte sie verärgert. »Dann fangen wir ihn doch mal wieder ein.« Sie stiegen aus und folgten dem Schatten, bis sie den dunklen Innenhof erreichten. Paul leuchtete die Ecken mit einer Taschenlampe aus, die er vorsorglich aus dem Wagen mitgenommen hatte.

»Lennard?«, rief Isabell, dann noch einmal deutlich lauter. »Ich bin es, Isabell! Was ist denn los mit dir?« Auch Paul rief nach ihm und unterließ es, seiner Kollegin einen Spruch wegen ihres seltsamen Freundes zu drücken, denn das Ganze kam auch ihm mittlerweile äußerst merkwürdig vor. Erneut probierte sie, ihn telefonisch zu erreichen, doch wieder wurde sie sofort zu seiner Mailbox weitergeleitet. Auf dem Weg zurück hörte sie die auf ihrem Anrufbeantworter gespeicherten Nachrichten ab, die von der ihr unbekannten Nummer stammten.

»Hast du eine Vermutung, was mit ihm sein könnte?« Isabell schüttelte den Kopf, während sie gereizt das Smartphone in die Tasche steckte.

»Keine, bis auf irgendwelche Stimmen in seinem Kopf vielleicht«, erwiderte sie und machte sich langsam akute Sorgen um seinen Gesundheitszustand. »Die beiden Sonderermittler haben ihn nicht erreicht und wollen von mir wissen, wo er sich herumtreibt.«

»Ich denke, wir fahren wieder zur Dienststelle. Unsere Pause war lange genug, findest du nicht?«, sagte Paul mit gleichgültiger Stimme und Isabell griff dankbar nach dem Strohhalm, den ihr Kollege ihr damit reichte.

»Ja, wir können uns wieder um dienstliche Belange kümmern.« Auf der Fahrt zurück zermarterte sie sich das Gehirn, wie sie Lennard helfen könnte und ob sie das überhaupt tun sollte. Wenn er wirklich glaubte, dass er sich in Gefahr befand, dann sollte er sich doch an sie wenden – an seine Freundin, die immerhin

Polizistin war. Doch offensichtlich focht Lennard den inneren Kampf mit seinen Dämonen lieber alleine aus.

KAPITEL 20

Vor 8 Jahren

Die Augen meines Vaters leuchteten und waren von einem Tränenfilm überzogen, als er in der zweiten Reihe sitzend verfolgte, wie ich auf der Bühne mein Abiturzeugnis und die Auszeichnung für den drittbesten Schnitt des Jahrgangs überreicht bekam. Ich konnte mich nicht daran erinnern, ihn seit Mamas Tod so glücklich gesehen zu haben. Gerade in den letzten Jahren war es eher immer schlechter geworden. Seine Depressionen nahmen an Häufigkeit und Ausprägung zu und demnach auch die Einnahme der Stimmungsaufheller, die ihm von ärztlicher Seite dagegen verschrieben wurden. Daher konnte ich nicht verhindern, dass mir ein paar Tränen über die Wangen kullerten, als ich ihn dort unten freudestrahlend sah.

Die letzten Jahre waren auch für mich nicht sonderlich schön gewesen. Doch ich hatte mich damit abgefunden – abfinden müssen – Jack nie wiederzusehen. Tag für Tag arrangierte ich mich etwas mehr mit dieser Tatsache. Etwa drei Jahre nach ihrem Verschwinden bekam ich allerdings einen weiteren Stich ins Herz, als ich erfuhr, dass ihr Vater sie hatte für tot erklären lassen.

Das alles war jetzt schon so lange her, ich war zu einem jungen Mann herangewachsen, hatte meine Schule erfolgreich beendet und kam mit meinen Schulkameraden soweit gut klar, dass niemand mitbekam, wie es wirklich in mir aussah. Dass ich einfach nur gelernt hatte, gute Miene zum bösen Spiel zu machen, die gesellschaftlichen Gepflogenheiten zu akzeptieren und mein Leben zu führen, wie die Umwelt es von mir erwartete. Umso mehr freute ich mich auf den anstehenden Herbst, in dem ich mein Studium der Architektur an der HafenCity Universität in Hamburg beginnen würde. Seit Monaten fieberte ich diesem Termin entgegen, da ich mit ihm die große Hoffnung verband, ab dann ein neues, vielleicht unbeschwertes Leben beginnen und sämtliche Altlasten hinter mir lassen zu können.

Die einzige Sorge galt meinem Vater und der Befürchtung, dass er alleine nicht klarkommen würde. So ganz ohne mich. Dazu trug bei, dass er gerade in den letzten Monaten, seitdem ich ihm meinen Entschluss mitgeteilt hatte, für die Zeit des Studiums nach Hamburg zu gehen, immer öfter Trost im Alkohol suchte. Mindestens zwei oder dreimal in der Woche fand ich morgens einige leere Weinflaschen neben seinem Platz im Wohnzimmer. Immer wenn ich ihn darauf ansprach, spielte er es herunter. Schließlich wären es ja nur ein paar Fläschchen Wein und keine Kiste Wodka und natürlich hätte er alles unter Kontrolle. »Selbstredend, schließlich hatte ja jeder Drogenabhängige seine Sucht unter Kontrolle«, erwiderte ich jedes mal darauf, doch hätte ich auch mit einer Wand reden können.

Heute waren diese Sorgen wie weggeblasen, auch weil er vorhin so glücklich und ausgeglichen ausgesehen hatte. Selbst auf dem hochoffiziellen Empfang hinterher mit leckerem Essen an festen Plätzen ging alles gut. Sie waren per Zufallsprinzip ausgelost worden, so konnte man schon von einer

Fügung sprechen, dass ich ein letztes Mal mit Philip und sogar Jonas und deren Eltern an einem langen Tisch zusammensaß. Für eine Sekunde fühlte es sich sogar an wie früher, als sich die Blicke von uns dreien trafen. Und ich hätte schwören können, dass auch die beiden anderen in diesem Moment an Jack dachten, genau wie ich. Unsere Eltern hielten einen unbeschwerten, allerdings auch inhaltslosen Plausch über Themen, die mich und auch die anderen Jungs nicht die Bohne interessierten, was ich an deren gelangweilten Mienen ablas.

»Und du wirst also in Hamburg studieren?«, fragte mich Jonas´ Mutter unvermittelt. Sie wartete meine Antwort gar nicht erst ab, sondern schob mit einem breiten Grinsen hinterher, dass ihr Jonas ja in Berlin Lehramt studieren würde, was ihm, zumindest dem Augenrollen nach zu urteilen, sichtlich unangenehm war. Wobei es sicher das Prahlen der Mutter und weniger das Lehramtsstudium war, das ihm die Röte auf die Wangen trieb.

»Das war sowas von klar«, warf Philip viel zu laut ein, eine unvermeidliche Folge des einen oder anderen Bierchens, das er bereits intus hatte. »Der Bengel war schon früher der Schlauste von uns. Stimmt´s, Lennard?«

»Ja«, bestätigte ich nickend. Den Gesichtern der anderen an meinem Tisch zu folgern, waren sie genau so froh wie ich, dass unsere Schuldirektorin am Mikrofon das Wort ergriff, um ihre Begrüßungsrede an uns zu richten, wodurch sie den eben entstandenen peinlichen Moment abrupt beendete. Ein Segen.

Der restliche Abend verlief störungsfrei. Paps hielt sich mit dem Wein zurück und verließ nach etwa zwei

Stunden, wie die meisten anderen Eltern auch, die Feier. Ich tanzte mit ein paar Mädchen unseres Jahrgangs, aber auch mit denen der Unterstufe, die nach dem offiziellen Teil zur Party dazugestoßen waren. Mit Jonas sprach ich nicht mehr, mit Philip schon, doch verstand ich kaum noch etwas von seinem Gelalle.

Spät in der Nacht machte ich mich auf den Heimweg, obwohl die Feier noch in vollen Zügen lief. Ich fühlte mich einfach nicht mehr als Teil derer, die sich als nächste Generation der Dorfgemeinschaft betrachteten. Die sternenklare, etwas frische Nacht sorgte während der Heimfahrt auf meinem Rad dafür, dass der wenige Alkohol, den ich mir erlaubt hatte, bei der Ankunft daheim komplett aus meinem Körper abgebaut schien. Jedenfalls fühlte ich mich topfit, höchstens ein wenig abgekämpft von der Fahrt. Ich bemühte mich darum, keinen Lärm zu machen, denn ich wollte Paps nicht wecken. Als ich im Flur war, hörte ich seine Stimme durch den Türspalt zum Wohnzimmer und spürte einen Klumpen im Magen. Zögerlich schob ich die Tür auf und sah die klägliche Gestalt meines Vaters in seinem Sessel kauernd. Ein halbvolles Glas hielt er in der Hand, zwei leere Flaschen Rotwein lagen zu seinen Füßen, während er in die Flammen des Kamins starrte und ein Selbstgespräch führte. Ich näherte mich ihm und legte die Hand auf seine Schulter.

»Ach, Paps«, seufzte ich, dann blickte er hoch zu mir, sein Gesicht gerötet vom Wein, und ja, er hatte geweint. Viel geweint.

»Ich hätte es nicht zulassen dürfen«, sagte er mit brüchiger Stimme und sofort flammte die Erinnerung an meine Mama auf.

»Du konntest nichts dafür«, versuchte ich, ihn zu trösten. Und natürlich konnte er nichts dafür, dass das Schicksal seine Frau mit einem minderwertigen Herz bestraft hatte, das viel zu früh versagte.

»Doch, es war meine Schuld«, schluchzte er. »Meine ganz allein.« Ich konnte es nicht weiter ertragen, ihn so zu erleben. Einmal drückte ich noch seine Schulter, dann wandte ich mich ab und ging ins Bad. Als ich mich fertig gemacht hatte und in meinem Zimmer auf dem Bett saß, schaute ich wehmütig zu den beiden Koffern, die bereits zum großen Teil gepackt zwischen der Couch und dem Schrank standen und mit mir darauf warteten, dieser trostlosen Gegend endlich zu entkommen.

KAPITEL 21

Heute

Die Gefahr schien gebannt. Zumindest fühlte ich mich in der U-Bahn nicht mehr unmittelbar bedroht, so wie es noch vor einigen Stunden gewesen war, als *Christine* Jagd auf mich gemacht hatte. Das schoss mir wegen des alten *King*-Horror-Klassikers durch den Kopf, in dem sich ein Auto mit diesem Namen als Killermaschine entpuppte und zahllose Menschen niedermetzelte.

Nein, je länger ich darüber nachdachte, umso abstruser kam mir die Situation vor. Aber sie war real, ohne jeden Zweifel.

Meine Haltestelle war laut Ankündigung die nächste, woraufhin ich mich zur Tür begab, aber nicht, ohne mich vorher in alle Richtungen umzusehen. Sauber, Lennard, diese Paranoia wird dich jetzt den Rest deines Lebens begleiten. Doch niemand schien mir gefolgt zu sein oder mich zu beobachten. Keiner der Fahrgäste in dem Waggon reagierte in irgendeiner Weise auf mich oder meine Anstalten, gleich auszusteigen. Verärgert wegen meiner übertriebenen Angst zwang ich mich, den Blick wieder nach vorn zu richten. Die Tür öffnete sich zischend. Ich betrat den Bahnsteig, darauf bedacht, weder in die Pfütze mit Erbrochenem zu treten, die sich zwischen mir und der Treppe nach oben auf den Kacheln ausgebreitet hatte, noch der aggressiv auf mich wirkenden Gruppe von glatzköpfigen, jungen Männern zu nahe zu kommen, die möglicherweise gerade nach einem geeigneten Opfer Ausschau hielten, das man zusammenschlagen könnte. Konnte es sein, dass ich gerade Probleme erdachte, wo gar keine waren?

»Hey, Mann!«, rief plötzlich einer der Männer in meine Richtung. Ich hatte die Gruppe gerade passiert und überlegte, einfach schnell zur Treppe zu laufen und diese dann hoch zu sprinten, in der Hoffnung, durch den Überraschungseffekt die nötigen Sekunden zu sammeln, um ihrem Zugriff zu entgehen. Doch ich blieb einfach stehen und schaute über die Schulter zurück.

»Was?«, kam es eher kläglich aus meinem Mund, wobei es scharf und entschlossen klingen sollte. Großartig, du bettelst ja quasi um die Opferrolle. Drei der Männer traten zur Seite, um einem weiteren Platz zu machen. Es schien sich um denjenigen zu handeln, der mich angesprochen hatte. Er trat einen Schritt auf mich zu. Sein Blick wirkte versteinert, bevor er unvermittelt seine Mundwinkel zu einem wohlwollenden Lächeln hochzog und hinter mich deutete.

»Die ist dir gerade aus der Jacke gefallen, Mann.« Ich folgte seinem Blick und kam mir selten dämlich vor. Umständlich drehte ich mich um und bückte mich nach meiner Geldbörse, die mir unbemerkt runtergefallen war. Ich sollte wirklich mal daran arbeiten, fremden Leuten gegenüber mit weniger Vorurteilen zu begegnen.

»Danke«, sagte ich, doch die Jungs nahmen bereits keine Notiz mehr von mir und standen wieder in der ursprünglichen Anordnung zusammen.

Zehn Minuten Fußweg später erreichte ich meine Wohnung. Endlich! Selten hatte ich mich so gefreut, in die eigenen vier Wände einzutauchen, wie in diesem Moment. Erneut verriegelte ich die Tür, nachdem ich sie abgeschlossen hatte. Sicherheit ging vor. Ich warf meine schmuddeligen Klamotten in den Wäschekorb und gönnte mir eine Dusche, bevor ich meinen ramponierten Körper inspizierte. Etwas enttäuscht darüber, dass ich keine sichtbaren Verletzungen als Beweis für meine schmerzende Schulter finden konnte und auch sonst außer einem dezenten Kratzer auf meiner linken Wange weder einen Bluterguss noch eine Platzwunde entdeckte, zog ich mich an.

In verwaschener Jeans und schlabberigem T-Shirt setzte ich mich auf die Couch, legte das Smartphone auf den Tisch und starrte auf das schwarze Display. »Scheiß drauf«, sagte ich schließlich und stellte es wieder an. Mit gemischten Gefühlen beobachtete ich, wie es hochfuhr und die ersten Fenster mit neuen Nachrichten aufploppten. »Das war klar«, stöhnte ich, als ich die verpassten Anrufe von Isabell sah, denn mir war bewusst, dass das noch einige Diskussionen mit ihr nach sich ziehen würde. Drei Anrufe von einer unbekannten Nummer rahmten die Versuche meiner Freundin ein, mich zu erreichen. Okay, Mailbox, lass hören, dachte ich und spielte die Nachrichten ab: Ein gewisser Hauptkommissar Seiler von der Soko Brandenburger Tor bat mich anfangs, ihn zurückzurufen, bei der letzten Nachricht handelte es sich eher um einen Befehl, mich unverzüglich zu melden. Hin- und hergerissen darüber, ob ich mich tatsächlich mit den Cops unterhalten sollte, blickte ich zur weiß gestrichenen, in den Ecken mit Stuck verzierten Decke, gerade so, als würde dort oben irgendwo ein Hinweis versteckt sein, wie ich mich entscheiden sollte. Auf der einen Seite wollte ich der Polizei nicht dabei helfen, Jack zu erwischen – die meiner festen Überzeugung nach nichts mit den Explosionen zu tun hatte – auf der anderen Seite wollte ich natürlich auch nicht, dass Isabell wegen mir Ärger bekam. Auch sie hatte mir auf das Band gesprochen, doch darauf, ihre Nachrichten abzuhören, verzichtete ich im Moment. Die würden nicht wohlwollend ausgefallen sein und ich war gerade nicht in der Stimmung, mich von ihr zusammenscheißen zu lassen. Aber was die anderen Cops anging, musste ich mich entscheiden, und das schnell.

Die Vernunft siegte schließlich, hätte meine Freundin sicher gesagt, als ich Seiler zurückrief und ihm zusicherte, unverzüglich zur Dienststelle zu kommen. »Nein, Sie brauchen mir wirklich keinen Wagen zu schicken«, erklärte ich ihm, »ich werde die U-Bahn nehmen, dann bin ich in einer Viertelstunde bei Ihnen.« Warum sollte ich überhaupt persönlich erscheinen, wo er mir doch jetzt schon am Telefon den Kopf wusch? »Nein, selbstverständlich gehe ich nicht auf die Suche nach ihr«, beruhigte ich ihn, nachdem er mich eindringlich vor der Gefährlichkeit der Verdächtigen gewarnt hatte. »Wie kommen Sie denn darauf? Ach, meine Freundin erwähnte so etwas? Hm, nein, das hat sie wohl falsch verstanden, ich war heute nur im Park, um den Kopf für meine Arbeit freizukriegen, Sie verstehen?« Er ließ noch einige Sätze fallen, wie dringlich die Sache doch wäre und dass es um die nationale Sicherheit ginge. Ich quittierte seine Ausführungen mit Zuhörgeräuschen und unterstrich mein Desinteresse mit Augenrollen, was er zum Glück nicht sehen konnte. Schließlich war der Anschlag, um dessen Aufklärung es diesem Seiler und seinen Kollegen ging, für mich weit weg. Keine Spur mehr vom Schock, der mich ergriffen hatte, nachdem ich die erste Meldung darüber gehört und schließlich die Bilder davon im TV gesehen hatte. Einerseits war nach bisherigen Erkenntnissen bis auf ein paar Blessuren niemand zu

Schaden gekommen, und vor allem gab es keine weiteren Anschläge, so wie ich und sicher viele es befürchtet hatten, die sich an den 13. November 2015 in Paris erinnert fühlten. Damals wurden an acht verschiedenen Orten in und um die französische Hauptstadt herum islamisch motivierte Anschläge verübt, bei denen 130 Menschen getötet und über 600 zum Teil schwer verletzt worden waren.

Nein, dieser gestrige Anschlag – oder war es schon vorgestern? – wirkte auf mich eher wie die von Einzelpersonen durchgeführten Taten der letzten Jahre, bei denen Presse und Regierungen sich damit überschlugen, sie tunlichst als Terror von rechts oder der ISIS einzusortieren, wobei sich in den wenigsten Fällen ein Netzwerk hatte rekonstruieren lassen. Warum also sollte es bei der Demo gestern anders gewesen sein? Warum sollte nicht irgendein irrer Bastler sich die Anleitung für die Sprengsätze aus dem Internet geholt und deren Wirksamkeit dann ausprobiert haben? Der vielleicht einen Hass auf Ausländer oder Juden oder unsere Regierung oder auf was-weiß-ich nicht hatte? Das Indiz, mit dem die Fahndung auf Jack gerechtfertigt wurde, der vermeintliche Zünder, den sie in der Hand gehalten haben soll – völliger Quatsch! Das könnte genauso gut ihr Handy gewesen sein oder ein Diktiergerät oder oder oder. Nein, auf keinen Fall war meine Jack eine Terroristin.

Bevor ich mich wieder auf den Weg machte, hinterlegte ich eine Nachricht für Isabell auf dem Wohnzimmertisch, in der ich erklärte, zum Gespräch zu Seiler unterwegs zu sein, und mich dafür entschuldigte, dass ich mich in den vergangenen Tagen etwas sonderlich verhielt. Ein letztes Mal überflog ich den

Text, wobei ich mir ein klein wenig schäbig vorkam. In Wahrheit wollte ich sie nur beruhigen und mir damit etwas Zeit verschaffen, in Ruhe weiter nach Jack suchen zu können, gleich nachdem ich das Verhör mit der Soko hinter mich gebracht haben würde.

***

Kaum zu glauben, dass es bei der Beerdigung meines Vaters noch so heiß wie im Hochsommer gewesen war, und jetzt, nicht einmal drei Tage später, schlug mir die Nachtluft kalt ins Gesicht, als ich unterwegs zur U-Bahn-Station war. Waren das schon Anzeichen des vielbeschworenen Klimawandels oder handelte es sich dabei schlicht und einfach um einen Wetterwechsel?

Bevor ich weiter darüber sinnieren konnte, rissen mich sich mir nähernde, schnelle Schritte aus den Gedanken. Hektisch blickte ich mich um und sah einen Mann auf mich zu rennen, oder vielmehr, hinter mir herrennen, denn auch ich setzte unverzüglich zum Sprint an. Bevor ich die Treppe erreicht hatte, wechselte ich meine Laufrichtung und rannte im rechten Winkel dazu weiter, direkt auf eine öffentliche Toilette zu. Mit einem Schulterblick verschaffte ich mir die unliebsame Bestätigung: Der Mann verfolgte mich! Das konnte doch alles nicht wahr sein! Was zum Teufel passierte hier gerade? Es war mir nicht möglich, ihn zu erkennen. War es wieder Boxernase, der mir auf den Fersen war, oder doch jemand anderes? Wo war mein geregeltes, langweiliges Leben geblieben? Egal, ich müsste mich zuerst einmal in Sicherheit bringen, daher umrundete ich das nächste Gebäude und spurtete direkt auf den Eingang der Haltestelle zu, aus der ich vor etwa einer Stunde erst herausgekommen war. Puh, zum Glück war sie offen, jetzt musste nur noch eine Bahn warten, völlig egal, in welche Richtung sie fuhr.

»Ja, verdammt!«, japste ich. Zusammen mit dem ersten Waggon kamen auch die vermeintlichen Skinheads wieder in mein Blickfeld. Doch anders als vorhin, beflügelte mich deren Anblick. Ich war gerade an der untersten Stufe angelangt, da sah ich aus dem Augenwinkel, dass mein Verfolger die Treppe ebenfalls erreicht hatte. Er lief also definitiv schneller als ich. »Jungs, bitte helft mir, der Bulle ist hinter mir her und will mich hops nehmen!«, rief ich der Gruppe Männer atemlos zu, während ich an ihnen vorbeieilte und zum vorderen Bereich des Zuges rannte, für den gerade das Schließen der Türen angesagt wurde. Ich hechtete in den vorderen Viertelzug, der aus zwei aneinandergehängten, durchgängigen Waggons bestand, und wagte kaum, zurückzublicken. Meine neuen Freunde hatten tatsächlich reagiert und den Mann zumindest aufgehalten, sodass ich ihn nur noch in den hinteren Viertelzug springen sah, bevor sich die Türen schlossen und die U-Bahn sich in Bewegung setzte. Ich lehnte mich an die Wand und schlug mehrfach meinen Hinterkopf dagegen. »Denk nach, Lennard!«

Etwa drei Minuten blieben mir, einen Plan B zu entwerfen, der mich hier herausholen könnte. Drei Minuten, bis wir die nächste Haltestelle erreichten, an der sich meinem Verfolger die Gelegenheit bot, mir Gesellschaft zu leisten. Hektisch blickte ich mich um und stellte ernüchtert fest, dass ich der einzige Fahrgast war. Der nächste Blick galt meinem Handy: Kein Empfang, super, das war natürlich klar! Ich saß bis zum

Hals in der Scheiße und hatte keine Ahnung, wie ich da wieder herauskommen sollte. Und dabei wollte ich gerade zur Polizei gehen, welch eine Ironie war das denn bitte? Erneut suchte ich den Zug ab und jetzt sah ich es, beziehungsweise, nein, ich sah sie. Dort hinten im zweiten Waggon saß noch eine Frau an der Rückseite einer dieser Tafeln, die mit Werbung vollgeballert waren. Ihrem Kopftuch nach zu urteilen handelte es sich bei ihr um eine Muslimin. Ich machte schon einen Schritt in ihre Richtung, doch bremste sofort wieder ab. Wenn mein Verfolger der war, der mich schon zwei Mal überfahren hatte wollen, machte der sicher keine Gefangenen – sprich, würde ich die Frau um Hilfe bitte, brächte ich sie mit Gewissheit in Gefahr. Das konnte und wollte ich nicht, daher hypnotisierte ich weiter sinnlos das Display meines Smartphones und wiederholte mantraartig, dass es doch wieder Empfang anzeigen sollte. Erfolglos.

Ich spürte das Einbremsen des Zuges. In wenigen Sekunden würden wir die Haltestelle erreicht haben und ich ging im Geiste die bauliche Beschaffenheit und die Anordnung der Treppen und Wege an der Station durch. Ich kam mir vor wie ein Rennrodler, der gedanklich jede Kurve und Gerade der vor ihm liegenden Eisbahn durchfuhr. Bei ihnen und auch bei vielen weiteren Sportlern half dieses Visualisieren, um optimal abzuschneiden. Wobei optimal in meinem Falle hieß, die Station lebendig zu verlassen. Kurz überlegte ich, die Notbremse zu ziehen und mir durch den Überraschungseffekt einen Vorteil gegenüber meinem Verfolger zu verschaffen. Doch sofort verwarf ich diese Idee, denn was passierte, wenn ich den roten Hebel neben der Tür zog? Der Zug würde sofort die

Bremsung einleiten, innerhalb der nächsten hundert Meter im Tunnel zum Stillstand kommen und ich so einen Vorsprung erlangen? Nein, mitnichten. Zöge ich daran, würde ich mit dem Lokführer verbunden werden, der mich erstmal über den Grund der Notbremsung befragen würde. Sollte ich diese wahrheitsgemäß beantworten, würde er sicher die Polizei benachrichtigen, aber genau so sicher bis zur nächsten Haltestelle weiterfahren, wobei es die Polizisten kaum innerhalb der wenigen verbleibenden Sekunden schaffen würden, rechtzeitig dort zu sein. Nein, ich müsste mit eigener Kraft versuchen, mich zu retten.

Der Zug verlangsamte sich diametral zu meinem Puls, der mir bis unter die Schädeldecke schlug. Mit einer Mischung aus Verzweiflung und Entschlossenheit riss ich an den sich öffnenden Türen und quetschte mich durch sie hindurch, sobald die Breite des Spalts es zuließ. Ich stolperte auf den Bahnsteig, konnte mich gerade noch auf den Beinen halten und rannte nach links, an der Lok und an der ersten Treppe vorbei, wusste ich doch, dass ich oben angekommen kaum Deckung finden und so zu einer guten Zielscheibe werden würde. Daher lief ich keuchend weiter zum nächsten Aufgang. Meine und die Schritte meines Verfolgers, der immer näher kam, hallten von den gekachelten Wänden des verwaisten Bahnsteigs wider.

Mit einem Satz versuchte ich, die ersten beiden Stufen auszulassen und gleich auf der dritten zu landen, doch ich übersah den Joghurtbecher, der vor der Treppe lag, und trat drauf. Sofort rutschte mein Fuß zur Seite und brachte mich dadurch aus dem Gleichgewicht, sodass ich, nach einer seltsamen

Verwringung meiner Beine, mit dem Brustkorb voraus schmerzhaft auf die Kanten der Stufen aufschlug. Ein Stich durchzog meinen Körper und ich fühlte mich wie damals, als ich in das Gartentor Mutschkes gelaufen war. Sämtliche Luft schien aus meinen Lungen gewichen und mir wurde schwarz vor Augen. Panik brandete in mir auf, doch ein winziger Teil in meinem Kopf begrüßte die bevorstehende Bewusstlosigkeit, die sich immer weiter in mir ausbreitete. Lass dich einfach fallen, dann ist es vorbei. Kurz und schmerzlos. Das letzte, das ich spürte, waren kräftige Hände, die mich am Kragen packten; das letzte, das ich sah, war ein Blitz; das letzte, das ich hörte, war das Zischen einer Schlange.

KAPITEL 22

Vor 5 Jahren

All meine Hoffnungen erfüllten sich. Am Ende des sechsten Semesters fühlte ich mich bereits fast wie ein ›Hamburger Jung‹. Die brandenburgische Provinz war nicht nur geometrisch etwa 300 Kilometer entfernt, sondern auch in meinem Kopf schloss ich immer mehr mit der miefigen Dorfvergangenheit ab. Meinen Vater besuchte ich nur noch sporadisch. Etwa zu Weihnachten und zu Ostern oder zu seinem Geburtstag machte ich mich auf den Weg in meine alte Heimat. Und jedes Mal fühlte es sich weniger wie nach Hause kommen für mich an. Auch die Sache mit Jack schien ich mittlerweile verarbeitet zu haben. Ähnlich selten, wie ich noch nach Brandenburg kam, dachte ich an meine alte Jugendfreundin, für deren Tod ich mich jahrelang verantwortlich gemacht hatte. Doch die Hansestadt an der Alster und der Elbe und das Wirken an der Uni schlugen wie ein hochdosiertes Therapeutikum bei mir an, das mir alle schlechten Gedanken und Erinnerungen aus dem Körper auszuscheiden half. Dass es lediglich ein höchsteffizienter Verdrängungsmechanismus war, den ich sozusagen perfektioniert hatte, begriff ich noch nicht. Es war fast so, als wäre ich die ganze Zeit unter Einfluss von Endorphinen, die mich wie auf einer Wolke durch diese Zeit schweben ließen. Zwei Freundinnen hatte ich in meiner Studentenzeit bereits verschlissen. Zum Glück waren diese eher oberflächlichen Beziehungen mit meinen Kommilitoninnen allesamt freundschaftlich auseinandergegangen, sodass sie keine Schatten auf mein weiteres Studium warfen. Alles andere hätte mich auch verwundert, war doch alles so leicht und so reibungslos, seit ich hier studierte. Vielleicht war es Schicksal oder einfach nur Glück, dass ich einige unbeschwerte Jahre erleben durfte, die mir als junges Pubertier verwehrt geblieben waren.

Das alles änderte sich, als wir mit unserem Professor den Bau der Elbphilharmonie besucht hatten, der ein Jahr später fertiggestellt sein sollte.

»Das Gebäude wurde unter Einbeziehung der Hülle des früheren Kaispeichers A errichtet und dient quasi als Sockel«, erklärte Professor Hundt. »Und darauf setzte man die Glasfassade, ein – wie ihr sehen könnt – moderner Aufbau, der je nach Betrachtungsweise an Segel, Wasserwellen, Eisberge oder einen Quarzkristall erinnert.« Gebannt folgte ich seinen Ausführungen, vor allem denen zur Statik, denn das interessierte mich am meisten. Andere hatten eher ein Auge dafür, was möglichst exklusiv und spektakulär aussah, mir war es immer wichtiger, wie ich dafür sorgen konnte, dass ein Gebäude nicht in sich zusammen fiel wie das sprichwörtliche Kartenhaus. Er stellte sich unseren Fragen und organisierte sogar ein Treffen mit einer der an der Planung beteiligten Architektinnen, die uns ebenfalls geduldig erzählte, was wir wissen wollten. Alles in allem ein mehr als gelungener Tag, auch ohne den Hörsaal von innen zu sehen, dachte ich mir. »Und nun, meine lieben Studentinnen und Studenten, wünsche ich euch einen guten Heimweg. Lasst die Eindrücke auf euch wirken, bevor ihr euch in eurer

Stammkneipe trefft und alles mit billigem Fusel wieder aus den Köpfen spült«, verabschiedete uns der Professor, nachdem auch die letzte Frage beantwortet war.

»Kommst du noch mit?«, fragte mich Lars, mit dem ich regelmäßig zum Billard spielen oder Darts werfen durch die Kneipen zog.

»Heute ausnahmsweise nicht«, antwortete ich fröhlich und etwas aufgewühlt von den gerade erlebten Impressionen. »Vielleicht morgen wieder.«

»Okay, falls du es dir überlegst, du weißt ja, wo du uns findest«, sagte er, woraufhin sich unsere Wege trennten.

Was sich durch den Umzug nach Hamburg im Vergleich zu vielen anderen Dingen in meinem Leben nicht verändert hatte, war die Lust, auf das Fahrrad zu steigen. Zur Uni fuhr ich bei Wind und Wetter auf dem Rennrad und für die Wochenenden hatte ich mir ein Trekkingbike besorgt, mit dem ich auch mal querfeldein fahren konnte und nicht ständig auf glatten Asphalt angewiesen war. Ich warf mir den Rucksack auf den Rücken, löste das Schloss vom Laternenmast und schlang es um den Rahmen meines Untersatzes. Zufrieden mit dem heutigen Tag schwang ich mich auf den Sattel und trat in die Pedalen.

Der Weg zu meiner Wohnung im Stadtteil Winterhude führte mich am Ufer der Außenalster entlang, wo ich mir die Bahn mit Fußgängern, anderen Radlern und Inlineskatern teilte, die wie ich das schöne Spätsommerwetter genossen und ihrem Bewegungsdrang nachgaben. Einfach herrlich und so unkompliziert. Warum hatte ich nicht schon viel früher einen Ausbruch aus meinem Dorf gewagt?

Bis nach Hause musste ich nur noch über diese Kreuzung, dann in die Seitenstraße abbiegen und schon wäre ich da, dachte ich mir vor der roten Ampel wartend, als neben mir ein Reisebus anhielt. Unaufgeregt las ich eine Werbung für das Stage Theater, in dem das Musical *König der Löwen* lief, das ich bereits gesehen und für unterhaltsam befunden hatte. Mein Blick wanderte nach oben und mit einem Mal wurde ich mit großer Wucht zehn Jahre in die Vergangenheit geschleudert. Der gefühlte Aufprall schmerzte fast körperlich. Durch die Scheibe sah ich Jack. Uns trennten höchstens zwei Meter und diese Scheibe aus Sicherheitsglas voneinander, wobei sie natürlich deutlich höher saß als ich, der zwischen dem Bus und dem Fahrrad stand. Sofort schossen mir Bilder durch den Kopf, wie Jack mich küsste, dann aufsprang und mir zuwinkend in Richtung Mutschkes Haus lief. Und jetzt sah ich sie hier in Hamburg, obwohl sich außer mir scheinbar alle mit ihrem Tod arrangiert zu haben schienen. Doch was sollte ich tun? Ich rief ihren Namen und ballte die Hand zur Faust, schlug damit gegen das Fahrzeug. Wegen des Motorgeräusches beim Anfahren sind sowohl mein Rufen als auch der Schlag unbemerkt verhallt. »Jack!«, rief ich erneut dem fahrenden Bus hinterher, als ob das jemand würde hören können. Ohne mich umzublicken, schwang ich mich aufs Rad und im nächsten Moment spürte ich nur noch, wie es mich von meinem Gefährt riss. Es dauerte ein paar Sekunden, bis ich registrierte, dass ich einen ebenfalls anfahrenden PKW gekreuzt hatte, der nicht mehr rechtzeitig abbremsen konnte und mich frontal mit der Stoßstange erwischt hatte. Zu meinem Glück hatte der Nissan kaum Geschwindigkeit aufnehmen können, sodass ich mich – abgesehen von ein paar Kratzern, wie ich später feststellen sollte – nicht verletzt hatte. Trotzdem sorgte ich für eine perplexe Fahrerin, weil ich ohne ein Wort aufgesprungen war, mein Rad schnappte und versuchte, den Bus mit Jack an Bord noch zu erreichen.

Auf grüne Ampeln zu warten konnte ich mir nicht erlauben, also überquerte ich mehr als eine Kreuzung bei leuchtendem Orange, bei einer strahlte sogar schon das Tomatenrot. Allerdings passte ich besser auf als bei der Abfahrt des Busses, sodass ich einer weiteren Kollision aus dem Weg gehen konnte. Ich strampelte mir die Seele aus dem Leib.

Da hinten, endlich erspähte ich den Bus wieder, doch im selben Moment überkam mich der Frust, denn ich sah ebenfalls, dass der Fahrer den rechten Blinker gesetzt hatte, er also auf die Schnellstraße abbiegen würde. Und dort, das war mir klar, hätte ich verdammt schlechte Karten, ihm mit dem Rad zu folgen. Trotzdem, mit letzter Kraft und Aussetzen jeglichen Verstandes gab ich die verbliebenen Körner um, ja, um was überhaupt? Wollte ich den Bus rammen, wenn ich ihn wider Erwarten doch noch einholen würde? Ihn überholen und ausbremsen, wie man es in amerikanischen Krimis häufig sah? Wobei die dortigen Cops in der Regel SUVs dazu benutzten und keine Fahrräder älteren Jahrgangs.

»Nein!«, rief ich schließlich und röchelte vollkommen außer Atem, als mein Verstand wieder einsetzte. Ich hatte keine Chance, die hatte ich von Anfang an nicht gehabt. Der Bus fuhr mir davon. Wenigstens konnte ich durch die Heckscheibe noch das Wort Berlin auf dem Leuchtdisplay entziffern, wobei ich davon ausging, dass es sich dabei um das Ziel der Reise handeln würde, handeln müsste.

Es dauerte nicht lange, bis ich die nötigsten Dinge in meinem Zimmer zusammengepackt und mich auf den Weg zum Bahnhof gemacht hatte. Das Ticket nach Berlin buchte ich unterwegs über die Bahn-App und sobald ich meinen Platz im IC eingenommen hatte, rief ich bei Philip und Jonas an, um eine großangelegte Suchaktion in der Hauptstadt zu starten. Immerhin hatte ich einen Anhaltspunkt, wo wir mit den Recherchen ansetzen konnten. Der Rest würde sich finden. Davon jedenfalls war ich fest überzeugt und hätte darauf gewettet, meine alten Jugendfreunde würden es ähnlich sehen wie ich. Philip konnte ich nicht erreichen. Später erfuhr ich, dass er sich einige Tage lang in Polen aufgehalten hatte und zu geizig für die Roaminggebühren gewesen war. Jonas hingegen ging selbst und sehr schnell ans Telefon, kaum dass es zwei Mal geklingelt hatte. Was er mir allerdings sagte und vor allem, mit welcher Gleichgültigkeit und Abfälligkeit er mich als Spinner, der weniger Drogen nehmen sollte, abkanzelte, zog mir fast den Boden unter den Füßen weg. Frustriert trat ich die Fahrt in die Hauptstadt also alleine an, doch stellte ich nach etwas mehr als einem Tag desillusioniert die Suche nach Jack ein. Einerseits scheiterte ich schon daran, den richtigen Bus ausfindig zu machen, andererseits war ich mir nach einer Nacht drüber schlafen selbst nicht mehr sicher, ob mir mein Unterbewusstsein nicht doch einen Streich gespielt hatte.

KAPITEL 23

Heute

Paul wusste gerade nicht, ob er sich über Isabells Gesicht amüsieren oder lieber zurückhaltend ihr gegenüber bleiben sollte. Er entschied sich für Letzteres; schließlich hatte sie heute schon einiges durchgemacht und er wollte die verbleibenden ein, zwei Stunden, bis sie Feierabend machen würden, nicht durch unnötige Sticheleien vergiften.

»Was ist denn los?«, fragte er daher mit bemüht neutraler Stimme, nachdem Isabell den Hörer auf den Apparat geknallt und mit dem Fuß gegen ihren Schreibtisch getreten hatte. Fast hätte er vor Schreck den Kaugummi verschluckt, denn so aufbrausend kannte er seine Kollegin gar nicht.

»Dieser verdammte Scheißkerl!«, entfuhr es ihr, was Paul nun doch ein leichtes Zucken in den Mundwinkeln entlockte. »Das war eben der Seiler, der Typ von der Soko, weißt du?« Paul nickte. »Lennard hat mit ihm telefoniert und ihm zugesagt, sofort zu ihm ins Präsidium zu kommen.«

»Und?«

»Aaarrrgh!«, schrie sie. »Nichts und! Das war vor über zwei Stunden und weder ist er dort aufgetaucht noch geht er an sein Handy.« Aufgeregt nestelte sie an ihrem Smartphone und stellte den Ton auf laut, als die Durchsage kam, dass ›the number you have called temporary not available‹ wäre. »Hier! Er hat es wieder ausgeschaltet. Will der mich eigentlich verarschen?

194

Weiß der nicht, in welche Schwierigkeiten ihn und auch mich das bringen kann?«

»So gut kenne ich ihn nicht«, sagte Paul achselzuckend. »Aber wenn er, wie du sagst, zur Zeit echt psychische Probleme hat, verwundert mich das nicht.«

»Ach nein?«, giftete sie. »Und warum bitte schön nicht?«

»Schrei mich ruhig an, ich steh drauf«, beruhigte er sie. »Ich meine, wenn er unter so gewaltigem Stress steht, ist es nicht ungewöhnlich, dass er irrational handelt. Denk daran, wie er vor uns weggelaufen ist. Vielleicht hat er einen Verfolgungswahn ausgebildet und denkt, dass Seiler und der Fleischschmann ihm etwas an die Jacke flicken wollen.«

»Meinst du wirklich?«, fragte Isabell und wirkte schon wesentlich gefasster.

»Na hör mal, bei den ganzen Verschwörungstheorien, die seit Corona in der Öffentlichkeit kursieren, kann ich mir grundsätzlich alles vorstellen.«

»Und was soll ich jetzt machen?«

»Ich würde an deiner Stelle den Ball flach halten. Vielleicht liegt er schon im Bett und pennt, wenn du gleich nach Hause kommst. Der Handyakku kann ja einfach nur leer sein. Oder er kommt irgendwann morgen früh nach hause, nachdem er die Nacht durchgezecht hat. Das kenn ich, hat mir auch schon oft geholfen.«

»Vielleicht hast du recht. Aber was ist mit den Kollegen von der Soko?«

»Hey, du bist nicht für Lennard verantwortlich. Wenn sie was von ihm wollen, sollen sie ihn aufsuchen und nicht dich damit belästigen. Schließlich bist du nicht sein Kindermädchen.«

»Auch wenn ich mir manches Mal so vorkomme«, murmelte sie und beschloss, dem Rat ihres Kollegen zu folgen. Mit etwas Glück hätte sich das meiste morgen in Wohlgefallen aufgelöst. »Aber jetzt was anderes: Sind die Personalien der Leiche aus Rudow schon bekannt?«

»Nicht, dass ich wüsste«, sagte Paul. »Ich hab nur mitbekommen, dass ein Bild des Opfers an die Presse gegeben und die Bevölkerung um Hinweise gebeten wurde. Keine Ahnung, ob die Kollegen schon Reaktionen bekommen haben.« Er spuckte seinen Kaugummi in den Abfalleimer, bevor er weitersprach: »Ruf doch deinen Kumpel Seiler an, bei dem laufen die Fäden schließlich zusammen.« Er legte seinen rechten Mittelfinger über den Zeigefinger. »Ihr beide seid doch so.«

»Arsch«, erwiderte Isabell und warf einen Kugelschreiber nach Paul, der seinen Oberarm streifte, woraufhin er sich den Arm hielt und vorgab, schwer getroffen worden zu sein.

KAPITEL 24

Vor etwa zwei Wochen

Zwei Tage war es jetzt her, dass mich die Nachricht über Paps´ Tod unvermittelt getroffen hatte wie ein Blitz aus heiterem Himmel.

»Tut mir leid, Lennard, aber ich konnte nichts mehr für deinen Vater tun, er war schon länger tot, als er gefunden wurde«, hörte ich unseren alten Hausarzt sagen, als ob er gerade jetzt zu mir sprechen würde.

»Ja, aber«, stammelte ich, »aber er war doch kerngesund, wie kann er dann von heute auf morgen sterben?«, fragte ich fassungslos ins Telefon und hatte Mühe damit, meine Tränen zurückzuhalten.

»Nun«, weihte mich der Arzt ein, »Richard hat seit vielen Jahren starke Medikamente genommen, die haben schließlich seine Leber und die Nieren geschädigt. Bei seiner letzten Untersuchung vor einem halben Jahr hatte ich ihn schon darauf vorbereitet, dass er womöglich eine Organspende benötigen würde –.«

»Was er natürlich kategorisch abgelehnt hatte«, beendete ich den Satz für ihn.

»Du kanntest ihn, Lennard, was soll ich dazu noch sagen?«

»Nichts. Danke, Doktor Hartwig, danke für Ihren Anruf.« Wir verabschiedeten uns und nur eine Stunde später saß ich bereits im Wagen, um in meine alte Heimat zu fahren. Isabell wollte am Wochenende nachkommen, da sie dann dienstfrei hätte, was mir entgegenkam. Ich hatte das Gefühl, dass ich erstmal allein mit der Situation klarkommen müsste; jetzt, nach dem dritten Verlust in meinem Leben.

***

Das Haus wirkte fremd auf mich, doch je länger ich mich hier umschaute, umso mehr Erinnerungen an frühere, an bessere Zeiten ploppten wieder in mir auf, sodass ich mich nach einer gewissen Anpassungszeit nicht mehr wie ein Fremdkörper fühlte. Nein, ich fühlte mich wieder wie der Lennard, der von hier wegwollte, aber nicht, weil ich mir fremd vorkam, sondern eher im Gegenteil, weil ich mir vorkam, als würde mich das Haus, das Dorf vollkommen verschlingen und vereinnahmen.

»Du wirst doch noch verrückt, genauso wie dein alter Herr«, murmelte ich vor mich hin und schämte mich im nächsten Moment dafür, denn er war krank und manchmal befürchtete ich, er hätte mir dieses Leiden vererbt.

Mein Vater war bei einem Bestatter aufgebahrt, der sein Geschäft im Nachbardorf betrieb, daher hatte ich ihm die letzte Ehre noch nicht erwiesen. Das wollte ich im Laufe des Tages nachholen, wenn ich mich hier ein wenig akklimatisiert hätte. Vielleicht sollte ich wirklich mal mit jemandem über mich reden, der sich beruflich damit befasst, wobei es mir bei der Vorstellung grauste, auf der Couch eines Psychiaters zu liegen und ihm mein Innerstes quasi vor die Füße zu kotzen. Die Türglocke bewahrte mich davor, mich weiter mit mir und meinen Dämonen beschäftigen zu müssen, obwohl mir bewusst war, dass es sicher nicht zu meinem Schaden wäre. Schließlich beherbergte ich eine Sammlung dieser

Kreaturen der Hölle, wenn ich dazu jedes angespannte Verhältnis mit einem Menschen zählte, oder in manchen Fällen, wie bei Jonas zum Beispiel, ein Nichtverhältnis.

Durch die Gardine, die mein Vater noch vor dem Tod meiner Mama an der gläsernen Haustür angebracht hatte, sah ich die Silhouette eines Mannes. Völlig ahnungslos, wer mir einen Besuch abstattete, öffnete ich die Tür und erstarrte.

»Was wollen Sie hier?«, blaffte ich den Mann an, der mich mit einem süffisanten Grinsen bedachte. Ich ballte die Hände zu Fäusten und musste mich zwingen, ruhig zu bleiben.

»Dir auch einen schönen Tag, Lennard«, erwiderte Mutschke mit einer Stimme, als hielten wir einen netten Small-Talk auf der jährlichen Gartenparty unseres Pastors. »Ich wollte dir persönlich mein Bedauern über den Tod deines Vaters überbringen.« Ich kochte innerlich und suchte nach einem Ventil, damit ich mich nicht auf den alten Mann stürzen und ihm die Scheiße aus dem Leib prügeln würde.

»Ach ja?«, zwang ich mich, zu sagen. »Den Weg hätten Sie sich sparen können. Und jetzt verpissen Sie sich von meinem Grundstück, bevor ich mich vergesse!« Gut gemacht, Lennard, so kommst du da durch. Auch Mutschke schien verstanden zu haben, denn er nickte mir zu und wandte sich zum Gehen. Gott sei dank, stieß ich gedanklich aus. Geh, verschwinde, aber ganz schnell! Plötzlich, auf halbem Wege zwischen der Haustür und der Straße drehte er sich wieder zu mir um.

»Fast hätte ich es vergessen: Ich habe noch einen Grund, warum ich hier bin«, säuselte er, als würde er mir gleich von meiner Millionenerbschaft erzählen.

»Interessiert mich dieser Grund?«, fragte ich scharf und ging ein paar Schritte auf ihn zu; die Fäuste in der Tasche hatten die Blutzufuhr der Finger mittlerweile schmerzhaft unterbunden.

»Sagen wir mal so: Wenn der Grund dich nicht interessiert, interessiert er sicher andere.«

»Kommen Sie zur Sache, Mann, und hören Sie mit dieser Geheimniskrämerei auf!«

»Jahaa«, triumphierte er fast, »Geheimnis, das trifft es sehr gut. Wusstest du, dass ich eine Geschäftsbeziehung mit deinem Vater gepflegt habe, und das über eine sehr lange Zeit?« Was zum Teufel redete der Typ da? Die Ratenzahlungen für die eingeworfenen Fenster waren das einzige, worüber ich Bescheid wusste. Aber das war doch schon ewig vorbei.

»Ich kann mir nicht vorstellen, dass meinen Vater irgendetwas anderes mit Ihnen verbunden hat als Verachtung.« Obwohl Mutschke einen Nerv bei mir getroffen hatte, bemühte ich mich um Gleichgültigkeit. »Und ich hatte ja gerade gesagt: Wenn Sie was zu sagen haben, sagen Sie es und schwafeln Sie nicht herum.«

»Nun, dein alter Herr hat mich regelmäßig dafür belohnt, dass ich mein Wissen über ihn nicht teile. Und wenn ich mir dich so ansehe, mein ahnungsloser Freund, hast du absolut keinen Schimmer, wovon ich gerade spreche.« Er lachte vergnügt auf. »Jedenfalls ist dein Vater ja jetzt als Einnahmequelle weggebrochen –.« Er hielt kurz inne und wich einen Schritt vor mir zurück, denn ich hatte meine Fäuste mittlerweile aus den Hosentaschen genommen und war dazu bereit, sie jeden Moment auch einzusetzen. Er hob abwehrend die Hand. »Sieh es einmal so: Wenn du die Zahlungsverpflichtungen deines Vaters übernimmst, schützt du einerseits seinen Ruf und andererseits kannst du dann ungehindert deinen hehren Erinnerungen an ihn nachhängen.«

»Jetzt reicht es mir!« Ich packte ihn an seinem dünnen Oberarm und zog den Mann hinter mir her, bis wir die Grundstücksgrenze erreicht hatten. Er wimmerte und keuchte, damit hatte er wohl nicht gerechnet. Ich schubste ihn auf die Straße, und zwar so kräftig, dass er Mühe hatte, sich auf den Beinen zu halten. »Verpiss dich, du dreckiges Stasi-Schwein!«, rief ich ihm hinterher und ging, ohne ihn eines weiteren Blickes zu würdigen, zurück ins Haus.

Drinnen angekommen schloss ich die Tür und drückte mich mit dem Rücken an die Wand des Flures. Was bitte war denn das für ein Auftritt? Hatte Mutschke mich gerade erpressen wollen? Damit, dass er meinen Vater erpresste, womit auch immer? Ich wollte gar nicht näher darüber nachdenken, welches Geheimnis mein Vater gehabt haben soll. Außerdem zweifelte ich mit jeder verfügbaren Zelle meines Gehirns daran, dass es ein solches überhaupt gegeben hatte. Sicher hatte sich Mutschke mit seiner kranken Art nur gedacht, er könnte aus Paps´ Tod noch etwas Kapital ziehen und das mit einer Retourkutsche für mich verbinden, für die Belästigungen in der Zeit nach Jacks Verschwinden.

Der Tag ging vorüber und ich hatte nach einigen weiteren, internen Zwiegesprächen für mich beschlossen, dass Mutschke ein Spinner war und ich seinen Auftritt nicht ernstnehmen dürfte. Und Verdrängung war ja nun mal meine Königsdisziplin.

KAPITEL 25

Heute

Plötzlich lösten sich die Hände von meinem Kragen, wodurch ich besser Luft bekam und tief einatmete, doch im nächsten Moment spürte ich einen ähnlich festen Griff an meinem Oberarm.

»Komm hoch«, hörte ich eine Stimme, die überhaupt nicht zu meinem Verfolger passen wollte. Dafür war sie zu hoch, zu weiblich. Ich zwinkerte, um zu sehen, wer an mir herumriss, doch sofort schloss ich meine Augen wieder, da sie brannten wie die Hölle. »Los! Stell dich nicht so an, wir haben keine Zeit!«, forderte mich die Frau erneut auf, während sie unerbittlich an mir zerrte, sodass ich langsam zum Stehen kam. »Endlich«, hörte ich sie sagen, dann ließ sie mich los. Ich rieb mir die Augen, was im Nachhinein keine gute Idee gewesen war, da sich das Brennen noch verstärkte. Doch immerhin konnte ich sehen, dass sich die Frau von mir abwandte, um einem am Boden liegenden Mann ins Gemächt zu treten, der daraufhin aufschrie und sich wand wie ein Fisch auf dem Trockenen. Erneut packte die Frau mich und zog mich die Treppe hoch, wobei ich ihr, immer noch halbblind, nur unter großer Anstrengung folgen konnte. »Hör auf zu reiben, ich geb dir gleich was zum Ausspülen, wenn wir oben sind. Aber jetzt beeil dich, wir haben nur ein paar Sekunden Vorsprung.« Ich wischte erneut über die Augen, allen Empfehlungen zum Trotz, und stolperte hinter meiner

Retterin den Aufgang hoch, darum bemüht, mich nicht wieder auf die Klappe zu legen.

»Jack?«, fragte ich zögerlich.

»Boah, wer sonst?«, erwiderte sie und klang verärgert. »Komm einfach mit, ich erklär dir später alles.« Wir erreichten den Bürgersteig und sie bugsierte mich sofort in eine andere Richtung, während sie mit ihrer freien Hand winkte und laut rief: »Taxi! Hier!«

»Jack«, wiederholte ich, dieses Mal nicht als Frage, sondern einfach als Feststellung. Wobei sich meine eigene Stimme dabei für mich selbst schon grenzdebil anhörte.

»Ja«, sagte sie, deutlich sanftmütiger als gerade noch. Der Taxifahrer hielt uns die Tür auf, wodurch wir flugs in den Fond des Wagens springen konnten. »Fahren Sie los, Mann, schnell.«

»Wohin woll´n Se denn?«, fragte er und warf den Rest seiner Zigarette aus dem Seitenfenster, was er sich hätte sparen können, da der ganze Innenraum eh schon wie ein voller Aschenbecher stank.

»Erstmal los, ich sag Ihnen dann schon Bescheid«, erwiderte Jack mit einer Stimme, die keinen Widerspruch duldete. Das sah offensichtlich auch der Fahrer so, denn er startete wortlos und fuhr in Richtung Innenstadt durch den Berliner Nachthimmel. Ich folgte Jacks Blick aus dem Rückfenster zum Ausgang der U-Bahn, wo wir gerade noch meinen Verfolger herauskommen sahen, bevor wir hinter einer Baumreihe verschwanden und unsichtbar für ihn wurden.

»Puh«, entfuhr es mir und ich wollte gerade wieder meine Augen reiben.

»Warte«, sagte Jack und zog eine Flasche Wasser und ein Taschentuch hervor, das sie mit der Flüssigkeit tränkte und mir anschließend reichte. »Zum Hauptbahnhof bitte«, wies sie den Fahrer an.

»Allet klar«, sagte dieser und zog auf die Mittelspur.

»Vorsichtig tupfen«, sagte sie dann zu mir, woraufhin ich mit denselben Worten wie der Taxifahrer antwortete, allerdings mit deutlich verstörter Stimme. Langsam stellte sich das Sehvermögen wieder ein, wobei das Licht sowieso nur sporadisch durch die Straßenlaternen und die Reklameschilder in den Wagen fiel. Dennoch reichte es, damit ich Jack genauer anschauen konnte. Sie trug ein Kopftuch, das ihr komplettes Gesicht umrahmte und einen Teil davon bedeckte, sodass ich in der U-Bahn – auch wegen der pechschwarz gefärbten Haare – keine Chance gehabt hatte, sie zu erkennen. Was sie ja auch damit bezweckte, dachte ich anerkennend. Ansonsten verrieten mir ihre Augen und die Konturen der Stirn- und Nasenpartie sofort, dass es meine Jack war, die neben mir saß. Lebendig! Die Gefühle überwältigten mich. Ich schlang meine Arme um sie, was sie sich etwas widerwillig gefallen ließ, wenn ich das Durchstrecken ihres Rückens richtig deutete. Nach einem Moment erwiderte sie die Umarmung. Die Tränen liefen mir über die Wangen, ich verdrängte vollkommen, dass ich gerade eben erst von einem Fremden brutal überfallen worden war.

»Jack«, flüsterte ich erneut, gerade so, als müsste ich ihren Namen jede Minute wiederholen, damit ich einerseits sicher sein könnte, dass sie auch wirklich bei mir wäre, und andererseits, damit sie nicht wieder verschwinden würde. »Wo warst du nur? Was ist denn eigentlich –.« Sie legte mir den Finger auf die Lippen und deutete zum Fahrer.

»Warte, bis wir einen ruhigen Platz gefunden haben, dann erkläre ich dir alles.«

»Wirklich alles?«

»Alles. Versprochen«, bekräftigte sie und lächelte ihr Lächeln. Jacks Lächeln. So wie früher. Keck und herausfordernd und trotzdem niedlich. Eine wohlig-warme Welle schwappte durch meinen Körper und erfüllte mich. Ich war nicht verrückt, war es nie gewesen! Plötzlich beugte sich Jack zum Fahrer.

»Halten Sie bitte da vorn«, wies sie ihn an.

»Aber dit is´ nich´ der Hauptbahnhof«, sagte dieser.

»Ich hab es mir überlegt. Da vorn bitte, bei der S-Bahn-Station.«

»Eenmal Frankfurter Allee, bitte schön.«

***

Zunächst war auch ich etwas überrascht vom plötzlichen Sinneswandel Jacks, was unser Ziel anging. Doch jetzt, da wir in der Ringbahn saßen und im Begriff waren, den ›großen Hundekopf‹ abzufahren, verstand ich den Sinn dahinter. Es ging ihr nur darum, in Bewegung zu bleiben und flexibel reagieren zu können, wozu sich das Nahverkehrssystem anbot.

»Wer war der Mann, der mich verfolgt hat, und warum warst du da?«, wollte ich wissen, als wir in großem Abstand zu anderen Fahrgästen im hinteren Bereich, aber in der Nähe zur Tür nebeneinandersaßen.

»Eines nach dem anderen«, begann sie und fügte lachend hinzu: »Erst musst du aufhören, mich dauernd anzustarren, als ob ich ein Geist wäre.«

»Äh, ja, sorry«, entschuldigte ich mich. Ich hatte es gar nicht registriert, dass ich meine jetzt wieder gut sehenden Augen kaum von ihr lassen konnte. Sie hatte sich zu einer sehr attraktiven Frau entwickelt, soweit ich es trotz ihrer Verkleidung erkennen konnte.

»Ich muss mich erstmal dafür entschuldigen, dass du etwas von dem Tränengas abbekommen hast, aber das musste ich benutzen, damit er dich loslässt. Denn sonst hättest du die Ladung des Schockers mit abbekommen.« Jetzt ging mir ein Licht auf. Das also war der Blitz, den ich zu sehen gemeint hatte. »Und wer der Mann war? Tja, lange Geschichte. In Kurzform: Er ist ein Bullterrier des russischen Geheimdienstes, einer für die groben Aufgaben.« Hatte ich mich also doch nicht geirrt, als ich den Verfolger nach meinem Besuch bei der Botschaft bemerkt hatte?

»Und warum wollte der mich umbringen?«

»Ich denke nicht, dass er dich töten wollte«, sagte Jack, als ob es das Normalste auf der Welt wäre. »Vermutlich wollten sie dich von der Straße holen, um Druck auf mich auszuüben. Aber vielleicht wollte er dich auch töten, ich vergaß vorhin, ihn danach zu fragen.«

»Findest du das etwa witzig?«, echauffierte ich mich und wunderte mich selbst über meinen scharfen Tonfall.

»Nein, überhaupt nicht. Aber in meiner Situation ist es fast unmöglich, ohne Sarkasmus und Ironie klarzukommen. Tut mir leid.«

»Schon gut, ich bin erstmal nur froh, dass ich dich endlich gefunden habe und es dir gutgeht.«

»Eigentlich habe ja ich dich gefunden«, korrigierte sie mich. »Und ob es mir gut geht, darüber reden wir später noch.« Der Zug bremste, die nächste Haltestelle lag unmittelbar vor uns, was unsere Anspannung steigen ließ. Ihr Blick glitt über den Bahnsteig, während wir einfuhren und anhielten, und sie löste ihn erst wieder davon, nachdem sich die Türen geschlossen hatten und der Zug sich in Bewegung gesetzt hatte.

»Aber warum verfolgt mich der russische Geheimdienst? Nur, weil ich mich in deren Botschaft nach dir erkundigt habe?« Es wirkte, als würde sie der Blitz treffen. Sie rückte von mir ab und wandte sich mir zu.

»Du warst in der russischen Botschaft?«

»Ja«, sagte ich und nickte. »Ich habe einen Screenshot von den TV-Aufnahmen nach der Explosion gemacht, als du ärztlich versorgt wurdest. Und damit habe ich nach dir gefragt.«

»Daher also kommen die auf mich«, sagte sie mehr zu sich selbst. »Hattest du diese Klamotten dort an?«, wollte sie plötzlich wissen und deutete mit ihrer Hand von meinen Schuhen bis zu den Schultern.

»Äh, was?«, stammelte ich und überlegte. »Nein, die Sachen hab ich neu angezogen nach dem Duschen.«

»Auch die Schuhe?«

»Ja, sogar die Unterhose«, erwiderte ich etwas gereizt.

»Musstest du deine persönlichen Dinge abgeben? Geldbörse, Handy?«

»Ja, ich glaube schon«, bestätigte ich nach kurzem Überlegen, woraufhin sie die typische ›Gib-her-Geste‹

mit ihrer Hand machte. Etwas widerwillig reichte ich ihr die geforderten Sachen und ich sah, wie sie erst mein Portemonnaie untersuchte, indem sie jeden Falz zwischen ihrem Daumen und Zeigefinger gleiten ließ. Anschließend gab sie es mir kopfschüttelnd zurück, bevor sie sich daran machte, mein Smartphone auseinanderzunehmen. Gebannt folgte ich dem Prozedere und war erstaunt über ihre Fingerfertigkeit. Sie schien sowas nicht zum ersten Mal zu machen.

»Ha!«, rief sie plötzlich aus und ruckelte am Akku, bis er in ihre Hand fiel. Sie reichte ihn mir, um danach eine flache Scheibe aus dem Gerät zu holen, die aussah wie eine sehr dünne Unterlegscheibe, allerdings ohne das obligatorische Loch in der Mitte. »Hab ich´s mir doch gedacht.«

»Ist das ein Peilsender?«, fragte ich sie und machte mir überhaupt keine Gedanken darüber, warum ich davon ausging, dass sie es mir mit Gewissheit sagen könnte.

»Ja, und ein ziemlich modernes Gerät dazu. Durch die Position versorgt es sich quasi wie ein schmarotzender Pilz an einem Baum direkt am Akku mit Strom. Und solange dein Akku Saft hat, sendet es fleißig GPS-Singale.«

»Aber warum haben die mir das eingebaut?«

»Das kann ich nur vermuten. Ich denke, einerseits hast du sie neugierig gemacht mit deinen Fragen, und andererseits wolltest du mich finden – genau wie sie. Warum sollten sie sich also nicht bei dir einzecken?«

»Und was machen wir nun damit?«

»Tja«, sagte sie, kramte ein billiges Handy aus ihrer Handtasche und brachte den Sender dort an. »Wir schicken unsere lieben Freunde ein wenig durch die

Stadt.« Mit diesen Worten ließ sie das Gerät hinter unseren Sitzen verschwinden, sodass es auf den ersten Blick nicht zu sehen war, und erhob sich anschließend. Ich beobachtete, wie sie zur Tür ging. »Willst du hier Wurzeln schlagen? Es dürfte nicht sonderlich nützlich für uns sein, wenn wir mit demselben Zug weiterfahren, mit dem das Handy fährt.«

»Ja, natürlich«, pflichtete ich ihr bei und kam mir immer noch etwas dämlich vor. Beim zweiten Mal drüber nachdenken verwunderte es mich allerdings kaum, zumal sie einen immensen Wissensvorsprung gegenüber mir hatte. Aber den würde ich aufholen, nahm ich mir fest vor, und Jack würde mir nicht wieder durch die Finger flutschen, bevor ich alles erfahren hatte, was in den letzten 15 Jahren mit ihr geschehen war. Der Zug bremste und wir sahen schon den erleuchteten Bahnsteig auf uns zukommen, als ich Jacks Hand auf meinem Unterarm spürte. Die Türen glitten auseinander und Jack stieg aus wie in Zeitlupe.

»Was zum Teufel –?«, hörte ich sie fragen und schaute hektisch, ob ich ebenfalls verdächtige Leute auf dem Bahnhof sehen konnte. Ihre Hand krallte sich fest, sodass es fast schmerzte. Jetzt sah sie aus, als wäre ihr gerade ein Geist erschienen.

KAPITEL 26

Verwirrt beschrieb nicht ansatzweise, wie Isabell sich gerade fühlte. Vor ihr auf dem Tisch lag die Nachricht Lennards, die er ihr geschrieben haben musste, kurz bevor er zu Seiler ins Präsidium aufgebrochen war. Falls er überhaupt vorhatte, dort vorstellig zu werden. Im Moment ging sie davon immer weniger aus. Nicht nur aufgrund des erneuten Anrufs von Seiler, in dem er sie angepflaumt hatte, weil Lennard nicht zu dem Termin erschienen war, sondern auch wegen der Nachricht, die sie vor ein paar Minuten über WhatsApp von ihrem Freund erhalten hatte.

Tut mir leid, dass ich dir gerade etwas Schwierigkeiten mache, aber ich kann nicht anders. Ich brauche ein paar Tage, um mit mir und der Situation klarzukommen. Such mich nicht und versuche auch bitte nicht, mich zu erreichen. Ich werde mein Handy jetzt ausstellen. Bis bald.

Sie schüttelte auch beim zweiten überfliegen seiner Nachricht den Kopf. Dass er kein ›Ich liebe dich‹ oder ›Du fehlst mir‹ daruntergesetzt hatte – geschenkt, im Moment fehlte auch er ihr kein Stück. Aber sein plötzliches Untertauchen sowie die damit verbundene Weigerung, mit der Soko zusammenzuarbeiten, ließ für sie nur einen Schluss zu: Er hatte diese Frau tatsächlich gefunden. Und damit der statistischen

Wahrscheinlichkeit einen Volltreffer auf die Nase gegeben.

»Was hast du jetzt bloß vor, Lennard Bruckmann, du Teufelskerl?«, flüsterte sie, während sie ihr Handy neben die handschriftliche Notiz legte und beides noch einmal durchlas. Sie kam nicht umhin, ihm für seine Beharrlichkeit, mit der er sich selbst immer wieder antrieb, einen gewissen Respekt zu zollen. Andererseits überwogen der Ärger und die Verletzung darüber, dass er ihr offenbar nicht vollkommen vertraute. »Oder liegt das an dir?«, fragte sie sich dann. »Schließlich hast du ihn nicht gerade unterstützt in seinen Bemühungen.« Die aufkommenden Selbstzweifel brachten sie nur noch mehr zur Weißglut. »Nein, verdammt, schließlich habe ich das blöde Foto dieser Jack durch unsere Gesichtserkennung jagen lassen und ihm von unserer Begegnung mit ihr in Rudow erzählt!« Abrupt stand sie auf, ging zum Wohnzimmerschrank und holte die angebrochene Whiskyflasche. Sie goss sich etwas von der goldig-schimmernden Flüssigkeit ins Glas und leerte es mit einem Schluck. Anschließend schüttelte sie sich, verzog das Gesicht und knallte das Glas auf den Tisch. Fast im selben Moment spuckte sie den Rest, den sie noch im Mund hatte, in den nächstbesten Blumentopf. »Bäh, mit dem Zeug kann man auch keine Probleme wegtrinken.« Sie wandte sich ein letztes Mal dem Tisch sowie den darauf liegenden Nachrichten Lennards zu. »Dann mach deinen Scheiß halt allein, mein Freund. Aber komm hinterher nicht bei mir angekrochen, wenn du nicht mehr damit klarkommst.« Ansatzlos drehte sie sich um und ging ins Bad. Es gab heute nichts mehr, das sie tun könnte.

Kapitel 27

»Autsch«, sagte ich etwas übertrieben und entzog meinen Arm ihrem Griff. Sie war etwa zwei Meter vor dem Waggon stehengeblieben und starrte mit versteinertem Gesicht nach vorn. »Was hast du denn?«, fragte ich und folgte ihrem Blick, der auf eine große, digitale Leinwand gerichtet war, die ganzseitige Nachrichten und Reportagen der Onlineausgabe einer großen Berliner Tageszeitung zeigte. Gerade noch erkannte ich das Bild eines Mannes, der mit geschlossenen Augen und offensichtlich einem Einschussloch in der Stirn gezeigt wurde. Im Text darunter wurde um Mithilfe der Bevölkerung gebeten. Vor dem muss doch niemand mehr Angst haben, ging mir als Erstes durch den Kopf, dann sah ich wieder zu Jack, deren Augen mit Tränen gefüllt waren, die im nächsten Moment, in dem sie zwinkerte, herauskatapultiert wurden. Gleichzeitig hörte ich, wie sie etwas flüsterte.

»Juri ...«, verstand ich und fragte mich, in welcher Beziehung Jack zu dem Toten gestanden hatte.

»Komm, wir müssen weg«, sagte jetzt ich zu ihr, legte meine Hand auf ihren Rücken und schob sie langsam vorwärts, wobei sie sich erst dagegen sperrte.

»Ja«, hauchte sie dann, wischte sich mit dem Handrücken durch das Gesicht und schniefte. Ich zog ein Taschentuch hervor und reichte es ihr. »Danke«, sagte sie und putzte sich die Nase. Ich wartete ein paar Sekunden ab, bevor ich nachfragte, obwohl sie offenbar eine persönliche Beziehung zu dem Mann auf der Leinwand unterhalten hatte – verdammt, die hatte sie zu mir auch, als sie spurlos verschwunden war. Und nun flüchteten wir vor dem russischen Geheimdienst und der Polizei, wenn meine Vermutung der Wahrheit entsprach. Ich ging davon aus, dass dieser Seiler mich mittlerweile ebenfalls auf die Fahndungsliste gesetzt hatte. Ein Hauch von ›Thelma und Louise‹ umwehte uns. Jack und Lennard, zwei Desperados auf der Flucht vor dem Gesetz und der Mafia. Oh Mann, sofort vertrieb ich diese romantisierten Gedanken aus meinem Kopf. Die Situation war verflucht nochmal ernst, es ging um nicht weniger als um unser Leben! Auch wenn ich immer noch im Dunkeln tappte, warum gerade geschah, was geschah.

»Wer ist dieser Juri? Oder besser, wer war er?«, fragte ich schließlich. Sie schluchzte kurz, fing sich jedoch schnell wieder. Ich dachte an die junge Jack und fragte mich, ob sie bereits damals schon so abgebrüht gewesen war, wie sie in der letzten Stunde auf mich wirkte.

»Hast du einen Wagen?«, wollte sie wissen, anstatt mir zu antworten.

»Ja, das heißt, einen mit meiner Freundin zusammen. Aber der befindet sich am anderen Ende der Stadt.«

»Hm, und wahrscheinlich steht er in der Nähe deiner Wohnung«, murmelte sie vor sich hin.

»Ja, wahrscheinlich. Du willst ein Auto? Kein Problem«, sagte ich und fühlte mich zur Abwechslung mal wieder im Vorteil, was unseren Wissensstand anging. Ich zückte mein Smartphone und wischte darauf herum, bis ich fündig wurde. »Zwei Querstraßen weiter steht eines, zehn Minuten zu Fuß.« Sie pfiff anerkennend.

»Car sharing also. Warum machst du das, wenn du doch einen eigenen PKW hast?«

»Unser Wagen gehört auch zum System und kann jederzeit von anderen benutzt werden«, dozierte ich,

»abgesehen von festen Zeiten, an denen wir ihn selbst brauchen.«

»Aha, interessant.«

»Ja, genau, wahnsinnig interessant. Ganz im Gegenteil zu den Dingen, die du mir verschweigst. Die sind sicher vollkommen belanglos und langweilig.« Wir hatten gerade den Bürgersteig oberhalb des Bahnhofs erreicht, als ich meine Vorwürfe vorbrachte. Jack blieb stehen, wandte sich mir zu und sah mir tief in die Augen.

»Lennard Bruckmann, ich verschweige dir überhaupt nichts. Aber es bringt nichts, wenn ich dir immer nur ein paar Bruchstücke erzähle. Im Auto werden wir gleich viel Zeit dafür haben und ich verspreche dir noch einmal, dass ich dir jede Frage beantworten werde, soweit ich es kann. Und ich warne dich vor: Manche Antworten werden dir nicht gefallen.«

»Okay«, sagte ich knapp, doch in meinem Kopf fuhr die Achterbahn der Gedanken mit mehreren Loopings ungebremst weiter. Und was zum Teufel meinte sie nur damit, mir würden manche Antworten nicht gefallen? Nun gut, ich würde es in Kürze erfahren. Wenn sie denn tatsächlich mit der Wahrheit rausrückte, denn langsam beschlichen mich Zweifel, ob das alles so wahnsinnig clever war, was ich, was wir hier gerade anstellten. Doch ich wollte und konnte jetzt nicht mehr zurück.

***

Wortlos gingen wir nebeneinander her, wobei ich die Führung übernommen hatte. Wir hatten die letzte Ecke gerade passiert und steuerten direkt auf den schwarzen Einser-BMW zu, als ich Jacks Hand an meiner spürte. Erneut standen wir uns direkt gegenüber, wobei wir dieses mal durch das Händchenhalten für Außenstehende sicher wie ein verliebtes Pärchen wirkten. Was natürlich absoluter Quatsch war. Oder? Nein, damit wollte ich mich jetzt nicht auch noch befassen, schließlich kannte ich diese Frau überhaupt nicht mehr und wurde zunehmend unsicherer, ob ich sie jemals gekannt hatte.

»Wenn du jetzt mit mir in dieses Auto steigst und losfährst, wird das möglicherweise dein ganzes Leben verändern. Und damit meine ich bestimmt nicht zum Besseren.«

»Ach, nein? Sondern?«, fragte ich, obwohl ich die Antwort bereits kannte.

»Du könntest massive Probleme mit dem Gesetz bekommen, schließlich bist du gerade mit der Staatsfeindin Nummer 1 auf der Flucht. Von der Lebensgefahr durch die Russen ganz zu schweigen.« Sie atmete tief durch. »Du musst das nicht tun. Ich bin dir dankbar, dass du an mich geglaubt hast und mir hilfst. Aber –.« Ich hielt meine Hand vor ihren Mund und schob sie weiter in Richtung des BMW.

»Und du meinst, du könntest mich so um die Story deines Lebens bringen?«, fragte ich und wunderte mich selbst über die Lockerheit in meiner Stimme. »Das kannst du getrost vergessen. Und jetzt schwing deinen Hintern in den Wagen und lass uns losfahren.« Sie erwiderte mein wahrscheinlich dümmlich wirkendes Lächeln und nickte. Dann ließ sie sich auf den Beifahrersitz fallen, nachdem sie mir bedeutet hatte, auf der Fahrerseite einzusteigen. »Okay«, sagte ich und stellte den Rückspiegel ein, in dem ich für einen kurzen Moment zum ersten Mal Jacks wahnsinnig hübsches Gesicht richtig sehen konnte, da sie das Kopftuch abgenommen und die Innenbeleuchtung angestellt hatte. »Und wohin fahren wir?« Erwartungsvoll schaute ich sie an.

»Nach Hause. Ich möchte unser Dorf noch einmal sehen.« Damit hatte ich überhaupt nicht gerechnet. Würden sie dort nicht als Erstes nach uns suchen? Und wie hörte sich das überhaupt an: unser Dorf noch einmal sehen? Gab es außer unseren Verfolgern noch etwas, was sie verschwieg? Rechnete sie etwa damit, nicht mehr lange zu leben? War sie vielleicht todkrank? Oder lebensmüde? Es war mir schleierhaft, doch ich vertraute ihr und hoffte, sie wüsste, was richtig und was zu tun wäre. Auch wenn ich immer noch keine Ahnung hatte, wer da eigentlich neben mir im Wagen saß. Ich seufzte, was Jack scheinbar nicht mitbekommen hatte, jedenfalls reagierte sie nicht darauf. Ich startete den Motor und fuhr los. Jetzt lagen genügend Zeit und Ruhe vor uns, um all meine Informationsdefizite auszugleichen. Die Ahnung, gleich etwas Schlimmes über sie zu erfahren, mischte sich mit der Abenteuerlust wegen des vor uns liegenden Roadtrips und ergab in der Mischung eine kaum definierbare emotionale Suppe, die mir schwer im Magen liegend hin- und herschwappte.

***

Es brauchte einige Zeit, bis ich mich mit dem Automatikgetriebe arrangiert hatte, war ich doch bislang nur Autos mit Schaltung gefahren. Im Gegensatz zur allgemeinen Behauptung empfand ich die Umstellung darauf anfangs nicht als einfach, wie man es erwarten würde, wenn etwas ›automatisch‹

funktionierte. Das fing beim linken Fuß an, mit dem ich natürlich schon nach wenigen Metern eine Vollbremsung einleitete, als ich damit die Kupplung treten wollte. Die Buchstaben D, R, N und irgendwelche Zahlen auf dem Wahlhebel verkomplizierten es zusätzlich.

»Wir müssen noch kurz beim Hauptbahnhof rumfahren«, sagte Jack, nachdem ich Herr über den BMW geworden war und uns geschmeidig durch die nächtlichen Straßen Berlins steuerte. In ein bis zwei Stunden würde die Morgendämmerung einsetzen. Es wunderte mich, wie die Zeit verflogen war.

»Kein Problem. Was willst du denn da?«

»Ich habe etwas Wichtiges in einem Schließfach deponiert«, wich mir Jack aus. »Das muss ich noch abholen, bevor wir weiterfahren.«

»Okay«, sagte ich nur, anstatt nachzubohren, welche geheimnisvollen Dinge sie trotz unserer misslichen Lage noch unbedingt haben müsste. Kurz ging mir durch den Kopf, dass sie dort möglicherweise eine Schusswaffe gebunkert hatte, um sich in einem Fall wie diesem verteidigen zu können. Der Gedanke daran brachte meine Nackenhaare dazu, sich aufzustellen. Wiederholt stellte ich mir die Frage, wer diese Frau war, beziehungsweise, was aus ihr geworden war. Und zum ersten Mal, seit ich sie, oder, wie Jack sagte, seit sie mich gefunden hatte, war ich mir unsicher, ob ich die ganze Wahrheit überhaupt wissen wollte, überhaupt ertragen könnte.

»Am besten, du wartest hier auf mich«, sagte sie etwas später, als ich wie durch ein Wunder einen freien Parkplatz in der Nähe des Bahnhofs gefunden hatte.

»Ich kann doch auch –.« Doch sie war schon aus dem Wagen gesprungen und losgelaufen, bevor ich den Motor abgestellt hatte. Ich sah ihr hinterher, sah, wie sie sich das Kopftuch wieder aufsetzte und einen Mund-Nasen-Schutz anlegte. Wenn auch höchst nervig, weil man darunter einfach nicht frei atmen konnte, hatte er in unserer Situation doch den Vorteil, dass wir uns dadurch ein Stück weit unauffälliger fortbewegen konnten. Zwar war ich kein begnadeter Techniker, dennoch war mir klar, dass jede Gesichtserkennungssoftware, also auch die, die zur Überwachung des Hauptbahnhofs seitens der Polizeibehörden genutzt wurde, einen verdammt schlechten Stand hatte, wenn sie nur auf ein Viertel der normalen Gesichtsfläche Zugriff erhielt. Von daher machte ich mir zumindest keine Sorgen, dass Jack von den automatisierten Kontrollen der Cops erkannt werden würde. Was mich allerdings ein wenig nervös machte, war die Tatsache, dass sich um diese Uhrzeit wenig Leute hier herumtrieben. Falls Jack also von Streifenpolizisten überprüft werden würde – was bei ihrem muslimisch wirkenden Outfit und dem, aller offiziellen Beteuerungen zum Trotz, von einigen Polizisten betriebenen ›racial profiling‹ nicht unmöglich wäre – könnten sie schnell darauf kommen, mit ihr die zur Zeit meistgesuchte Frau Deutschlands vor sich stehen zu haben. Wenn die betreffenden Cops dann noch ein wenig jünger und unerfahren wären, könnte es schnell eskalieren. Nein, das dürfte nicht passieren, sagte ich mir, stieg aus und lief ihr hinterher in Richtung des Bahnhofgebäudes.

Tatsächlich hielten sich verhältnismäßig wenig Menschen hier auf, vor allem im Vergleich zu einem

Wochenende, wo der Bahnhof gegen Nachmittag doch eher einem gigantischen Bienenstock ähnelte und gefühlt Millionen Menschen herumschwirrten. Die Ansagen auf den Gleisen, Gespräche der Menschen, Fahrgeräusche der ankommenden und abfahrenden Züge und sämtliche Hintergrundmusik aus tausenden Lautsprechern der zahllosen Geschäfte simulierten auch das Summen nahezu perfekt, dafür musste man kein Imker sein.

Zwar boten die eher wenigen Menschen nur eine reduzierte Deckung vor unseren Verfolgern, hatten aber den Vorteil, dass ich noch sah, wie Jack eine Rolltreppe zum ersten OG hochfuhr. Sie war fast oben angekommen. Ich schaute zur rechten Seite der Rolltreppe, dahin, wo ich von Schließfächern wusste, die sich in großer Zahl zwischen einem Buchladen und einem kleinen Supermarkt befanden. Das kann doch wohl nicht wahr sein, durchschoss es mich, als ich am anderen Ende der Galerie, auf der sich Jack bewegte, tatsächlich zwei Uniformierte sah, einen Mann mittleren Alters und eine jüngere Frau von höchstens 25, die sich nach links auf die Schließfächer und damit auf Jack zubewegten. »Verdammt!«, fluchte ich vor mich hin und rannte los, auf eine andere Rolltreppe zu, an deren oberem Ende ich zwischen den Schließfächern und den beiden Cops ankommen würde. Was ich dann dort machen würde, müsste mir in den nächsten Sekunden einfallen. Je näher ich der oberen Plattform und somit den Uniformierten kam, desto besser erkannte ich an deren Abzeichen, dass es Angestellte des Sicherheitsdienstes waren und somit keine Cops, die vor Dienstbeginn sämtliche Phantombilder und Fotos der Fahndungsdatei auswendig gelernt hatten.

Erleichtert atmete ich aus und schlenderte möglichst unauffällig zu den Schließfächern, wobei ich vor der Schaufensterscheibe der Buchhandlung stehenblieb und mir einen Überblick über die derzeit angesagte Literatur im Belletristikbereich machte. So sollte es jedenfalls den Anschein machen, denn in mir jagten die Gedanken und Hormone derart herum, dass ich mir überhaupt keinen Kopf hätte machen können über etwaige Bestseller, die es sich eventuell zu lesen lohnen würde. Ich zuckte etwas zusammen, als ich merkte, wie hinter mir ein Schatten vorbeihuschte und ebenfalls in den Bereich mit den Schließfächern trat. Langsam neigte ich den Kopf nach rechts, sodass ich um die Ecke ins Innere des Bereichs sehen konnte, und schluckte. Jack hielt mit einer Hand den Schlüssel in der Höhe des Schlosses, starrte jedoch mit weit geöffneten Augen in Richtung des Mannes, der ihr jetzt in etwa fünf Metern Abstand gegenüberstand. Entweder hielt er ihr eine Waffe vor die Nase oder sie erkannte den Mann. Oder beides. Auf jeden Fall waren meine Nerven zum Zerbersten gespannt, doch wusste ich mir nicht zu helfen. »Ein toller Held bist du«, flüsterte ich vor mich hin, gedanklich hektisch nach einer Lösung suchend.

»So sieht man sich wieder, Nadja«, hörte ich den Mann mit hartem, russischem Akzent sagen. »Oder soll ich dich doch lieber Jacqueline nennen, du Verräterin?«

»Nenn mich, wie du willst, Sergej, und nun bring es zu Ende«, erwiderte sie und fügte etwas auf Russisch hinzu, das ich nicht verstand.

»Da«, sagte er und hob den Arm, an dessen Ende ich nun die Pistole erkannte. Doch bevor er abdrückte, warf ich einen Standaschenbecher gegen die

Schaufensterscheibe der Buchhandlung, was sie zwar nicht zum Zerbersten brachte, aber laut genug schepperte, um die Aufmerksamkeit auf mich zu lenken. Die beiden Leute des Sicherheitsdienstes beschleunigten prompt ihren Gang.

»Der Mann hat eine Waffe!«, schrie ich und zeigte aufgeregt auf den Durchgang zu den Schließfächern, aus denen stöhnende Geräusche zu mir drangen. Diese Warnung verstanden die Security-Mitarbeiter leider als Aufforderung, sich nicht weiter zu nähern. Hektisch berieten sie über ihr Vorgehen. Im nächsten Moment kam mir Jack mit Schweiß auf der Stirn, hochrotem Kopf und einem entschlossenen Gesichtsausdruck entgegengelaufen.

»Danke, du hast mich gerettet«, keuchte sie und zupfte an meinem Ellbogen.

»Gern, aber wie hast du ihn ausgeschaltet?«, wollte ich wissen.

»Er hätte mich halt nicht Jacqueline nennen sollen. Und nun beeil dich, wir müssen weg!« Das ließ ich mir nicht zweimal sagen und rannte ihr hinterher, die nächste Rolltreppe nach unten, was sich als schwierig entpuppte, da sie die Leute nach oben transportierte, wir also mehr springen mussten, als rollen zu können. Bei einem Blick über die Schulter sah ich, wie sich immer mehr Leute dort versammelten, wo ich eben noch vor jemand Bewaffnetem gewarnt hatte. Einige hatten bereits ihr Smartphone gezückt und machten eifrig Videos oder Fotos von der plötzlichen Aufregung. Niemand schien darüber nachzudenken, dass es gefährlich sein könnte. Kopfschüttelnd rannte ich weiter, sah noch einmal hoch. Am anderen Ende, dort, wo ich vorhin die beiden Sicherheitsmitarbeiter gesehen hatte, tauchten jetzt zwei Beamte auf, die ich zweifelsfrei als Polizisten erkannte. Mir gefror das Blut in den Adern.

»Was ist los?«, schrie mir Jack zu, als sie mitbekam, dass ich kurz vor dem Ausgang stehengeblieben war und zurückschaute.

»Ich, ich«, stammelte ich nur, »ich kann nicht mit dir gehen.« Dann erst folgte sie meinem Blick, der immer noch auf die Galerie gerichtet war.

KAPITEL 28

Morgenstund hat Gold im Mund am Arsch, dachte sich Philip, als er von seinem Smartphone geweckt wurde, das neben dem Bett lag. »Verdammt, es ist doch noch mitten in der Nacht«, pöbelte er, als er die tiefe Dunkelheit durch das Schlafzimmerfenster sah, das nur von ein paar Sternen und dem abnehmenden Mond aufgelockert wurde. Genervt nahm er das Gerät in die Hand und rieb sich die Augen. Nachricht von Lennard, las er und der Nervstatus stieg weiter an. »Was willst du Schwachmat um diese Uhrzeit von mir?«, fragte er ins Nichts und wischte auf dem Display herum.

Sämtliche Müdigkeit verflog wie im Nu und mit einem Mal fühlte sich Philip so wach, als hätte er gerade eine mächtige Nase Koks geschnupft.

»Habe sie gefunden. Sind auf dem Weg zu dir und gegen 8 Uhr da. Bringen Schrippen mit.« Danach folgte ein Zwinkersmiley und ein Nachsatz. »Erzähl bitte niemandem davon! Es ist sehr ernst, ohne Scheiß!«

»Das kann doch wohl nicht wahr sein, willst du mich verar-?« Ein weiteres Ping unterbrach ihn und auf seinem Display erschien ein Foto, das zunächst vollkommen verwaschen war, sich dann jedoch scharf stellte. Mit offenem Mund starrte Philip auf das in einem Auto geschossene Selfie, das neben seinem alten Freund Lennard eine attraktive, schwarzhaarige Frau zeigte. Und Philip brauchte keinen zweiten Blick, um darin ganz deutlich Jack zu erkennen. Das bewies allein ihr unverkennbares Lächeln. »Du gottverdammter Hurensohn! Du hattest doch recht. Ich fasse es nicht!«

Lachend sprang er aus dem Bett und stellte sich unter die Dusche.

Auch nach der Erfrischung und einem ersten Kaffee, den er sich auf den Schreck gekocht und schon zur Hälfte ausgetrunken hatte, konnte er es immer noch nicht fassen. Philip wusste gar nicht, was er jetzt zuerst machen sollte. Musste er putzen, die Toilette saubermachen? Schließlich hatte er länger keinen Damenbesuch mehr empfangen. »Unglaublich«, murmelte er vor sich hin und versuchte, einen anspruchsvollen Frühstückstisch herzurichten. Irgendwie staute sich eine Energie in ihm auf, die hinaus wollte. Kurz überlegte er, eine Runde Joggen zu gehen, was er sofort kopfschüttelnd verwarf, denn stupides Herumlaufen ohne Ziel kam ihm schon immer suspekt und unnötig vor. Er trieb zeit seines Lebens Sport, allerdings meist auf wettkampfmäßige Sportarten wie Fußball, Handball oder auch die technischen Disziplinen in der Leichtathletik beschränkt. Schließlich entschied er sich dafür, noch ein oder zwei Stunden am Trabi herumzuschrauben, und wer weiß, vielleicht könnte er Jack und Lennard später noch zu einer Spritztour durch die Wälder einladen. Doch vorher musste er ein Telefonat führen. Nach dem zweiten Klingeln meldete sich eine warmherzige Stimme und säuselte:

»Kosmetikstudio Wallner, was kann ich für Sie tun?«

»Guten Morgen, eine Frage, ist Karen heute im Dienst?«

»Sie haben Glück, dass Sie um diese Uhrzeit schon jemanden hier erreichen. Einen Moment, ich gucke«, erwiderte sie leicht kichernd. »Ja, sie ist heute da, aber leider kann ich Ihnen keinen Termin bei ihr anbieten, sie ist ausgebucht. Soll ich bei den anderen Mitarbeiterinnen nachschauen, Herr -?«

»Nein, wenn, dann will ich zu ihr. Ich melde mich später noch einmal. Danke.« Mit diesen Worten drückte er das Gespräch weg, trank den letzten Rest aus der Tasse, bevor er sie wieder füllte, und ging in die Werkstatt. Heute würde ein guter Tag werden.

***

Isabell war schon lange zu Hause und fast schon im Bett, als sie den Anruf ihrer Dienststelle erhielt. Kurzfristig hatten sich einige Kolleginnen und Kollegen krank gemeldet, daher fuhr sie wieder hin und hängte mit Paul, der die ganze Zeit über im Büro geblieben war, noch eine Extraschicht an. Arbeitszeitschutzgesetz und Polizei in einem Satz waren seit jeher ein Oxymoron; ähnlich verhielt es sich bei Krankenhausärzten, von denen ebenfalls ewig lange Dienste abverlangt wurden, wenn sie nicht gerade die Chefarztposition bekleideten.

Isabell kam das genau recht, da sie momentan eh nichts zu Hause hielt, sie im Gegenteil froh darüber war, so weit wie möglich weg zu sein, von allem, was sie an Lennard erinnerte. Das komische Gefühl, das sie seit Wochen mal mehr und mal weniger durchzog, meldete sich gerade mit besonderer Heftigkeit; das Gefühl, das sie in ihrem Leben immer dann beschlichen hatte, wenn eine Trennung bevorstand. Ein siebter Sinn quasi, auf dessen bisherige Zuverlässigkeit sie gern verzichtet hätte. Vielleicht täuschte es sie ja dieses Mal.

Damit sie nicht weiter vom unterschwelligen, monotonen Brummen der Klimaanlage eingeschläfert wurden, hatte Paul die Initiative ergriffen und Isabell von einem Außeneinsatz überzeugt.

»Egal«, antwortete er auf ihren Einwurf, dass um diese Zeit doch eh niemand auf der Straße wäre, den es sich zu greifen lohnte. »Dann gucken wir beim Hauptbahnhof nach, da finden wir bestimmt was. Ansonsten holen wir uns dort einen Kaffee von Starbucks, der ist um Längen besser als unserer hier.«

»Okay, aber du zahlst die Plörre.«

»Ehrensache«, erwiderte er.

Etwas später standen sie bereits am Ecktisch des gerade geöffneten Cafés und beobachteten die Passanten, die am Laden vorbeigingen. Die wenigsten wirkten gestresst; es schien, als würde das ganze Leben wie in Zeitlupe ablaufen.

»Schon eine besondere Zeit«, sinnierte Paul. Isabell sah ihn an und schüttelte den Kopf, denn ihr war klar, dass er auf die Pandemie anspielte, die ihr und allen mittlerweile gehörig auf den Geist ging. Leider interessierte das das Virus nicht, das sich trotzdem munter weiterverbreitete.

»Wenn du als Nächstes sagst, dass Corona wie ein Brennglas wirkt, hau ich dir eine rein«, erwiderte Isabell, woraufhin erst Paul, dann auch sie lachen mussten. Brennglas war im Jahre 2020 gefühlt das meistbenutzte Wort im Zusammenhang mit der Pandemie und deren Auswirkungen auf die Zustände in der Gesellschaft. Ein Wort, das viele nicht mehr hören konnten.

Ein schepperndes Geräusch unterbrach ihre kleine Neckerei.

»Was war das? Eine Scheibe? Wollen wir nachgucken?«, fragte Paul, machte aber keine Anstalten, aufzustehen. Isabell zuckte gerade die Schultern, als sie jemanden »Der Mann hat eine Waffe!« rufen hörten. Sofort sprangen sie auf und setzten sich in Bewegung.

»Warte«, sagte er zu Isabell, die schon vom Gehen ins Laufen wechselte, trank noch einen schnellen Schluck, warf den Becher weg und versuchte, mit seiner Kollegin Schritt zu halten.

»Polizei! Was ist hier los?«, rief sie, als sie den Menschenpulk von etwa zehn Leuten erreichte, der sich vor den Schließfächern versammelt hatte. Sie hielt beide Hände vor den Körper; in der einen trug sie ihre Dienstwaffe, mit der anderen hielt sie deutlich sichtbar ihren Dienstausweis.

»Achtung!«, rief eine Frauenstimme aus der Menge, die sich fast entzückt anhörte, dann tauchte zwischen den Menschen ein Mann auf, der direkt auf Isabell und Paul zurannte.

»Pass auf!«, schrie jetzt Paul und wich ihm aus, doch da hatte der Mann Isabell bereits mit der Schulter heftig angerempelt, sodass sie gegen die durchsichtige Scheibe des Geländers geschleudert wurde, das die Galerie absicherte. Sie verlor den Halt und schlug unsanft mir dem Kopf auf den Boden.

»Aarrgh«, schrie sie auf und es kam ihr vor, als wäre sie mit einem LKW kollidiert. Nur den Bruchteil einer Sekunde später peitschte ein Knall mit markerschütternder Lautstärke in ihr Ohr. Dem höllischen Schmerz folgte ein Piepen. Ansonsten war alles still, bis auf diesen gleichmäßigen Piepton. Sie blickte an sich hinunter, versuchte, in sich hinein zu spüren, wo sie den Schuss abbekommen hatte. Den Schmerzen nach könnte es sie überall am Rumpf aber auch am Schädel erwischt haben. Doch sie fand nichts, konnte nichts ertasten. Wie in Zeitlupe wandte sie sich ihrem Kollegen zu, der sich auf den Fliesen neben ihr krümmte. Im selben Moment ließ das Piepen langsam nach und die Schreie der Menschen übernahmen das Kommando über Isabells Gehör. »Paul«, keuchte sie, rollte sich zu ihm und presste die Hand auf seinen Bauch. »Wir brauchen einen Notarzt!«, schrie sie panisch und sah entsetzt, wie sich sein azurblaues Hemd verdunkelte, sein Blut durch ihre Finger quoll. »Schnell!« Sie wusste nicht, was sie sonst tun sollte. Nur selten in ihrem Leben hatte sie sich so hilflos gefühlt, wie in diesem Moment. Sie schaute sich um, suchte die Umgebung ab. »Wo zum Teufel bleibt der Arzt?«, rief sie mit sich überschlagener Stimme, dann wanderte ihr Blick nach unten zum Ausgang. Mit einem Mal schien das Leben um sie herum und auch ihr Herz stillzustehen. »Lennard?«, fragte sie fassungslos. Dann drehte sich ihr Freund um und folgte einer Frau nach draußen.

KAPITEL 29

Warum lief ich einer Frau hinterher, die ich jahrelang nicht gesehen hatte und von der ich genau genommen nichts wusste? Warum rannte ich nicht hoch zu meiner Freundin, deren Kollege gerade erschossen worden war?

»Du wolltest doch nicht mitkommen?«, rief mir Jack zu, die ich mittlerweile eingeholt hatte. Wortlos und mit Tränen in den Augen überholte ich sie, während ich den Schlüssel aus der Tasche holte und den Wagen per Funk öffnete.

»Das war Isabell, meine Freundin.«

»Ach du Scheiße«, erwiderte Jack. »Die Polizistin?« Ich nickte. »Verdammt, ich verstehe, wenn du jetzt aussteigst. Dazu würde ich dir sowieso raten. Wenn du mir nur das Auto –.«

»Nein, ich komme mit«, sagte ich trotzig. »Ihr ist nichts passiert«, fügte ich hinzu, mehr, um mich selbst zu bestätigen. Aber das funktionierte nur so halbwegs, denn auch wenn sie nicht angeschossen wurde, hatte der Typ, der es ursprünglich auf Jack abgesehen hatte, schließlich ihren Kollegen Paul erwischt.

»Nein«, bestätigte auch Jack, »aber dem anderen.« Atemlos erreichten wir den BMW. Sie ging auf die Fahrerseite und bedeutete mir, rechts einzusteigen. »Du bist zu aufgebracht, um zu fahren.«

»Wer war der Typ? Woher kennst du all diese Killertypen?«, schrie ich sie über das Wagendach hinweg an.

»Steig ein, dann erklär ich dir alles.«

»Lass hören«, sagte ich. Jack räusperte sich, bevor sie anfing.

»Ich kann dir natürlich auch nur das erzählen, was ich weiß. Ob sich dadurch dein Puzzle zusammenfügen wird, kann ich dir nicht versprechen.«

»Auf den Versuch lasse ich es ankommen.« Im Hintergrund hörten wir sich nähernde Sirenen und ich schickte ein Stoßgebet zum Himmel, dass die Rettungskräfte noch rechtzeitig eintreffen würden. Ansonsten würde ich Isabell nie wieder unter die Augen treten können.

Wir entfernten uns vom Hauptbahnhof, von Isabell und aus Berlin Mitte in Richtung Norden.

»Okay«, sagte Jack seufzend, als wir kurz vor Weissensee auf die B2 fuhren, von der wir später auf die A11 wechseln würden. »Soll ich erzählen oder willst du mir Fragen stellen?« Gerade hatten wir in den Nachrichten von der Schießerei am Hauptbahnhof gehört, bei der ein Polizist angeschossen wurde. Nicht erschossen, dachte ich dabei, nur angeschossen. Der unbekannte Täter, ein Mann um die 30, etwa 1,80 m groß, mit kurzen, dunklen Haaren, hätte flüchten können. Über die Homepage wäre in Kürze ein Phantombild von dem Mann zu sehen, informierte der Sprecher. Ich schüttelte mich, als ich noch einmal die Situation vor den Schließfächern durchging, die ungefähr 30 Minuten zurücklag; in der ich erst große Angst um Jack hatte und kurz darauf dieselbe um Isabell, die beiden wichtigsten Frauen in meinem Leben, gleich nach meiner Mama.

»Wir sind hier nicht bei einem Verhör«, antwortete ich angespannt. Falls Jack meine Fragen nicht beantworten würde, könnte ich sie immer noch stellen.

Ich sah zu ihr und beobachtete ihr Gesicht. Sie war ebenfalls nicht entspannt, denn ich konnte deutlich sehen, wie die Muskeln unter ihrer Haut arbeiteten. So sah es also aus, wenn man von einer versteinerten Miene sprach, ging mir bei dem Anblick durch den Kopf. Doch im nächsten Moment waren alle nebensächlichen Gedanken aus meinem Kopf wie ausradiert. Zu sehr schockierte mich Jack.

»Mein Vater hat mich sexuell misbraucht«, sagte sie langsam. Jedes einzelne Wort fühlte sich für mich an wie ein Schlag in die Magengrube. Sie merkte, dass ich etwas entgegnen wollte, legte ihre Hand auf meinen Unterarm und drückte kurz zu. »Lass mich einfach erzählen. Es wird noch schlimmer.«

»Okay«, erwiderte ich und nickte. Sie nahm die zweite Hand wieder ans Lenkrad.

»Das ging bestimmt ein paar Monate so, ganz genau kann ich es nicht sagen, weil ich das meiste davon verdrängt habe«, erzählte sie mir. »Manchmal wollte ich mich umbringen und manchmal ihn, aber dafür war ich zu feige. Und außerdem dachte ich, dass ich das meiner Mom nicht antun könnte. Pff«, endete sie spöttisch. »Dazu erzähl ich dir nachher noch mehr.« Sie lachte kurz auf. Trocken und humorlos. »Na ja, ich hab mich nach jedem Mal, wenn er abends bei mir war, um mir zu zeigen, ›wie lieb er mich doch hätte‹, aus dem Haus geschlichen und bin zu euch auf den Heuboden. Du weißt schon, dort, von wo aus wir im Sommer immer nach draußen in den großen Heuhaufen gesprungen sind.«

»Ja«, sagte ich, doch ich bekam gerade gar nicht richtig mit, was sie erzählte. Ihre ersten Worte waberten immer noch in meinem Kopf wie dunkle

Wolken. Jacks Vater! Wenn ich darüber jetzt nachdachte, mit Abstand, fielen mir einige Dinge ein, die mir damals schon etwas komisch vorkamen. Zum Beispiel die Art, wie er mit seiner Tochter umging und wie er sie anfasste. Aber ich wäre nie auf so eine abscheuliche Sache gekommen. Ich dachte in der Tat, er hätte sie einfach nur besonders lieb.

»An einem dieser Abende kam dein Dad zufällig noch einmal dort rein und fand mich. Da ich so laut weinte, hatte ich ihn erst gar nicht gehört.« Sie zuckte mit den Schultern und ich sah, wie sich ihre Gesichtszüge entspannten. »Vorab: Dein Dad war ein toller Vater, ich wünschte, ich hätte zur Beerdigung kommen können.« Eine kurze, aber nicht unangenehme Pause entstand, die sich fast anfühlte wie eine Schweigeminute für Richard Bruckmann. »Jedenfalls hab ich ihm an diesem Abend mein Herz ausgeschüttet, woraufhin er sofort zu meinem Vater wollte und ihm die Meinung geigen.« Etwas Stolz schwoll in mir an, wobei ich mir Paps gar nicht vorstellen konnte als Rächer. Dazu war er doch viel zu gutmütig. Andererseits, wenn ich an die Situation dachte, in der er Mutschke am Kragen gepackt hatte, steckte vielleicht doch ein Kämpfer in ihm. Nur etwas tiefer vergraben halt. »Er schlug auch vor, die Polizei oder das Jugendamt einzuschalten oder meine Mutter und mich in ein Frauenhaus zu bringen. Doch davor hatte ich viel zu viel Angst und hab ihn gebeten, nichts zu unternehmen. Du weißt ja, dass mein Vater Anwalt ist, daher war ich mir sicher, dass er einen Weg finden würde und ohne Schaden aus der Sache rauskäme. Und mir war klar, dass er es irgendwann an mir oder Mama auslassen würde. Er war sehr schnell mit der Hand, falls du verstehst?«

»Er hat euch geschlagen?«

»Oh, ja, aber dabei passte er immer auf, dass keine sichtbaren Verletzungen entstanden. Auf der anderen Seite, wenn er mal nicht das sadistische oder perverse Schwein war, gab er den perfekten Vater und Ehemann ab, sodass meine Mama immer wieder auf ihn reingefallen ist und ihn verteidigt hat. Sie hat den kranken Typen wirklich geliebt und er wusste, dass sie alles für ihn tun würde. Restzweifel spülte sie mit Alkohol runter.« Wieder dachte ich an einige Situationen, in denen ich Jacks Eltern erlebt hatte, und es schockierte mich, wie dicht vor meinen Augen sich dieses Drama abgespielt hatte. Denn auch das Alkoholproblem der Mutter war keine Neuigkeit für mich. Aber wie weit reichte die Verantwortung von Elf- oder Zwölfjährigen? Wenn selbst die Nachbarn, Verwandten oder Lehrer nichts unternahmen, obwohl sie das doch mitbekommen haben mussten. Oder etwa nicht? Darauf fand ich keine Antwort, hörte aber weiter aufmerksam zu. »Dein Paps musste mir versprechen, nichts zu unternehmen und niemandem davon zu erzählen, was er sicher eingehalten hat, jedenfalls ersteres.«

»Ich denke nicht, dass er davon irgendwem erzählt hat. Mir auf jeden Fall nicht, und ich wüsste niemanden, dem er so nahe gestanden hat, dass er ihn eingeweiht hätte.«

»Na ja, jedenfalls kam es so, dass ich vier- oder fünfmal eine ›Therapiestunde‹ bei deinem Dad abgehalten habe. Und lach jetzt nicht, für mich war das sehr wichtig, gab mir den Halt, den ich brauchte, und das Rückgrat, das notwendig gewesen war, um nicht aufzugeben.«

»Mir ist überhaupt nicht zum Lachen zumute«, gestand ich und wollte einfach nur wissen, wie es weitergegangen war.

»Deinem Dad fielen die Narben an meinen Oberarmen auf, du weißt schon, von denen ich euch erzählt habe, dass sie von den Dornenbüschen stammten.«

»Mh«, machte ich und es kam mir vor, als ob es gestern gewesen wäre. Wie konnte ich nur so leichtgläubig sein? Ich schämte mich fast etwas dafür, so viel Zeit mit ihr verbracht zu haben, ohne die geringste Ahnung davon zu bekommen, was für einen Scheiß sie durchmachte.

»Ihm war sofort klar, dass ich mich ritzte und er meinte, wir müssten etwas unternehmen, weil er es nicht länger mit seinem Gewissen vereinbaren könnte, wenn ich weiter diesem Kerl ausgeliefert bliebe. Bis dahin allerdings war auch schon bei mir die Erkenntnis gereift, dass ich da raus musste, wenn ich nicht als vollständiges Wrack enden wollte. Ich schwärmte ihm vor, dass ich gern in England oder den USA leben würde, vielleicht in Hollywood oder in London.«

»Ja, das weiß ich noch, wie du immer vom ›American Way of Life‹ geschwärmt hast. Du hattest sogar T-Shirts mit dem Wappen drauf und hast nur noch *Springsteen* und sowas gehört«, ergänzte ich in einem Anflug von Nostalgie.

»Ich hatte auch Sticker auf meiner Federmappe und fast all meinen Jacken.« Ihre Lippen formten sich kurz zu einem schelmischen Lächeln, bevor sie weiter erzählte: »Aber dein Dad sagte sofort, dass er mir in dieser Richtung nicht helfen könnte und er das auch für keine gute Idee hielte. Er hatte Sorge, dass ich dort nicht für längere Zeit untertauchen könnte, ohne dass es jemandem auffiele. Solange ich nicht unter irgendwelchen Brücken hausen wollte, hat er damals noch gesagt.« Wir sahen uns kurz an, die Verkehrslage ließ es gerade zu. Da war sie langsam wieder, die alte Jack; die mit den frechen Augen über dem warmen Lächeln. Doch mir war klar, dass ich bei weitem noch nicht alles erfahren hatte.

»Und was schlug Paps stattdessen vor?«

»Er sagte erstmal, dass er darüber nachdenken müsse, und wir verabredeten uns für eine Woche später. Es war schon komisch, dass ich an dem Freitag zu euch bin, ohne vorher von meinem Vater – du weißt schon. Ich hatte große Hoffnung in deinen Dad gesetzt, und er hatte sich wirklich mehr als Gedanken gemacht.«

»Ich bin gespannt.«

»Geduld, ich komm sofort dazu.« Sie neigte sich zu mir, griff nach der Wasserflasche, die neben meinen Füßen stand, und trank einen Schluck. Auch ich nahm einen, bevor ich sie zurück in den Fußraum stellte.

»Also?«

»Dein Dad erzählte mir, dass er Sozialarbeiter war, bevor er wegen seiner Krankheit berufsunfähig geworden ist.«

»Ja, davon weiß ich auch nur noch aus Erzählungen. Kurz nach dem Tod meiner Mutter wurde es schlimmer mit ihm und bald darauf blieb er dann zu Hause. Ich kann mich gar nicht mehr daran erinnern, dass er mal zur Arbeit gefahren ist.«

»Jedenfalls meinte er zu mir, dass er vor dem Zusammenbruch der Sowjetunion ein paar Jahre in Minsk gearbeitet hatte.«

»In Weißrussland?«, fragte ich mit hochgezogenen Brauen. Was würde ich wohl noch alles über Paps erfahren?

»Ja, aber das heißt heute Belarus«, erklärte sie mir nebenbei. »Aus dieser Zeit hatte er einen Bekannten, einen gewissen Alexander, und mit dem hatte er schon Kontakt wegen mir aufgenommen. Dieser Alexander arbeitete in einem Kinder- und Jugendheim, das Waisen und ausgesetzte Kinder aufnahm und nach den Erfahrungen deines Vaters auch ziemlich gut behandelte.« Sie warf mir einen Seitenblick zu. »Da vorn kommt `ne Tanke, ich könnte einen Kaffee gebrauchen. Wie ist es mit dir?«

»Oh, ja, einen starken.«

Kurz darauf hielten wir etwas abseits des Tankshops, damit niemand zufällig an uns vorbeiging und uns erkannte.

»Wartest du hier?«

»Nein, ich muss aufs Klo, aber komm mal etwas rüber.« Es dauerte einen Moment, bis sie verstand, dass sie sich zu mir herüberneigen sollte, damit sie mit auf das Foto kam, das ich machen wollte.

»Für wen ist das? Sicher nicht für deine Freundin.« Die Erwähnung von Isabell versetzte mir einen kleinen Stich ins Herz und mein schlechtes Gewissen brandete auf, dass ich jetzt nicht bei ihr war, um sie zu unterstützen. Da ich aber Teil des Problems war, wodurch sie und vor allem Paul – ich hoffte wirklich sehr, dass er überleben würde – überhaupt erst in diese

Situation geraten waren, war es vermutlich besser, nicht bei ihr zu sein. Das zumindest redete ich mir ein.

»Nein, das ist für Philip. Wenn ich ihm das nicht als Beweis schicke, glaubt er mir nie, dass ich dich – dass wir uns gefunden haben.«

»Alles klar, schreib ihm doch, dass wir das Frühstück mitbringen und er sich schon mal frischmachen soll. Duscht er eigentlich immer noch so ungern wie früher?«, fragte sie frech und verschwand in Richtung Tankstelle, ohne meine Antwort abzuwarten, an der ich eh etwas länger hätte arbeiten müssen. Woher zum Teufel sollte ich über Philips Hygiene-Level Bescheid wissen?

Der Kaffee war schwarz, stark und gut. Und er wirkte sehr schnell, was ich begrüßte, denn langsam machte sich der lange Tag bei mir bemerkbar und auch Jack hatte sich unterwegs ein paar Mal gähnend die Hand vor den Mund gehalten.

»Also, wir waren bei Alexander und einem Waisenhaus in Belarus«, forderte ich sie auf, fortzufahren, nachdem wir wieder auf der Piste waren.

»Genau, aber ich muss noch etwas mehr ausholen: Die Idee, nach Minsk zu gehen, gefiel mir anfangs gar nicht, aber ich verstand schnell, dass mir keine Alternative blieb. Es sei denn, ich wollte weiter das Opfer meines Erzeugers sein oder es auf einen zermürbenden Kleinkrieg mit ihm hier in Deutschland ankommen lassen, bei dem sich das Jugendamt, die Gerichte und die Polizei die Klinke in die Hand geben und Zuständigkeiten hin- und herschieben würden. Dazu käme natürlich das Gerede im Ort und in der Schule. Nein, ich hatte kein Vertrauen darauf, dass ich so gut dadurch kommen würde und auch dein Dad wollte mir dahingehend keine Illusionen machen. Also beschlossen wir, dass er mich nach Minsk schaffen und in die Obhut dieses Alexanders geben würde, zu dem er großes Vertrauen hatte.«

»Und wie lief das dann ab?«

»Dazu wollte ich gerade kommen. Dein Dad wusste von unserer neugewonnenen Aversion gegenüber Stasi-Spitzeln, jeder von uns hat ja schließlich seine Eltern darüber ausgequetscht. Ihm fiel der Artikel ein, den er mal über Mutschke gelesen hatte, und darauf aufbauend schmiedeten wir den Plan.«

»Was hatte mein Paps denn mit unserem Plan zu tun? Den haben doch Philip und ich entwickelt«, sagte ich verwundert. Jack lächelte verschmitzt.

»Ja? Bist du sicher? Dann denk noch mal genau darüber nach und dir wird auffallen, dass ich uns auf den Artikel gebracht habe und ebenfalls ich es war, die die Idee mit dem nächtlichen Besuch in den Raum geworfen hat.« Meine Gedanken jagten wieder in die Vergangenheit und kreisten um die von Jack besprochenen Situationen. Und ja, tatsächlich war sie es gewesen, die uns die entscheidenden Hinweise gegeben hatte. Doch Philip und ich in unserer Testosteron-Wettkampfphase übernahmen sie sofort und schmiedeten daraus konkrete Pläne, die wir rückwirkend für unsere eigenen gehalten hatten. Okay, Jack war also durchaus schon in jungen Jahren in der Lage gewesen, die Fäden zu spinnen.

»Jetzt, wo du es sagst«, gab ich ihr recht und forderte sie mit einer Handbewegung dazu auf, weiterzusprechen.

»Nachdem wir den konkreten Plan gefasst hatten, wann und in welcher Form wir Mutschke einen

Denkzettel verpassen wollten, konkretisierte auch dein Paps meinen Exit-Plan. Der sah vor, dass ich mich, sobald die ersten Scheiben klirrten, von euch ungesehen zu Mutschkes Boot schleichen sollte, wo er auf mich wartete.«

»Mh«, gab ich zurück und bemerkte, wie tief aus meinem Inneren die Gefühle langsam wieder an die Oberfläche kamen, die mich damals monatelang beherrscht hatten. Und da ich nun wusste, dass mein Vater dahintersteckte und Jack von sich aus abgehauen war – wenn auch aus nachvollziehbarem Grund – spürte ich gleichzeitig Enttäuschung und Zorn in mir brodeln.

»Er hatte mir zuvor ein paar Sachen besorgt und in einer Reisetasche verstaut, da ich alles zurücklassen musste, damit niemand auf die Idee käme, ich wäre abgehauen. Denn dann hätte mein Vater es wieder an meiner Mutter ausgelassen, so wie er oft die eine von uns für einen Fehler der anderen bestraft hat. Jedenfalls brachte er mich mit dem Boot bis an die polnische Grenze, wo Alexander auf uns wartete. Bis zu diesem Zeitpunkt war ich mir selbst nicht sicher, ob ich das Richtige tun würde, aber ab dem Moment, als ich in seinen Wagen stieg und wir in Richtung Osten losfuhren, gab es kein Zurück mehr für mich.«

»Hast du oder hat Paps auch nur einen Moment an mich gedacht? Und an Philip und Jonas?«, fragte ich und konnte die Verletzung in meiner Stimme kaum unterdrücken. Zum wiederholten Male berührte sie mich. Ihre Hand fühlte sich warm auf meinem Oberschenkel an.

»Aber natürlich haben wir das. Darüber hatten wir sogar gestritten. Euch zurückzulassen war das

Schlimmste für mich, das musst du mir glauben. Und für deinen Dad war es eine grauenhafte Vorstellung, dass er niemals mit dir darüber reden dürfte, allein, um mich nicht in Gefahr zu bringen.«

»Glaubst du, ich hätte meinen Mund nicht halten können?«

»Glaubst du denn, dass du, dass ihr euch authentisch hättet verhalten können gegenüber meinen Eltern, der Polizei und allen anderen? So, als würdet ihr glauben, dass ich entführt und ermordet worden wäre? Sei ehrlich.« Verdammt, diesen Punkt konnte ich nicht entkräften. Ich war sicher, dass ich das nicht einmal heute gekonnt hätte. Es bestand kein Zweifel daran, dass wir uns innerhalb weniger Stunden verraten hätten.

»Nein, wahrscheinlich hätten wir das nicht.«

»Davon war auch dein Dad überzeugt und ich schließlich auch, nachdem wir, wie gesagt, sogar deswegen gestritten hatten.«

»Warst du deshalb an diesem Abend so aufgedreht?«, fragte ich vorsichtig nach, ohne den Kuss konkret anzusprechen. Vielmehr wollte ich auf ihr aufgekratztes Getue hinaus, ihre Seitenblicke, alles, was mich so verwirrt und gleichzeitig auf- und erregt hatte.

»Du hast keine Vorstellung davon, wie es damals in mir ausgesehen hat. Und, na klar war ich aufgeputscht, wie unter Drogen. Schließlich wusste ich, dass ich euch nie wiedersehen und in ein völlig neues, aufregendes aber auch einschüchterndes Leben starten würde. Aber ich vermute, du fragst eigentlich wegen unseres Kusses, richtig?« Hoffentlich schaute sie auf die Straße und nicht zu mir, denn ich spürte, wie meine Wangen heiß wurden, was ein sicheres Zeichen für einen roten Kopf war.

»Auch«, gab ich zähneknirschend zu.

»Ich war verliebt in dich. Schon seit der dritten Klasse. Aber da wir immer in unserer Gang unterwegs waren, hatte ich mich gezwungen, es zu unterdrücken. An meinem letzten Abend mit euch, mit dir, musste ich das nicht mehr, daher hab ich es einfach getan. Das, was ich schon Jahre vorher hätte tun wollen. Und ich kann dir sagen, mein Lieber, der Kuss brachte meine Entscheidung noch einmal ordentlich ins Wanken.«

»Ich fand ihn auch schön, soweit ich mich erinnere«, sagte ich, darum bemüht, beiläufig zu klingen.

»Mein Vater hätte mir den Umgang mit euch verboten, wenn er gewusst hätte, was ich für dich empfand.«

»Kommen wir wieder zu dem Abend«, lenkte ich schnell ab, denn ich fühlte mich gerade überhaupt nicht wohl damit, mit diesen alten Gefühlen konfrontiert zu werden. Und mit der Angst, dass sie wieder aufflammen könnten. »Warum das alles mit dem Mutschke? Warum habt ihr das nicht an irgendeinem anderen Tag gemacht?«

»Ganz einfach, weil dann niemand von einem Verbrechen ausgegangen wäre. So konnten wir den ersten Verdacht auf Mutschke lenken, dem es der Meinung deines Vaters nach nur recht geschehen würde, wenn die Leute sich über ihn das Maul zerrissen und er Scherereien mit der Polizei bekäme. Wobei er, also dein Dad sicher war, dass es niemals für eine Anklage reichen würde, da ihr drei den Mutschke ja sehen würdet. Somit wart ihr quasi als sein sicheres Alibi eingeplant. Ganz reibungslos ist es dann nicht gelaufen: Dein Dad meinte im Boot zu mir, dass Mutschke ihn eventuell gesehen hat, als er kurz vor uns an dessen Haus vorbeigekommen war. Er hat sich zum Glück wohl geirrt, denn ich habe nie etwas davon in den Zeitungen gelesen, die über mein Verschwinden berichtet haben.«

»Da liegst du falsch«, sagte ich, nachdem ich schnell Eins und Eins zusammengezählt hatte. Die Geldübergabe und der Streit vor Mutschkes Haus, die Hypotheken auf unser Haus und nicht zuletzt der seltsame Auftritt Mutschkes direkt bei meiner Ankunft nach Paps´ Tod. »Er hatte ihn gesehen und, wie mir jetzt klar wird, seit dieser Zeit damit erpresst. Wahrscheinlich dachte Mutschke, dass er dich entführt und ermordet hat, und ließ sich sein Schweigen über dieses vermeintliche Wissen jahrelang von Paps bezahlen.« Zum ersten Mal sah ich Überraschung in Jacks Gesicht.

»So ein Schwein!«

»Das wussten wir doch immer«, bestätigte ich.

»Wobei er mir auch viel Geld mitgegeben und diesem Alexander ebenfalls etwas zugesteckt hat. Jedenfalls musste ich ihm versprechen, dass ich mich an den Jahrestagen irgendwie bei ihm melden würde, damit er wüsste, dass es mir gut ging. Würde keine Meldung kommen, wollte er sofort zur Polizei gehen und eine Suchaktion nach mir einleiten. Wir einigten uns darauf, dass ich das machen würde, bis ich volljährig wäre. Daher schickte ich ihm regelmäßig eine Postkarte, auf die ich irgendetwas Belangloses schrieb.«

»Eine Postkarte? Etwa mit Landschaften drauf?« Ihr Nicken bestätigte, was ich damals geahnt oder zumindest gehofft hatte, als ich den angekohlten

Schnipsel aus dem Ofen gerettet hatte. Es war also kein Erinnerungsschreiben von Mutschke gewesen, sondern eine Nachricht von Jack. Daher hatte Paps auch so komisch reagiert, als ich ihn darauf ansprach.

»Meistens. Manchmal auch irgendwelche Kirchen oder Schlösser.«

»Können wir auf dem nächsten Parkplatz anhalten? Ich brauche etwas frische Luft.«

»Na klar.«

Einige Zeit später vertraten wir uns die Beine, allerdings in entgegengesetzten Richtungen. Wenn auch nur für ein paar Minuten, brauchte ich gerade etwas Abstand von ihr, da ich mich wie durch den Fleischwolf gedreht fühlte. Zwischendurch hatte sich gar eine Übelkeit angedeutet und ich befürchtete, mich übergeben zu müssen. Die frische Morgenluft, die mir jetzt durchs Gesicht blies, wehte diese unangenehmen Gefühle fort, sodass ich mich wieder einigermaßen fing. In Jacks Gesicht erkannte ich Verständnis für mich, was auch bitter nötig war, wenn man so abrupt erfuhr, wie viel des eigenen Lebens auf einer großen Lüge aufgebaut war. Mein Seelenklempner wird sich freuen, dachte ich knurrend, denn mir wurde schmerzhaft bewusst, dass ich definitiv einen brauchte, wenn diese Geschichte ausgestanden war. Sicher gab es einen in dem Gefängnis, in das sie mich wegen Beihilfe zu diesem und jenem stecken würden; wenn mich die russischen Agenten nicht vorher abknallen würden.

»Wie ging es weiter?«, wollte ich wissen, nachdem wir die Plätze getauscht hatten und jetzt ich am Steuer saß. Ich hoffte, nicht noch mehr Neuigkeiten über Paps erfahren zu müssen, sondern nur noch etwas über Jacks Leben. Und ich wurde erhört.

»Alexander war fast wie dein Dad, genauso gutmütig und hilfsbereit. Wir fuhren in dieser Nacht durch Polen und kamen in den frühen Morgenstunden in meiner neuen Heimat Minsk an, wo er mich in das Waisenhaus brachte, von dem dein Paps erzählt hatte. Ich bekam mein eigenes Zimmer und einen neuen Namen.«

»Nadja«, ergänzte ich, worauf sie kurz stutzte. »Hab ich den Typen sagen hören. Bei den Schließfächern.«

»Ach so, ja, genau. Nadja Krukov war mein neuer Name, geboren in Minsk. Alexander besorgte alle nötigen Papiere, damit niemand meine Herkunft in Frage stellen konnte. Jacqueline Kowalski gab es nicht mehr. Die Leute im Heim, also die Betreuerinnen, aber auch die anderen Kids stellten sowieso keine Fragen. Keines der Kinder hatte eine Vergangenheit, über die es gerne gesprochen hätte.«

»Das kann ich verstehen.«

»Die ersten drei Jahre lief es toll. Anfangs hatte ich starkes Heimweh, natürlich nicht wegen meiner Eltern, sondern wegen euch. Ich habe euch unendlich vermisst, und zu euch zähle ich auch deinen Dad, der zu einem der wichtigsten Menschen in meinem Leben geworden war. Aber ich tröstete mich damit, dass ich nun keine Angst mehr haben musste, jeden Moment missbraucht zu werden. Langsam fand ich neue Freunde und in der Schule klappte es auch. Bereits nach einem Jahr sprach ich akzentfrei russisch, wobei ich immer wieder die Möglichkeit hatte, deutsch und englisch zu sprechen. Wir waren ein wirklich bunter Haufen dort. Was mir allerdings erst nach Jahren bewusst wurde, war die zunehmende Indoktrination, die auch aus mir einen sehr der Heimat zugewandten Menschen gemacht hatte. Und meine Heimat war Belarus, das eng mit Russland verbandelt ist. Aus mir, die mit euch gegen

Stasi-Spitzel gekämpft hatte, war also eine überzeugte Kommunistin geworden.«

»Ernsthaft? Also, du warst wirklich davon überzeugt?«

»Verlass dich drauf. Und bevor du den Stab über mich brichst, denk mal daran, wie schnell es Herr Mergenstein damals geschafft hat, uns zu überzeugen.«

»Hm«, machte ich und überlegte. »Stimmt schon.«

»Und nun stell dir vor, dass nicht ein Lehrer, sondern sechs oder sieben ins selbe Horn blasen und die Medien ebenfalls linientreu berichten.«

»Okay, das war sicher hart.«

»Nein, eigentlich nicht. Erst hab ich es kaum bemerkt und später, als ich es begriff, war ich auch davon überzeugt – jedenfalls in den ersten drei Jahren, wie gesagt. Dann starb Alexander und wir bekamen einen neuen Direktor. Ab dann ging es bergab. Wie wir schnell mitbekommen sollten, hatte er, ganz anders als sein Vorgänger, unsere Entwicklung und unser Wohlergehen überhaupt nicht auf seiner Agenda. Im Gegenteil: Er war völlig fixiert auf junge, hübsche Mädchen, am besten zwischen 10 und 15 Jahren, die über Nacht immer mal so verschwanden und nie wieder auftauchten. Uns wurde schnell klar, dass er sie wahrscheinlich an irgendwelche Mädchenhändler verschacherte. Kurzerhand machte ich mich mit meiner Freundin Valerie aus dem Staub. Wir flüchteten nach Russland, wo wir uns Hilfe erhofften. Valerie war ein Jahr älter als ich, bildhübsch und wollte in Moskau daraus Kapital schlagen, wofür sie sich bei einer Modelagentur beworben hatte. Sie wurde auch tatsächlich gebucht und konnte so die ersten Monate genug Geld für uns beide besorgen, damit wir über die Runden kamen. Doch je länger sie in dem Business arbeitete und je mehr Geld sie verdiente, umso mehr entfernten wir uns voneinander. Zum Glück traf ich in dieser Zeit auf Juri.«

»Der Juri, dessen Bild wir am Bahnhof gesehen haben?«, fragte ich vorsichtig und merkte, wie sich ihr Körper versteifte.

»Ja. Ich lernte ihn in einer Kneipe kennen und wir redeten viel miteinander. Über Gott und die Welt und über Politik; sehr viel über Politik. Ich zog nach kurzer Zeit zu ihm und war fasziniert von ihm und seinen Ideen.«

»Was meinst du mit seinen Ideen?«, fragte ich und fragte gleichzeitig mich, was mit mir nicht stimmte, denn ich verspürte tatsächlich Eifersucht auf den Mann, der mit einer Schusswunde im Kopf in irgendeinem Leichenschauhaus lag.

»Er hatte die Illusion, dass der weltweite Kapitalismus zerschlagen werden könnte, der global für so viel Not, Elend und Umweltverschmutzung gesorgt hatte und immer noch sorgt. Ich spare mir jetzt eine Klimadiskussion mit dir, denn ich will dir ja nur erzählen, wie es mir erging.«

»Okay, ich höre dir weiter zu. Ohne Wertung.«

»Gut. Juri war ein Aktivist, der das Ziel hatte, eine neue Weltordnung zu schaffen. Eine Welt, in der es gerecht zuging, in der die Schere zwischen arm und reich geschlossen werden würde und in der jeder die Freiheit hätte, das zu tun, was er wollte, wann er es wollte und wo er es wollte.«

»Das hört sich ziemlich idealistisch an. Und etwas naiv, falls ich das sagen darf.«

»Klar, darfst du. Ich war noch jung, Juri vielleicht fünf Jahre älter, also auch gerade Anfang zwanzig, als wir uns kennenlernten. Nun, er hat sich immer mehr hineingesteigert und mich ebenfalls begeistert. Eines Abends zeigte er mir am PC das Darknet. Er hatte

Gleichgesinnte gefunden und tauschte sich bereits mit ihnen aus, unerkannt von Behörden, Polizei und anderen Sittenwächtern.«

»Hm«, machte ich nicht zum letzten Mal während des Gespräches, in dem sich Jack zunehmend in Rage redete, ich förmlich spüren konnte, wie sehr sie für das brannte, was sie tat. Sie war weit herum gekommen, als sie sich mit Juri und zwei anderen schließlich daran machte, die jahrelang geschmiedeten Pläne umzusetzen. Ich fühlte mich zunehmend unbehaglich, da ich von Politikern erfuhr, die von Jack und ihrer Zelle, wie sie die Gruppe nannte, erpresst wurden, nachdem sie deren dunkle Geheimnisse recherchiert oder ihnen einfach welche untergeschoben hatten. Wodurch sie unter anderem weitreichende politische Entscheidungen manipulierten, beispielsweise die der EU in Brüssel, aber auch die von Regierungen einzelner Länder, darunter auch Deutschland. Jack alias Nadja mimte den Köder. Sie brachte verheiratete Herren in Anzügen in kompromittierende Situationen, indem sie sie auf ein Hotelzimmer lockte und heimlich Fotos oder Videos von angedeuteten Schäferstündchen machen ließ, mit denen sie das Druckmittel für ihre Erpressungen hatten. Zusätzlich hackten sie Rechner von Behörden und größeren Firmen, was die Spezialität Juris gewesen sein soll, und übten mit den so gewonnenen Informationen Einfluss auf diverse Menschen aus.

»Wie ich dir gesagt habe, es wird schlimmer und du wirst einiges davon nicht hören wollen. Aber du sollst wissen, dass ich immer das Ziel dahinter gesehen habe. Auch bei den Kandidaten, von denen wir nur eine Stange Bargeld gefordert haben; irgendwie mussten wir uns schließlich finanzieren.«

»Das rechtfertigt es aber nicht«, widersprach ich halbherzig, wusste ich schließlich aus eigener Erfahrung, wie weit ich für meine Überzeugungen bereit war, zu gehen.

»Unser ›Business‹ ist schmutzig, das ist völlig klar. Doch das übergeordnete Ziel schien unser Vorgehen schon zu rechtfertigen.«

»Die neue Weltordnung?«

»Genau. Mit der Zeit reichten uns diese eher harmlosen Aktionen nicht mehr, da wir zwar meist unser Nahziel erreichten, das große Ganze sich hingegen kaum änderte. Destabilisierung war das neue Mittel – das wurde auch im Darknet unter den verschiedenen Zellen hitzig diskutiert – die Maßnahmen wurden radikaler. Menschenleben durften ab sofort abgewogen werden gegen den vermeintlichen Erfolg der zugrunde liegenden Aktionen. Wir erteilten uns somit quasi selbst die Lizenz zum Töten. Das war der Zeitpunkt, an dem ich aufwachte; an dem ich merkte, doch nicht auf der richtigen Seite zu kämpfen. Denn auch für mich war es ein riesiger Unterschied, ob ich einem Kerl ein paar Scheine abnahm, der bereit war, seine Frau zu betrügen, ihm vielleicht der Arm gebrochen wurde oder ob ich bei einem Anschlag Menschenleben riskierte. Doch meine Zelle hatte sich längst dazu entschieden und mit dem Attentat in Berlin sollte das Startzeichen gesetzt werden, dem viele andere Zellen an verschiedenen Orten weltweit folgen würden.«

»Du bist also tatsächlich die Terroristin, nach der gefahndet wird?«, stellte ich fragend fest und fühlte mich unendlich dumm, mich in diese Situation gebracht zu haben. Sämtliche nostalgischen Gefühle, die sich im ersten Teil von Jacks Erzählung in mir aufgebaut hatten, zerbröselten wie ein Kräcker, der unter eine Straßenwalze geraten war.

»Vielleicht hörst du mir bis zum Ende zu und bildest dir dann ein Urteil? Aber ich kann schon vorwegnehmen, dass ich nicht die Unschuld aus dem Walde bin.«

»Vom Lande.«

»Was?«

»Es heißt: die Unschuld vom Lande«, erklärte ich und kam mir etwas albern deswegen vor, doch Jack nahm es mir nicht krumm.

»Okay, an Redewendungen muss ich noch arbeiten«, erwiderte sie stattdessen.

»Gut, erzähl weiter.«

»Zu unserer Zelle gehörten neben mir und Juri noch Sergej und Vladislaw. Die hast du übrigens beide schon kennengelernt.«

»Sergej nanntest du den bei den Schließfächern«, sagte ich und erinnerte ich mich daran, wie sie ihn aufgefordert hatte, es zu Ende zu bringen. Also was auch immer es gewesen war, aber irgendetwas stand definitiv zwischen den beiden.

»Ja, und Vladislaw war der, der dich in der U-Bahn verfolgt hat.«

»Apropos: Woher wusstest du eigentlich, wo du mich findest?«, wollte ich wissen. Unterschwellig fragte ich mich das schon die ganze Zeit.

»Soll ich nicht lieber der Reihe nach erzählen? Das meiste wird sich auflösen, versprochen.«

»Okay, dann mach.«

»Sergej und Vladislaw sind die Treiber bei uns. Die Hardcore-Aktivisten, denen es nie radikal genug sein konnte und die auch keine Skrupel haben, über Leichen zu gehen. Sie kämpften beide im Tschetschenienkrieg, allerdings auf verschiedenen Seiten. Bis ihnen schließlich die Augen aufgingen und sie sich uns anschlossen. Anfangs war das auch sehr cool, denn sie haben dafür gesorgt, dass ich mich ständig sicher fühlte. Auch wenn einer der von uns angesaugten Politiker mal seine Bodyguards rief, reichten ein paar ›zärtliche Berührungen‹, um sie auf Kurs zu halten. Doch leider artete es zunehmend aus.«

»Die wollten also die Anschläge?«

»Ja, und sie setzten Juri und mich vor vollendete Tatsachen. Sie hatten bereits die Sprengmasse und das nötige Material besorgt, das wir für die Bomben und den Zünder brauchten. Alles aus westlicher Produktion, damit man nicht auf den Osten als Verursacher schließen könnte. Das Bekennerschreiben von Al-Qaida hatten wir vorab schon vorbereitet. Wie ich vorhin sagte, es ging vorrangig darum, die Regierungen, in diesem Fall die deutsche, und natürlich die EU, zu destabilisieren.«

»Aber was habt ihr davon, wenn ihr in Berlin Demonstranten in die Luft jagt?«, fragte ich fassungslos.

»Zum einen ist Gott sei Dank niemand dabei umgekommen und zum anderen sorgt dieses Durcheinander für eine Stärkung der Ränder. Rechts wie links. Guck dich doch um, was in den letzten Jahren abgeht: Trump in den USA, Putin in Russland, die Quasi-Diktatoren in Polen, Belarus oder Ungarn, der Idiot in Brasilien – es wird immer verrückter. Bis es irgendwann knallt. Und danach, so war die Hoffnung, würde alles besser.«

»War?«

»Ja. Würde ich noch daran glauben, wäre ich einerseits jetzt nicht hier mit dir und andererseits hätten bei dem Anschlag weit über hundert Menschen ihr Leben verloren.«

»Wie meinst du das?«

»Sergej hat die Bomben scharfgemacht und Vladislaw hat sie zu Beginn der Demo an den Bussen angebracht. Juri hat den Zünder gebastelt, den ich vom hinteren Bereich des Demonstrationszuges aus betätigen sollte, wenn möglichst viele Leute neben den Bussen vorbeispazierten. Es sollte so viele erwischen wie nur möglich. Aber ich wollte das nicht, ich wollte nur noch raus.«

»Aber du hattest Angst vor Sergej und Vladislaw?«

»Die habe ich immer noch. Zu Recht, wie du auf dem Bahnhof mitbekommen hast.«

»Allerdings«, pflichtete ich ihr bei und erneut durchzog mich ein starkes Gefühl der Scham gegenüber Isabell.

»Ich wusste ungefähr, welchen Umkreis die Bomben abdeckten, daher lief ich vorn in der zweiten Reihe und zündete sie, als ich dachte, noch mindestens zwanzig oder dreißig Meter Sicherheitsabstand zu haben.«

»Und was ist mit den Busfahrern? Oder Touristen, die sich zufällig bei den Bussen aufhielten?«

»Das hatte Juri im Blick, der auf der anderen Seite die Szene beobachtete. Er hätte mir ein Signal gegeben, wenn sich jemand im Sprengradius aufgehalten hätte.«

»Also wollte Juri auch raus aus eurer Zelle?«

»Ja, deswegen hat er jetzt ein Loch im Kopf«, sagte sie hart.

»Und du hast dich demnach verschätzt mit dem Abstand?«

»Ja, ich weiß bis jetzt nicht, woran es gelegen hat, aber ja. Und dadurch wurden viele unschuldige Menschen verletzt, was mir von Herzen leidtut. Ich kann es nicht mehr ändern.«

»Nein, das kannst du nicht.« Genauso wenig, wie ich es ändern kann, ihr am Hauptbahnhof und aus Berlin herausgeholfen zu haben. ›Entscheidend ist das, was wir aus unseren Fehlern lernen, nicht, dass wir sie begehen‹, sagte mal jemand, der sicher etwas davon verstand. Leider wusste ich nicht mehr, wem ich das Zitat zuordnen sollte.

»An das, was direkt danach passierte, erinnere ich mich nur wie durch einen Schleier. Ich wurde verarztet und hab mich dann auf den Weg gemacht nach Rudow, wo ich mein persönliches Safe-House hatte. Dank Juris Rat hielt ich mir, egal wo wir waren, immer ein zweites Versteck warm, für eben solche Situationen. Unterwegs fand er mich, doch irgendwann griffen uns Surkows Schergen auf. Wobei sie nur Juri schnappten, ich konnte ihnen entkommen.«

»Mit dem Bus, ich weiß«, sagte ich und überraschte sie offenbar, denn sie hob die Brauen.

»Wow, du hast deine Hausaufgaben ja wirklich gut erledigt.«

»Ich wollte dich finden, mit allen Mitteln. Aber Surkow? Etwa die von der russischen Botschaft? Direktorin Anastasia Surkow?«

»Äh, ja. Hast du etwa mit der gesprochen, als du dich nach mir erkundigt hast?«

»Ja. Sie meinte aber, sie würde dich nicht kennen.« Jack lachte kurz auf.

»Das ergibt Sinn. Und nein, wir kennen uns nicht persönlich, aber sie ist die Koordinatorin für die russischen Geheimdienste in Berlin. Ich gehe davon aus, dass es nicht viel gibt, wovon sie nichts erfährt. Von daher weiß sie mit Sicherheit über mich Bescheid.«

»Hat sie mir deshalb jemanden hinterhergeschickt? Diese Boxernase? Weil sie dich eben doch kannte?«

»Das müsstest du sie selbst fragen. Ich weiß nur, dass Sergej und Vladislaw als ihr verlängerter Arm fungieren. Durch sie hat die Surkow sichergestellt, dass wir bei keiner Aktion Spuren hinterlassen würden, die auf Russland hindeuteten. Aber du sprichst von Boxernase? Das würde auf Igor zutreffen, wenn der, den du meinst, auch zusammengewachsene Augenbrauen hat, jedenfalls.«

»Bingo, der muss es sein.« Eine kurze Pause entstand. »Ich glaube, ich verstehe es langsam, verstehe dich langsam.«

»Das ist gut, denn es wird noch etwas komplizierter.«

»Ich bin bereit, wenn du es bist«, sagte ich und warf einen Blick auf die Kraftstoffanzeige, die sich bedrohlich der Reserve näherte. »Wir müssen noch tanken.«

Etwa eine halbe Stunde trennte uns noch von Philip und unserem Heimatdorf. Die Erlebnisse und Einsichten der letzten Stunden ließen die Welt um mich herum immer fragiler erscheinen. Da waren die unglaublichen emotionalen Schwankungen, die darauf hindeuteten, dass ich definitiv nicht der knallharte, rationale Typ war, wie ich es mir jahrelang versucht hatte, einzureden. Außerdem hatte sich meine Freundin so weit von mir entfernt. Oder war ich es, der sich entfernt hatte? Jedenfalls hatten wir uns so auseinandergelebt, dass ich sie in einer schweren Stunde im Stich ließ, für Jack. Jack, die ganz und gar nicht mehr die war, die ich vor 15 Jahren verloren hatte. Und Paps? Er stand gerade schwer in meiner Schuld, weil er sein Geheimnis mit ins Grab genommen hatte, obwohl er mehr als eine Gelegenheit gehabt hätte, mich einzuweihen, ohne Jack in Gefahr zu bringen. Allerdings gereichte ihm zur Ehre, dass er Jack so dermaßen unterstützte, wenn nicht gar rettete, und das sowohl mit Geld, das er nicht hatte, als auch mit Verschwiegenheit, die seinem psychisch labilen Zustand nicht gerade zu Gute kam. Der einzige, dessen Charakter von vorne bis hinten stabil, wenn auch stabil schlecht geblieben war, war Mutschke!

Jack holte mich aus meinen Gedanken und erzählte auf den nächsten Kilometern, dass sie sich in ein WG-Zimmer rettete, das sie schon die ganze Zeit über angemietet und nie benutzt hatte, seit der sie mit der Zelle aus Berlin agierten. Und das zog sich über mehrere Monate hin. Ich brachte noch meine Recherchen ein, wie ich die Busfahrerin oder auch die Skater befragt und mich quasi in Rudow von Haus zu Haus durch die Straßen gekämpft hatte, was Jack ein wenig Anerkennung für mich entlockte. »Und als ich schon aufgeben wollte, versuchte jemand, mich mit dem Auto zu überfahren. Sicher diese Boxernase.«

»Ähm«, räusperte sich Jack und sah mich unschuldig an. »Ich denke, dass ich das war.« Sie hob entschuldigend die Hände, als sie meine aufgerissenen Augen bemerkte.

»DU?«

»Lass mich erklären: Du bist mit einem Foto von mir herumgezogen, das du den Leuten gezeigt hast. Zum Glück habe ich mich hier bislang kaum aufgehalten – lediglich, um die Miete abzugeben oder wenn ich mal mit Juri allein sein wollte. Was in letzter Zeit aber kaum noch vorkam und meist in Streit endete, weil es immer wieder um unseren Austritt aus der Zelle ging.« Sie schnippte mit den Fingern. »Ach, da werden uns die beiden Komiker gesehen haben, von denen du erzählt hast. Ich erinnere mich noch, wie sie mich vor Juri beschützen wollten, der übrigens keiner Fliege etwas zuleide tun konnte.«

»Das erklärt noch nicht, warum du mich töten wolltest«, dramatisierte ich absichtlich, obwohl mir klar war, dass sie dieses Ziel sicher nicht verfolgt hatte.

»Warte. Ja, also nein, natürlich wollte ich dich nicht überfahren. Du hast irgendwann bei Anatolie geklingelt, meinem Zimmervermieter, der im Haus auf der gegenüberliegenden Straßenseite wohnt, und ihm mein Bild gezeigt. Er dachte, du wärst ein Cop. Mit denen hat er es nicht so, daher kam er rüber und erzählte mir von einem Mann, der nach mir suchen würde. Ich dachte natürlich, es würde dabei um Sergej, Vladislaw oder einen von Surkows Leuten gehen, daher lieh ich mir sein Auto – ohne sein Wissen versteht sich – und fuhr die Straße ab, bis ich dich fand. Also den Mann, auf den Anatolies Beschreibung passte. Ich wollte ihn über den Haufen fahren und ein paar Knochen brechen, damit ich Zeit gewinnen würde, doch im letzten Moment erkannte ich dich und konnte den Wagen gerade noch herumreißen. Ich war völlig überrumpelt, dich hier zu sehen, deshalb fuhr ich erstmal um die nächste Ecke und stellte den Wagen ab.«

»Woher wusstest du, wie ich jetzt aussehe?«, fragte ich und zweifelte etwas an ihren Ausführungen.

»Ich bin unter falschem Namen seit Jahren mir dir und auch mit Philip auf Facebook befreundet. Und natürlich habe ich euch hin und wieder mal gegoogelt, denn es interessierte mich schon, was aus euch geworden ist.«

»Tun wir mal so, als würde ich dir das glauben.«

»Ja, tun wir mal so«, sagte sie und zwinkerte. »Ich bin dann unauffällig zurückgelaufen, um nach dir zu sehen und um nötigenfalls einen Krankenwagen zu rufen, doch du warst schon wieder auf den Beinen und liefst in Richtung Süden. Wahrscheinlich, weil du einen weiteren Wagen hinter dir gehört hast.«

»Der mich überfahren wollte«, beharrte ich, obwohl ich ursprünglich geglaubt hatte, es wäre derselbe Wagen vom ersten Versuch gewesen.

»Ich denke, der Fahrer hat aus Versehen etwas zu viel Gas gegeben, denn er fuhr mit ziemlich überschaubarer Geschwindigkeit hinter dir her, gar nicht so, als wollte er dich plattmachen.«

»Und wenn schon, das ändert nichts daran, dass du mich überfahren wolltest«, sagte ich betont zickig, woraufhin wir beide lachen mussten. Nicht lauthals, eher leise und unaufdringlich, aber wir lachten. Das fühlte sich endlich mal wieder gut an, nachdem das bisherige Gespräch mich vorher kilometerweit runtergezogen hatte.

»Ich hab dann deinen Weg antizipiert und abgekürzt, dabei hatte ich allerdings kein Glück. Aber ich konnte im Internet schnell deine Adresse herausfinden. Ich fuhr dorthin und hoffte darauf, dass du bald nach Hause kämst. Allerdings warst du schneller, denn es brannte Licht in deiner Wohnung. Auf deinem Klingelschild sah ich dann einen zweiten Namen über deinem, du wohntest also nicht allein. Daher verwarf ich den Plan, einfach bei dir zu klingeln, sondern wartete geduldig ab, bis du deine Wohnung verlassen hast; was ja nicht solange gedauert hat. Ich merkte schnell, dass du auf dem Weg zur U-Bahn warst. Dann entdeckte ich Vladislaw, wie er sich an deine Fersen heftete und dich dann ganz unverhohlen verfolgte. Ich wusste nicht genau, was du vorhattest, daher musste ich wieder antizipieren und hielt mich einfach in der Nähe der U-Bahn auf, bis ich dich kurz darauf einen Bogen laufend wieder dorthinrennen sah. Dieses Mal hatte ich also Glück. Da war mir klar, dass du die erstbeste Bahn nehmen würdest. Ich ging also auf der anderen Straßenseite die Treppe hinunter und verschwand im selben Moment im Waggon, in dem du das Gleis erreicht hattest. Sekunden später standest du atemlos und schweißüberströmt keine zehn Meter von mir entfernt und da wir sofort losfuhren, wusste ich, dass du zumindest bis zum nächsten Halt in Sicherheit wärst. Doch mir war bewusst, dass Vladislaw es in den anderen Viertelzug geschafft haben könnte, daher bereitete ich mich darauf vor, an der nächsten Haltestelle einzugreifen.« Sie nickte langsam, während sie tief durchatmete. »Den Rest kennst du.« Ich nickte ebenfalls und schluckte hart. Es klang alles logisch und nachvollziehbar, aber konnte ich ihr glauben? Ich wollte es auf jeden Fall.

KAPITEL 30

Isabell saß am Bett und hielt die Hand ihres Partners, der vor einer Stunde aus dem OP in den Aufwachraum verlegt worden war. Sie kämpfte mit den Tränen. Tränen der Erleichterung, weil der Chirurg ihr vorhin nach einem mehrstündigen Eingriff erklärt hatte, dass bei Paul keine lebenswichtigen Organe getroffen wurden und sie den gehörigen Blutverlust wohl noch rechtzeitig mit Konserven ausgleichen konnten. Auch Tränen des Mitgefühls wollten sich ihren Weg bahnen, Mitgefühl mit Paul, der jetzt allein würde hier liegen müssen, wenn sie nicht an seiner Seite wachen würde. Aber die meisten und sicher die heißesten Tränen wollten den Verrat anprangern: den Verrat Lennards, der sich mit einer alten Jugendfreundin aus dem Staub gemacht hatte, die als Terroristin gesucht wurde und das, obwohl nur wenige Meter entfernt von ihm seine Freundin fast umgebracht worden war. Isabell war es vollkommen gleichgültig, welche Ausrede ihr Lennard später auch immer dafür präsentieren würde: Die Beziehung war in dem Moment beendet, als er sie am Bahnhof erkannt hatte und trotzdem dieser Jack gefolgt war, anstelle sich um sie zu kümmern. Seine Freundin – seine Ex-Freundin.

Das stand fest, auch wenn sie mittlerweile eine Ahnung hegte, was am Hauptbahnhof vor ihrem Eingreifen vorgefallen war, dass der Mann, der schließlich Paul angeschossen hatte, zuvor auch Lennard und Jack bedroht hatte. Es war ihr völlig egal, selbst wenn Jack mit richtigem Namen *Mutter Teresa* heißen und

Kranke heilen würde, Lennard war Geschichte und Isabell sah nicht ein, warum sie auch nur noch einen Finger für ihn hätte rühren sollen. Paul bewegte plötzlich den Arm und riss sie aus ihrem Ärger.

»Hey«, sagte er schwach. »Lebe ich noch?« Sie lächelte ihn von oben herab an.

»Als ob ein Hornochse wie du mit einer Kugel totzukriegen wäre.«

»Das ist der Vorteil, wenn man so ein harter Brocken ist«, erwiderte er und konnte sich den ostfriesischen Akzent dabei nicht verkneifen, wodurch die Situation eine zusätzliche Komik gewann.

»Ja, genau.«

»Haben wir den Kerl erwischt?«

»Nein, bislang hab ich auch nichts weiter gehört. Mir war nur wichtig, ob du über den Berg bist.«

»Ach, das ist ja lieb von dir. Womit habe ich das verdient?«

»Hast du nicht.«

»Ach so.«

»Was ist mit Lennard und der Terroristin? Gibt es da etwas?« Obwohl Paul noch nicht ganz wach war, merkte er schnell, dass dieses Thema Isabell unangenehm war. »Erzähl es mir einfach später, ich werde noch ein wenig ...« Er schlief ein, bevor er den Satz beenden konnte. Grimmig lehnte sie sich zurück, zog ihr Smartphone hervor und schaute erneut auf die Meldung, die vor einigen Stunden bereits aufgeploppt war, von Isabell aber erst vor wenigen Minuten gelesen wurde. Soll ich oder soll ich nicht?, wog sie ihre Entscheidung ab, die sie sich wirklich nicht einfach machte. Schließlich wählte sie eine Nummer.

»Seiler, Soko Brandenburger Tor«, meldete sich die ihr bekannte Stimme.

»Hier ist Oberkommissarin Isabell Meyer von der Drogenfahndung. Die –.« Sie musste kurz schlucken. »Die Freundin von Lennard Bruckmann. Ich glaube, ich habe eine interessante Information für Sie.«

**

Philip schien es weder erwarten noch glauben zu können, dass wir beide endlich ankamen. Freudestrahlend kam er auf den Wagen zu, den ich quer vor seiner Haustür stoppte. Er neigte den Kopf und schaute durch die getönte Windschutzscheibe, wohl um zu gucken, auf welcher Seite Jack saß. Weiter breit grinsend öffnete er ihre Tür und schaute sie an.

»Nicht zu fassen!«, rief er. »Komm her, du, und scheiß auf Corona!« Er zog sie fast aus dem Wagen und hob sie hoch, als würde sie nichts wiegen. »Du bist es wirklich. Nicht zu fassen«, wiederholte er und auch Jack grinste, während sie mir über seine Schulter hinweg zuflüsterte:

»Er hat geduscht.«

»Was?«, fragte Philip und ließ Jack wieder runter. »Ich hab was? Geduscht? Natürlich!« Noch einmal nahm er sie in den Arm, bevor er sich mir zuwandte und betont cool die Hand hob. »Hey, Bro.«

»Hey, Spinner, alles klar?«

»Sowas von, kommt rein«, sagte er und ging voraus in die Küche.

»Mein Gott, wer ist das denn?«, fragte Jack, als sie Philips Frettchen in einem großen Käfig sah und mit dem Zeigefinger die Nase des Albinos berühren wollte.

»Stopp!«, warnte sie Philipp. »Darf ich vorstellen? Die Dame, die dir gleich in den Finger gebissen hätte, ist Francis. Sie ist zickig und besonders beißwütig, wenn sie eingesperrt ist. Typisch Frau, behaupte ich mal. Normalerweise laufen sie und Jason frei in der Küche rum, außer ich bin längere Zeit aus dem Haus. Dann bauen sie mir zu viel Scheiße.«

»Häh? Aber du bist doch zu Hause? Lass sie raus, ich find die voll süß!«, sagte Jack.

»Das lassen wir mal lieber. Sonst ist der gleich Geschichte.« Mit einer ausladenden Geste zeigte er auf den gedeckten Tisch.

»Wow«, sagte Jack.

»Jahaa, sogar mit Blume«, bekräftigte Philip und wies auf die Vase in der Mitte der Tischplatte.

»Das ist ein Kaktus, du Freak«, korrigierte ich ihn lachend.

»Er hat `ne Blüte, also ist es `ne Blume. Fertig!«

»Wenn du darauf bestehst.«

»Nein«, erwiderte er, worauf ich bestehe ist, dass ich alles von dir erfahre, Jack.« Er bekam mit, wie sie einen Blick mit mir wechselte. »Nein, nein, meine Liebe. Mir ist klar, dass du dem Spacken schon alles erzählt hast. Ich will es aus deinem Mund hören und nicht aus dem dieses erfolglosen Architekten.

»Okay«, gab sich Jack geschlagen und während wir frühstückten, setzte sie auch Philip über die wesentlichen Eckpunkte der vergangenen 15 Jahre in Kenntnis, wobei sie nichts aussparte. Anders als ich vorhin, verkniff sich Philip bis auf wenige Ausnahmen die Zwischenfragen und folgte mit immer größer werdenden Augen den geschilderten, dramatischen Ereignissen.

»Und du und dieser Juri habt deinem Vater tatsächlich ein paar Kinderpornos auf sein Handy geschickt und ihn dann verpfiffen?«, fragte Philip und ließ einen gewissen Respekt dafür durchklingen.

»Ja, nachdem ich mitbekommen habe, dass er sich von meiner Mama getrennt und eine neue Familie gegründet hat. Glaub mir, ich lasse nicht zu, dass meiner Halbschwester das Gleiche widerfährt wie mir. Egon Kowalski wird keinem Mädchen mehr wehtun.«

»Zumindest nicht in den nächsten acht Jahren, solange er einsitzt«, fügte ich wohlwollend nickend hinzu. Jack weihte unseren Freund dann noch in Details aus ihrer Leidenszeit zu Hause ein, die sie mir im Auto nicht erzählt hatte. Ich hätte gern auch hier verzichtet, denn mir drehte sich fast der Magen um wegen der Schweinereien, die sie über sich hatte ergehen lassen müssen. Ich hoffte, ihr Vater würde dafür auf ewig in der Hölle schmoren.

»Puh, harter Tobak«, sagte Philip schließlich, nachdem Jack ihre Geschichte beendet hatte. »Aber eine Frage hab ich noch: Was war denn nun in dem Schließfach?«

»Etwas, ohne das ich mich schlecht absetzen kann: ein neuer Ausweis und etwas Bargeld, um eine gewisse Zeit über die Runden zu kommen.«

»Du willst schon wieder abhauen?«, fragte ich und versuchte gar nicht, meine Enttäuschung zu verbergen.

»Wenn ich hierbleibe, fahre ich für mindestens zehn Jahre ein, wenn mich vorher nicht die Russen erwischen.«

»Ich dachte, du hättest `ne Knarre da drin«, kam Philip noch einmal auf das Schließfach zu sprechen.

»Mein lieber Freund, du hältst mich wohl wirklich für eine Terroristin oder ein schießwütiges Cowgirl wie *Calamity Jane*?« Sie schüttelte energisch den Kopf. »Ich nutze ausschließlich die Waffen einer Frau: Hohe Schuhe, kurze Röcke, tiefe Ausschnitte, Elektroschocker und Pfefferspray.« An die letzten beiden erinnerte ich mich, war aber wie Philip auch gerade etwas abgelenkt. »Hey, ihr beiden, das war keine Einladung, mir auf die Möpse zu starren!«

»Ups«, sagte ich und spürte die Hitze an meinen Wangen, während es Philip überhaupt nicht peinlich zu sein schien.

»Die sind aber auch ganz schön groß mittlerweile.«

»Ja, du Experte, sie sind in den Jahren gewachsen – ganz offensichtlich im Gegenteil zu deinem Gehirn.« Falls es noch eine Eisschicht zwischen uns dreien gegeben haben sollte, war die jetzt gebrochen.

»Hm«, machte Philip und kratzte sich am frisch rasierten Kinn. »Lass mich mal ein paar Anrufe machen, ich hab da eine Idee.«

»Ich hoffe, du meinst etwas anderes als meine Brüste damit.«

»Ts«, machte er und stand auf. Wir sahen ihm hinterher, wie er aus der Küche in den Flur verschwand, und schauten uns schulterzuckend an. Nach wenigen Minuten kam er mit ernster Miene zurück, doch diese Fassade konnte er nur kurz aufrechterhalten.

»Gute Nachrichten?«

»Wie man es nimmt. Für dich erstmal nicht, weil du Jack ja nicht gehen lassen willst«, richtete er das Wort an mich und fügte in Jacks Richtung hinzu:

»Aber für dich. Ein alter Kumpel aus dem Knast, der mir noch `ne Gefälligkeit schuldet, macht dir bis heute Abend einen neuen Pass fertig. Du musst ihm nur die Daten schicken, die er eintragen soll. Das Foto muss dann vor Ort eingepflegt werden. Wegen des Stempels oder so.«

»Danke. Aber das macht er doch sicher nicht umsonst.«

»Ach, das lass mal unsere Sorge sein«, sagte er und winkte ab. »Darum kümmern Lennard und ich mich.«

»Was heißt in diesem Fall denn ›vor Ort‹? Wohnt er in Berlin?« Mir war überhaupt nicht wohl bei dem Gedanken, wieder in die Stadt zu fahren, in der gefühlt jeder auf der Suche nach uns war.

»Nein, nein, er betreibt sein Atelier drüben in Prenzlau.«

»Das ist ja nur ein Katzensprung«, sagte Jack, die zuversichtlich dreinschaute.

»Wohin willst du denn? Wieder nach Russland?«, fragte ich vorsichtig, obwohl ich mit keiner Antwort glücklich sein würde.

»Es ist sicher besser, wenn ich euch nicht sage, wohin ich möchte. Allein, um euch zu schützen. Aber nein, sicher nicht in den Osten. Ich denke, ich sollte versuchen, nach Skandinavien zu kommen. Norwegen oder Schweden, da kann ich mich `ne Zeitlang recht unbehelligt bewegen, bis ich mir etwas auf Dauer gesucht habe.«

»An jedem Flughafen, Bahnhof oder Fährhafen fahnden sie nach dir. Wie willst du dahin kommen?«

»Darüber muss ich nachdenken. Aber erst muss ich dringend ein paar Stunden schlafen. Hast du eine Couch für mich, Philip?«

»Für dich habe ich sogar ein Gästezimmer.« Er zeigte in den Flur. »Dort, gleich das Zimmer hinter dem Klo.«

»Dann werde ich die Couch nehmen, mir fallen nämlich auch die Augen zu.«

»Was seid ihr für Weicheier geworden?«, sagte der Hausherr und begann, den Tisch abzuräumen. »Na, macht nur, ich halte in der Zeit Wache.«

»Mach das«, erwiderte ich mit belegter Stimme und hoffte, dass wir hier in Sicherheit wären.

***

Bis zum Mittag hatte uns Philip schlafen lassen, dann statteten wir dem zweiten Punkt auf Jacks To-do-Liste einen Besuch ab, nachdem wir mit dem Eintreffen bei Philip den ersten bereits abgehakt hatten.

Wir waren alle ein Stück gewachsen im Vergleich zu vor 15 Jahren und so blickten wir nun aus einigen Zentimetern weiter oben auf unser ehemaliges Headquater, unsere Höhle im Wald.

»Unfassbar«, sagte Jack. »Sie sieht noch genauso aus, wie ich sie in Erinnerung hatte. Vielleicht ein bisschen kleiner und etwas überwuchert, aber sonst –.«

»Tja«, sagte ich an Philip gewandt, »dafür reichten meine architektonischen Fertigkeiten offenbar aus.« Tatsächlich war ich etwas stolz auf den tadellosen Zustand des Baus, der größtenteils nach meinen Planungen entstanden war, wobei ich zugeben musste, dass meine Ansprüche mit den Jahren doch um eine Nuance gestiegen waren.

»Ja, ganz toll gemacht, Herr Architekt.«

»Ich will noch einmal runter«, sagte Jack und klatschte dabei in die Hände. Nein, so konnte ihr niemand widerstehen. Ohne zu murren quetschten wir uns hinein, wobei wir unisono feststellten, dass die Bude doch bedeutend kleiner geworden zu sein schien, passten wir doch gerade noch so hinein. Lachend kletterte Jack wieder nach oben und sog tief die Waldluft in ihre Lunge. »Wenn doch Jonas dabei sein könnte.«

»Das ist allerdings schade«, pflichtete ich ihr bei. »Aber mit dem ist leider nicht mehr viel los, das hab ich dir ja erzählt.«

»Ja, leider«, sagte Jack, »und diese Karen würde mich eh nie ins Haus lassen.«

»Wenn ihr mich nicht hättet«, prahlte Philip und sofort erinnerte er mich an den Philip vor 15 Jahren, nur bot ich ihm heute kein Paroli, wie ich es damals versucht hätte, sondern gönnte ihm seine Momente. Woraus auch immer sie bestehen würden. »Weil ich mir dachte, dass du ihn unbedingt würdest sehen wollen, habe ich mich heute Morgen schon schlaugemacht. Karen ist heute den ganzen Tag bei der Arbeit. Soweit ich weiß, guckt ihre Nachbarin dann nach dem Rechten. Aber nur, wenn Jonas einen Alarm auslöst. Laut den Quellen in der Kneipe, eine ist der Mann der Nachbarin, passiert das wohl höchstens alle paar Wochen. Ihr seht also: Der Weg wäre frei.«

»Auf was warten wir dann noch? Wer zuerst beim Auto ist.« Jack rannte lachend los. Verdammt, damit hatte sie definitiv einen Knopf bei mir gedrückt und bei Philip wohl auch, denn er sah mich herausfordernd an.

»Lauf los, ich geb dir Vorsprung«, sagte er großmütig, woraufhin ich ihn ebenfalls fixierte, nur um dann lässig abzuwinken. Und nein, Philip würde es nie lernen. Genau wie früher schüttelte er lachend den Kopf, wodurch er mir auch heute wieder den entscheidenden Vorteil gewährte, der mich, wie so oft schon, auch heute hauchdünn ins Ziel rettete.

»Du bescheißt doch.«

»Nein, ich benutze nur neben meinen Beinen auch meinen Kopf. Du weißt schon, das runde Ding auf deinem Hals, in das du ständig Essen reinsteckst.«

***

Zwar befand sich das Nachbarhaus außer Sichtweite von Jonas' Grundstück, von daher waren wir also sicher, trotzdem befürchteten wir, dass Karen eventuell außerplanmäßig zu Hause sein könnte. Dazu hätte es ja gereicht, wenn Jonas heute Morgen besonders schlecht ausgesehen hätte oder Karen beispielsweise selbst krank geworden wäre. Es waren nun mal ein paar Variablen im Spiel, die wir nicht berechnen konnten. Wir riskierten nicht mehr als nötig und entschieden uns dafür, dass Philip zuerst allein hingehen und klingeln sollte. Das wäre am unproblematischsten, sollte Karen die Tür öffnen. Und Philip war durchtrieben genug, sich in diesem Fall eine kleine Geschichte auszudenken.

Ich blieb mit Jack außerhalb des Grundstücks zurück und wartete auf das Go von Philip. Zwar hatten wir nur ein paar Stunden schlafen können, doch bei mir hatten sie gereicht, um mich etwas klarer sehen zu lassen.

»Wir werden uns wahrscheinlich nie wieder sehen«, sagte ich und starrte aus der Windschutzscheibe in Richtung der Auffahrt. Ich spürte, wie Jack, die hinter mir auf dem Rücksitz saß, nach vorn rutschte und ihre Arme um meine Schultern schlang. Es fühlte sich warm an und gut.

»Nein, werden wir wohl nicht. Auch wenn ich dich am liebsten mitnehmen würde«, flüsterte sie, obwohl niemand anderes sie hören konnte.

»Ich könnte mit dir kommen. Wir könnten zusammen –.« Ich brach meinen Satz selbst ab. Klar, es klang verlockend, dieses Leben als Desperado, doch Jack musste mir gar nicht erklären, dass wir zusammen ein viel zu großes Ziel abgeben würden, unsere Flucht schneller beendet wäre, als eine Kastanie durch ein Fenster Mutschkes flog.

»Ach, Lennard«, sagte sie stattdessen und lehnte ihren Kopf auf meine Schulter, sodass wir uns an den Wangen berührten. Zärtlich strich ich ihr über das gefärbte Haar.

»Brünett steht dir übrigens am besten«, sagte ich, um die Situation aufzulockern.

»Du solltest mich mit feuerroten Haaren sehen.«

»Würde ich gern«, sagte ich, dann zuckte ich zusammen, weil jemand auf das Dach des Autos schlug.

»Kommt raus, ihr Turteltäubchen«, flötete Philip, dem es ganz offensichtlich überhaupt nichts ausgemacht hatte, als wir ihm von unserem Kuss erzählt hatten. Er beschwerte sich lediglich bei mir darüber, dass ich erst heute damit herausrückte. Wäre doch kein Problem gewesen. Genauso wenig, wenn wir damals schon ein Pärchen gewesen wären. »Du warst eh nie mein Typ«, hatte er Jack zugeraunt, wobei ich nicht genau wusste, ob er damit die Wahrheit gesagt hatte.

Wir folgten ihm zum Haus, wo ich stutzte.

»Warum steht die Wohnungstür auf?«, wollte ich wissen und auch Jack schien sich etwas unwohl zu fühlen.

»Leute, warum ist die Banane krumm? Frag das die Wessis, woher sollen wir Ossis das denn wissen.« Er schüttelte energisch den Kopf. »Wollen wir nun zu Jonas oder nicht?«

Nacheinander betraten Jack, ich und Philip das Haus. »Er ist sicher oben«, erklärte er und schloss leise die Haustür. Auch die Treppenstufen ging Jack voraus. Gerade wollte ich sie noch warnen, da trat sie schon auf die vierte Stufe, die elendig knarzte. Doch während Philip und ich fast zu Salzsäulen erstarrten, drehte sich Jack zu uns um und hielt sich kichernd die Hand vor den Mund.

»Die haben die Treppe immer noch nicht repariert«, flüsterte sie und sorgte für eine erneute, warme Welle, die mich durchlief. Sie erinnerte sich offenbar noch an sehr vieles von früher und das mit der Stufe hatte ich doch vor kurzem erst selbst erlebt.

»Natürlich nicht, sie ist ja auch nicht kaputt«, äffte Philip Karen nach, wodurch mir klar wurde, dass er diese Erfahrung ebenfalls schon gemacht hatte.

Die Tür zu Jonas Zimmer war wieder nur angelehnt, ich klopfte einmal und schob sie auf. Doch jetzt saß Jonas nicht in diesem äußerst bequem wirkenden Fernsehsessel, sondern auf dem Drehstuhl vor seinem Schreibtisch. In der einen Hand hielt er einen Stift, die andere ruhte auf der Lehne des Stuhls.

»Hey, Jonas«, sagte ich und legte die Hand auf seine Schulter. Keine Reaktion. Vorsichtig zog ich den Stuhl etwas vom Schreibtisch ab und drehte Jonas um 180 Grad herum, sodass er uns alle sehen konnte.

»Altes Haus«, sagte jetzt Philip, der ihm ebenfalls keine Reaktion entlocken konnte.

»Lasst mich mal«, flüsterte Jack, woraufhin wir einen Schritt zur Seite traten. Sie kniete sich zu Jonas Füßen, nahm den Stift aus seiner Hand, legte ihn zur Seite und umschloss seine Finger mit beiden Händen.

»Hallo, Jonas, ich bin´s, Jack. Erinnerst du dich an mich?« Sie sah zu mir und Philip. Tränen standen in ihren Augen, die sie nicht lange zurückhalten können würde. Das hatte sie sich bestimmt anders vorgestellt, dachte ich mitfühlend, als Jonas plötzlich seine freie Hand von der Lehne nahm und sie wie in Zeitlupe in Richtung von Jacks Kopf bewegte. Aus dem Augenwinkel konnte ich auch bei Philip die Rührung erkennen, obwohl er immer so tat, als ob ihm nichts etwas ausmachen könnte. Wir folgten gebannt der Hand von Jonas, die nun auf Jacks Kopf ruhte und langsam darüber streichelte.

»Unglaublich, er scheint hier zu sein«, sagte ich. »Wir sollten ihm einfach auch noch einmal alles erzählen«, schlug ich vor. Dieser Vorschlag fand die Zustimmung der anderen. Philip und ich zogen uns einen Stuhl heran und Jack blieb vor Jonas hocken, sodass wir einen kleinen Stuhlkreis ergaben, mit unserer Hauptperson Jack im Mittelpunkt. So, wie es immer gewesen war.

»Also, Jonas, hör zu«, begann Jack und erzählte zum dritten Mal in kurzer Zeit ihre Geschichte. Sie ließ auch dieses Mal höchstens kleinste Details weg, wodurch ich mir noch sicherer wurde, dass es die Wahrheit war. Sonst hätte sie sich doch wenigstens hin und wieder mal widersprechen müssen. Das war nicht der Fall, und trotz der zweiten Wiederholung empfand ich es nicht als langweilig. Ganz im Gegenteil: Mir wurde schmerzhaft bewusst, dass ich Jack wahrscheinlich nach dem heutigen Tag nie wieder würde sprechen hören. Umso mehr ließ ich mich fallen und lauschte dem Klang ihrer Stimme.

Nachdem sie fertig war, Jonas hatte sie unaufhörlich weitergestreichelt, während sie sprach, übernahm Philip das Wort. Er erklärte Jonas in völlig normaler Stimmlage, dass wir Jack irgendwie aus dem Land schaffen müssten, eventuell nach Schweden oder so, und wir würden noch überlegen, wie wir das am besten bewerkstelligen könnten. Er sprach ganz so, als würde Jonas jedes Wort davon verstehen können. Innerlich schüttelte ich darüber den Kopf, andererseits fand ich es auch schön und richtig, dass wir alle vier zusammen diesen Abschluss gefunden hatten.

»Ich denke, es wird Zeit«, sagte Philip und stand auf. Ich tat es ihm nach und auch Jack machte Anstalten, sich hochzurappeln. Aber kurz, bevor sie aufstehen konnte, nahm Jonas die Hand von ihrem Kopf, ganz so, als würde er sie wieder auf die Lehne zurücklegen wollen. Doch anders als erwartet, hob er sie und zeigte über Jacks Schulter hinweg. Wir folgten ihm erst, als er auch den Kopf leicht anhob und ebenfalls in die Richtung guckte, in die er zeigte. Wie auf Befehl drehten wir alle unsere Köpfe nach hinten und schauten die Wand an.

»Du Teufelskerl«, sagte Philip, der es als Erster begriffen hatte.

»Das ist die Ludmilla, oder?«, fragte ich in den Raum, während Jack zur Wand trat und das gerahmte Foto an sich nahm, das die in die Jahre gekommene Segelyacht seiner Eltern zeigte.

»Darauf hätten wir auch selbst kommen können«, sagte ich etwas bedröppelt.

»Tja, wie ich euch früher schon sagte: Jonas ist klüger als wir drei zusammen.« Sie beugte sich zu unserem alten Freund, umarmte ihn herzlich und gab ihm einen langen Kuss auf die Wange. Philip und ich verabschiedeten uns eher kontaktarm. Corona und so, du weißt ja, Jonas, nicht wahr? Außerdem würden wir ihn ja noch öfter sehen. Also Philip zumindest, bei mir lag es etwas daran, wie lange sie mich wegsperren würden.

KAPITEL 31

Was erlaubte sich diese dumme Drogenfahnderin eigentlich?, schoss es Seiler zum wiederholten Male durch den Kopf, nur musste er es jetzt herauslassen.

»Denkt die Schnepfe, wir spielen hier ein gottverdammtes Spiel?«, rief er seinem Kollegen Fleischmann zu, der ihm gegenüber im Hubschrauber des mobilen Einsatzkommandos saß. Rief ihn diese Isabell Meyer doch tatsächlich an und tat großmütig, weil sie ihm vom Carsharing ihres Freundes erzählte, der gerade mit einem solchen Wagen unterwegs wäre. »Begreift die das mit der nationalen Sicherheitslage nicht? Wenn es nach mir ginge, würde man die vom Dienst suspendieren.«

»Aber es geht nicht nach dir, also entspann dich und hör auf, dich über so einen Scheiß aufzuregen«, erwiderte Fleischmann leicht genervt von Seiler. Er verstand seinen Kollegen wegen des Lärms, den die Rotorblätter und der Gegenwind erzeugten, eh schon schlecht und nun kam noch dieses Rumgemeckere hinzu. Er hoffte, sie würden bald die Ermittlungen abschließen können und darauf die Sonderkommission wieder auflösen. Fleischmann war ein sehr geduldiger Mann, doch der ihm zugeteilte Kollege ging im dermaßen auf den Sack.

»Ich reg mich verdammt noch mal auf, so viel es mir passt. Und wenn einer von den Scheißern da unten gleich auch nur mit der Wimper zuckt, will ich, dass er sofort kaltgestellt wird.«

»Jetzt reicht es mir langsam. Die da unten sind größtenteils Zivilisten, die mutmaßlich gar nichts bis wenig mit dem Anschlag zu tun haben. Unser Ziel ist diese Frau, sonst erstmal niemand. Wenn wir gleich fünf unschuldige Opfer produzieren, weil du *Dirty Harry* spielen willst, sind wir es, die unsere Jobs loswerden und zusätzlich wahrscheinlich noch fünf Jahre Moabit dazu kriegen.«

»Ach, lass mich doch in Ruhe«, erwiderte Seiler zähneknirschend, gab dann aber doch die Anweisung an das Team, mit größter Vorsicht vorzugehen und nur im Notfall von der Schusswaffe Gebrauch zu machen, wobei es darum ging, die gesuchte Frau kampfunfähig zu machen. »Von dem Mann oder den Männern geht mutmaßlich keine Gefahr aus, seid trotzdem aufmerksam«, schloss er die Anweisung. Dann wartete er, bis sie in Sichtweite zu dem Haus waren, vor dem der BMW vom Carsharing stand, den sie ganz einfach über dessen GPS-Sender ausfindig machen konnten. Es handelte sich um ein Haus, von dem sie wussten, dass es einem Freund von Lennard Bruckmann gehörte. Erneut sprach Seiler ins Funkgerät, dieses Mal richtete er das Wort an den Einsatzleiter. »Zugriff erteilt.«

»Alles klar, Zugriff erfolgt in dreißig Sekunden ab jetzt«, erwiderte eine tiefe, leicht vom Funk verzerrte Stimme.

»Können wir etwas näher ran?«, fragte Fleischmann in Richtung des Piloten, der den Daumen hob und den Helikopter etwas nach unten und weiter in Richtung des Hauses lenkte. »Danke«, sagte Fleischmann und reckte ebenfalls den Daumen nach oben.

»Dann wollen wir uns das Spektakel mal anschauen«, sagte Seiler und beobachtete neben Fleischmann den Eingriff von oben, der schneller vorbei sein sollte, als die beiden Chefermittler sich vorstellen konnten.

Von allen vier Seiten näherten sich die Einsatzkräfte grüppchenweise und im Laufschritt dem Haus, das auf drei Seiten von dichten Büschen und Bäumen umgeben war, sodass sie aus dem Helikopter eine eingeschränkte Sicht hatten. Sie hörten über ihre Headsets das fast gleichzeitige Einschlagen von Fensterscheiben, ein Krachen deutete auf das Aufbrechen der Haustür hin. Dann erfolgte die Anweisung des Tränengaseinsatzes. Nachdem sie es ein paar Sekunden hatten wirken lassen, stürmten die schwerbewaffneten, mit Helm und Weste geschützten Spezialisten das Haus.

»Garage gesichert, Erdgeschoss gesichert, Obergeschoss gesichert, Außenanlage gesichert«, hörten sie im Hubschrauber überlappend verschiedene Polizisten über Funk rufen, bis der Einsatzleiter sich schließlich direkt an Seiler und Fleischmann wandte.

»Objekt gesichert. Zielperson nicht angetroffen. Auch keine anderen Personen angetroffen. Lediglich zwei Frettchen randalieren in ihrem Käfig, denen gefällt das Gas sicher nicht. Wir haben sie zum Lüften nach draußen geschafft.«

»Es interessiert mich einen Scheiß, was Sie mit diesen Rattenviechern machen«, schrie Seiler, woraufhin Fleischmann ihm bedeutete, den Mund zu halten.

»Danke, sehr guter Job von Ihrem Team«, sagte Fleischmann zu dem sprachlosen Einsatzleiter, der kopfschüttelnd an seinem Einsatzwagen stand und nach oben zum Helikopter starrte.

»Kein Thema«, erwiderte er schließlich kurz angebunden und richtete das Wort an sein Team.

»Gute Arbeit, jetzt packt ein, damit wir nach Hause kommen.«

Auch der Helikopter drehte ab und flog in Richtung Berlin zurück.

***

Wir hätten doch mit dem BMW weiterfahren sollen, und nicht mit dem alten Trabi von Philips Eltern, dachte ich. Allein wegen der Bequemlichkeit. Auch wenn Philip ihn wirklich sahnemäßig restauriert und gerade die Innenausstattung enorm aufgemöbelt hatte, merkte ich doch schnell, dass wir in einem Plaste-und-Elaste-Bomber fuhren, und nicht in einer High-End-Kiste aus München. Philips Argument, dass wir in der Car-Sharing-Karre ein einfaches Ziel abgeben würden, hatte schließlich gestochen, da die Zahlungen dafür über meine Kreditkarte getätigt wurden.

»Nu hör ma uff, dich so anzustellen«, ranzte Philip mich an, dem aufgefallen war, dass ich mich ständig anders hinsetzte, was ich durch gelegentliches Stöhnen untermalte.

»Ich kann nichts dafür, das geht mir auf den Rücken.«

»Und mir gehst du auf die Eier. Aber siehst du mich an den Eiern kratzen? Nein, also reiß dich zusammen.«

»Nun hört auf, euch zu zanken wie zwei alte Waschweiber, wir sind eh gleich da«, sagte Jack kichernd und zeigte auf das Hinweisschild, an dem wir gerade vorbeirauschten. »Noch 15 Kilometer bis nach Kröslin.« Nach einer Pause fügte sie mit trauriger Stimme hinzu: »Der Abschied rückt näher.« Sie kramte noch einmal den Ausweis hervor, den wir vorhin bei Philips Knastkumpel abgeholt hatten, und strich über den Umschlag. »Er hat wirklich fantastische Arbeit geleistet, ich erkenne keinen Unterschied.«

»Dazu brauchst du auch einen elektronischen Sensor, hat er gesagt«, erklärte Philip und hörte sich an, als wäre er stolz auf sich und seinen alten Kameraden. »Nur, weil er im Knast war, heißt das nicht, dass er keine Ahnung hat.«

»Und dass er die Sonderbestellung so fix erledigt hat, einfach unglaublich. Fast so, als würde er für einen Geheimdienst arbeiten.«

Gerade wollte ich einen Spruch dazugeben, da knallte es und wir wurden unvermittelt brutal in die Sitze gepresst. Unser Wagen machte einen Satz nach vorn, wodurch Philip massive Probleme bekam, das Lenkrad festzuhalten. Wir hatten höllisches Glück, dass die Landstraße hier geradeaus führte, sonst wären wir mit Sicherheit im Seitengraben gelandet. Ich war verwirrt, daher folgerte ich direkt, dass es dem Krach nach etwas Großes gewesen sein müsste, mit dem wir kollidiert waren.

»Was war das? Ein Wildschwein?«, rief ich Philip zu, der angespannt in den Rückspiegel guckte und Mühe hatte, die Spur zu halten.

»Schön wär´s«, sagte er mit unsicherer Stimme, die mich ebenfalls nervös machte. Zeitgleich mit Jack, die immer noch hinter mir auf der Rückbank saß, drehte ich mich um und wir sahen, wie sich uns ein Wagen mit angeschaltetem Fernlicht und hoher Geschwindigkeit näherte. »Festhalten!«, rief Philip und im nächsten Moment krachte es erneut in unser Heck. »Was ist das für ein Idiot?«, kreischte er fast.

»Ich befürchte, ich weiß es«, sagte Jack mit einer hoffnungslosen Stimme, die meinen Magen verkrampfen ließ. »Am besten haltet ihr an und liefert mich denen aus. Vielleicht lassen sie euch dann laufen.«

»Du meinst, das sind deine Zellenkumpels Sergej und Vladislaw? Woher verdammt sollen die wissen, wo wir sind?«, schrie ich.

»Keine Ahnung, möglicherweise haben sie den Polizeifunk abgehört. Ich weiß es nicht. Aber ich weiß, dass sie uns nicht einfach in Ruhe lassen werden.«

»Ich werde mit Sicherheit nicht anhal – aaahhhh«, brüllte Philip, riss das Steuer herum und trat auf die Bremse, wodurch er unsere Verfolger überraschte, die rechts an uns vorbeirauschten.

»Was ist los?« Das ging mir alles viel zu schnell, als dass ich es begreifen konnte.

»Nichts, ich dachte, ein vorgezogener Schrei kann nicht schaden.« Ich schaute aus den Fenstern, viel konnte ich wegen der einsetzenden Dämmerung nicht mehr sehen, doch wir hatten einen winzigen Vorteil gegenüber den beiden ehemaligen Tschetschenien-Kriegern: Ich kannte mich hier aus, weil ich früher einige Male mit Jonas und seinen Eltern in den Urlaub mitdurfte. Wir hatten die Gegend damals natürlich systematisch erkundet. Im Gedanken schob ich ein anerkennendes Lob für Jonas in den Äther, dessen unnachgiebige Neugier uns damals angetrieben hatte.

»Pass auf, Philip, versuch, die Kiste zu wenden. In 500 Metern etwa kommt eine Abzweigung, die führt zum Gelände einer stillgelegten Kalksandstein-Fabrik. Das ist unsere einzige Chance.«

»Okay«, sagte er und kämpfte mit dem Lenkrad des Trabants, der vor der Herausforderung seines Autolebens stand. Bislang machte er eine verhältnismäßig gute Figur, denn er war weder auseinandergefallen, noch hatte der Motor den Geist aufgegeben. Mit viel Glück und dem eher mäßig ausgeprägten Fahrvermögen unserer Verfolger geschuldet erreichten wir das Gelände tatsächlich einige Sekunden vor ihnen.

»Mach das Licht aus«, wies ich ihn an.

»Bist du verrückt? Dann seh ich nix mehr.«

»Keine Panik, ich bin mir sicher, dass ich uns auch so hier durchmanövrieren kann.«

»Ich vertraue dir«, sagte Jack, was mich gleich etwas größer werden ließ.

Philip folgte meinen Instruktionen genau und außer einer kleinen Kollision mit einer kaum zu erkennenden, halb in den Boden gelassenen Stahlsäule, die eine unberechtigte Durchfahrt verhindern sollte, schafften wir es, unbemerkt zu bleiben. Doch unsere Verfolger taten es uns nach und stellten ebenfalls das Licht ab.

»Seid mal still«, flüsterte Philip und lauschte aus dem heruntergekurbelten Fenster. »Verdammt, sie haben ihren Motor ausgeschaltet. Was sollen wir jetzt machen?«

»Okay, wenn wir es schaffen, unbeschadet zwischen den beiden Türmen dort hindurchzukommen, erreichen wir etwa hundert Meter weiter einen schmalen Pattweg, der fast bis nach Kröslin führt. Ich bin mir zwar nicht sicher, ob der Trabi da durchpasst, aber der fette SUV der anderen tut es mit Sicherheit nicht.« Wir schauten uns an und nickten fast gleichzeitig.

»Also los«, sagte Jack.

»Also los«, wiederholte Philip.

»Also los!«, rief ich, woraufhin Philip das Gaspedal durchdrückte, sodass die 30 oder 40 Pferde unter der

Haube ein Mordsspektakel abgaben. Dann ließ er die Kupplung kommen, woraufhin wir einen Satz nach vorn machten – und stehenblieben.

»Verdammte Scheiße, spring wieder an!«, rief Philip und versuchte hektisch, den Motor zu starten, doch der wimmerte nur. Zeitgleich sahen wir, wie die Scheinwerfer am Wagen unseres Verfolgers aufleuchteten und uns erfassten. Sie waren vielleicht 50 Meter entfernt, eher 40, und näherten sich rasant. Ich hatte das Gefühl, als wäre mein Auto auf dem Bahnübergang verreckt und ein Zug würde mich jeden Moment erfassen. So ähnlich würde es auch gleich ausgehen, wenn uns die eineinhalb Tonnen abräumen würden. Es knallte und ich dachte schon an eine Fehlzündung, doch im letzten Moment schossen wir wieder nach vorn und wurden nur ganz leicht am Heck getroffen, was unseren Kurs jedoch nicht beeinträchtigte.

»Puh!«, entfuhr es Philip erleichtert und schon jagten wir den von Begrenzungspfählen gesäumten Weg in Richtung des Ortes entlang, in dessen Hafen Ludmilla darauf wartete, Jack sicher über die Ostsee zu bringen.

»Es hat funktioniert«, rief ich triumphierend, als ich über den Rückspiegel an meiner Tür sah, wie unser Verfolger hinter uns auftauchte, seine Lichter sich dann aber immer mehr von uns entfernten.

»Ja, verdammt, die haben sich festgefahren. Wie viel Vorsprung bringt uns das?«

»Wenn die sich beeilen, drei Minuten. Wenn sie etwas brauchen, um vom Gelände runter und zum Hafen hinzufinden, bringt uns das vielleicht fünf, maximal sieben Minuten, schätze ich.«

»Was meinst du, Jack?«, fragte Philip und sah über den Spiegel zu ihr. »Jack, was ist los?« Auch ich drehte mich um und sah im ersten Moment nur Blut. Viel Blut. Ich quetschte mich zwischen den Vordersitzen nach hinten und nahm ihren Kopf in meine Hände.

»Jack? Verdammt, was ist denn passiert?« Dann fiel mein Blick auf ein Loch in der Seitenscheibe und danach auf ihre Schulter.

»Es hat mich erwischt«, hauchte sie.

»Nur die Schulter!«, sagte ich und hoffte, keine andere Verletzung zu übersehen. Warum hatte es die Scheibe eigentlich nicht zerfetzt nach dem Einschuss? Ich konnte mir kaum vorstellen, dass in alten Trabis Verbundglas verarbeitet wurde. Bist du bescheuert? Warum denkst du über so einen Scheiß nach? Energisch riss ich mein T-Shirt herunter und verband notdürftig ihre Wunde. »Wir müssen den Plan ändern«, sagte ich zu Philip. Jack schien kurz davor zu sein, wieder wegzutreten.

»Was hast du vor?«

»Ich werde mit ihr fahren, allein schafft sie es nicht.«

»Gut, ich versuche alles, was in meiner Macht liegt.«

Wie ein Rennfahrer, der um die Formel-1-Weltmeisterschaft kämpfte, jagte Philip durch die engen Straßen des kleinen Ortes in der Nähe des Greifswalder Boddens.

»Da vorn ist der Steg«, sagte ich und hoffte, das Boot hätte mittlerweile keinen anderen Anlegeplatz.

»Schaffst du Jack allein? Dann nehm ich ihr Zeug.«

»Ja«, sagte ich, zog Jack vorsichtig aus dem Wagen und nahm sie auf den Arm. Ich lief voraus, hangelte mich außen am geschlossenen Metalltor vorbei, wobei ich fast wegrutschte und ins Wasser fiel. Philip griff im letzten Moment nach meinem Arm und bewahrte mich und Jack somit vor dem Bad, das sicher zu unserem geführt hätte. Zumal unsere Verfolger jeden Moment da sein müssten.

»Da vorn, das ist sie, oder?«

»Ja«, schnaufte ich, »das ist Ludmilla.« Philip rannte an mir vorbei, warf die Koffer auf das Boot und sprang hinterher. Wie er das geschafft hatte, wusste ich nicht, doch er brachte den Motor zum Laufen, bevor ich mit Jack auf dem Arm an Bord war. Ich rutschte auf dem glitschigen Bootsdeck etwas weg – wahrscheinlich hatte es über die Monate Moos angesetzt – doch Philip hielt mich rechtzeitig fest. So konnte ich Jack unbeschadet unter Deck bringen. Gerade kam ich wieder nach oben, da wandte er sich mir zu und sah mich an. Sein zuversichtlicher Blick machte mir Mut.

»Tank ist halbvoll«, sagte er, klopfte mir auf die Schulter und sprang wieder auf den Steg. »Viel Glück, du Hurensohn!«

»Dir auch, du Drecksfresse«, erwiderte ich und steuerte Ludmilla an den anderen anliegenden Booten vorbei mit Kurs auf das offene Wasser. Ich musste mich beeilen, denn ich hätte erst dann die Gelegenheit, mich gründlich um Jacks Verletzung zu kümmern, wenn wir den Hafen weit hinter uns gelassen hatten.

Aus der Entfernung sah ich, wie sich Scheinwerfer in rasantem Tempo dem Anleger näherten. Entweder war das die durch uns aufgeschreckte Polizei, was ich nicht glaubte, weil die Zeit dafür zu kurz gewesen wäre. Viel näher lag, dass unsere Verfolger den Weg gefunden hatten. Ich konnte aus meiner Position gerade noch erkennen, wie zwei winzige Menschen aus dem Wagen stiegen und zum Rand des Anlegers liefen. Ihre verärgerten Schreie und ihr wildes Gestikulieren taten mir gut. Plötzlich peitschten einige Schüsse auf, woraufhin ich unwillkürlich den Kopf einzog. Doch ich kam schnell zu dem Schluss, dass wir bereits außerhalb ihrer Reichweite sein müssten, beziehungsweise der ihrer Schusswaffen. Und selbst, wenn wir uns noch knapp innerhalb davon befänden, lag die Chance, getroffen zu werden, in etwa so hoch oder besser gesagt, so verschwindend gering, wie beim Lotto den Hauptgewinn einzustreichen.

Das Aufheulen des Trabis, die Schreie der Männer und ein dumpfes Aufprallgeräusch, das vom Anleger zu uns herüberdrang, machten meine Überlegungen überflüssig. Ich stellte zufrieden fest, dass sich unsere Verfolger auf jeden Fall der Reichweite Philips nicht hatten entziehen können, der sie gerade über den Haufen gefahren hatte. »Hoffentlich hast du sie ordentlich erwischt, du Teufelskerl.«

***

Seit mindestens zwei Stunden waren wir in Richtung Schweden unterwegs und noch vor einem Tag hätte ich lauthals darüber gelacht, wenn mir jemand prophezeit hätte, dass ich als Kapitän eines kleinen Bootes die Ostsee überqueren würde. Wasser war nun wirklich nie mein Element gewesen. Es stimmte zwar, dass ich als Kind öfter mit Jonas und seinen Eltern hier den Urlaub verbracht hatte, doch hatte es auch seinen Grund, warum ich mit meinem Freund lieber das Hinterland erkundete – wie zum Beispiel das stillgelegte Industriegelände – als mit seinem Vater raus aufs Meer zu segeln.

»Hey«, hörte ich Jack mit dünner Stimme sagen, was mich aus meinen Gedanken holte.

»Hey, du sollst doch unten bleiben.« Ich hatte ihre Wunde ganz passabel versorgen können. Trotzdem hatte sie einiges an Blut verloren, sodass es mir lieber gewesen wäre, sie hätte sich die Fahrt über unter Deck geschont. Schließlich stand ihr noch eine anstrengende Zeit mit etlichen Strapazen bevor, bis sie ihr tatsächliches Ziel erreicht haben würde.

»Ich möchte aber lieber hier bei dir bleiben«, flüsterte sie und setzte sich neben mich. Ich hob die Wolldecke an, damit sie mit darunter schlüpfen konnte. Sie schmiegte sich an mich und lehnte den Kopf an meine Schulter. Die Erinnerungen an unseren letzten Moment, bevor sie damals verschwand, kamen wieder hoch. Würde es heute wieder so kommen? Ein heißer, inniger Kuss und dann der Abschied? Dieses Mal für immer? »Was hast du?«, fragte sie, nachdem ich laut geseufzt hatte. Gerade als ich antworten wollte, spürte ich etwas Feuchtes auf der Nase. Der nächste Tropfen traf mich an der Stirn, ein weiterer an der Hand.

»Muss das jetzt sein?«, richtete ich das Wort gen Himmel, als säße da oben wirklich der richtige Ansprechpartner für Beschwerden über das Wetter. Immer dichter zogen sich die Wolken zusammen, bis sie eine dunkelgraue Masse ergaben.

»Ach, ein wenig Regen wird schon nicht so schlimm sein«, erwiderte Jack, doch ich verstand sie kaum, da es anfing zu donnern.

»Verdammt, das sieht nicht gut aus.« Und es fühlte sich auch nicht gut an, denn neben dem Regen drehte auch der Wind mächtig auf.

KAPITEL 32

Es war dunkel und mir war kalt. Warum schaltete niemand das Licht ein und reichte mir eine Decke? Und wo war ich eigentlich?

»Wachen Sie auf, Mann«, reagierte endlich eine Stimme aus der Ferne, doch beantwortete sie keine meiner Fragen. »Atmen Sie!« Und je mehr mir die Stimme zurief, umso lauter wurde sie. Dann riss ich meine Augen auf und rollte mich ein. Im nächsten Moment spuckte ich Wasser aus, viel Wasser, salziges Wasser. »Wie haben ihn wieder«, hörte ich jetzt die Stimme zu jemand anderem sagen. Langsam lichteten sich die Schleier und ich erkannte, dass ich mich auf einem Rettungskreuzer befand und der Mann, der sich halb über mich beugte, ein Sanitäter war. »Willkommen an Bord«, sagte er passend.

»WoisJack?«, murmelte ich, was er wohl nicht hörte, denn er ging überhaupt nicht weiter auf mich ein, sondern sprach mit einigen Leuten, die um uns herumstanden. »WoisJack?«, wiederholte ich, wobei ich mich selbst kaum verstand.

»Bringt ihn erstmal unter Deck, damit er zu Kräften kommt.« Ich spürte, wie ich auf eine Trage geschafft und damit weggebracht wurde. Ich wollte noch etwas sagen, doch ich war zu schwach und zu müde, um weitere Fragen zu stellen.

***

Ich fühlte mich deutlich erholter, als ich wieder wach wurde. Sofort dachte ich an Jack. Wo war sie? Ich konnte sie doch unmöglich schon wieder verloren haben? Nicht so! Mit mäßigem Elan wollte ich mich hochschwingen, doch etwas riss mich förmlich zurück auf die Matratze und ein stechender Schmerz schoss durch mein Handgelenk. »Was zum Teufel?«, fragte ich, als ich die Fixation sah.

»Guten Tag, Herr Bruckmann«, hörte ich eine Männerstimme, die mir irgendwie bekannt vorkam. Im nächsten Moment erschien das zur Stimme gehörige Gesicht in meinem Blickfeld. »Hauptkommissar Seiler, wir hatten bislang noch nicht das Vergnügen, obwohl wir ja einen Termin vereinbart hatten. Sie erinnern sich?«

»Sie müssen entschuldigen, mir war etwas Wichtiges dazwischen gekommen«, versuchte ich, cool zu bleiben. »Aber wo ist Jack?«

»Sie meinen, Ihre alte Freundin Jacqueline Kowalski? Das wüssten wir gern von Ihnen«, hörte ich eine zweite Männerstimme, die mir bis dahin unbekannt war. »Ach ja, mein Name ist Fleischmann, ich bin ebenfalls von der Soko Brandenburger Tor.« Ich wurde zunehmend wacher und vitaler und riss an meiner Fessel.

»Wo zum Teufel haben Sie sie untergebracht? Ich will zu ihr.« Die beiden Polizisten sahen sich an, scheinbar etwas uneins, wie sie weiter vorgehen wollten.

»Außer Ihnen wurde niemand aus dem Wasser gefischt, Herr Bruckmann«, erklärte Fleischmann. »Vielleicht erzählen Sie erstmal Ihre Geschichte.«

Fassungslos lauschte ich den Worten des Polizisten. Niemand außer mir wurde aus dem Wasser geholt. Das konnte nicht sein! Das musste ein Irrtum sein! Sie mussten Jack gefunden haben! Ich schluckte hart und brauchte einen Moment, bevor ich mit erstickter Stimme antwortete:

»Das Boot, der Schuss«, murmelte ich, »Jack war unschuldig an dem Anschlag, das hat sie mir hoch und heilig geschworen. Nur wurde sie von irgendwelchen ehemaligen Tschetschenien-Kämpfern in die Geschichte hineingezogen. Sie brauchte Hilfe von mir, da sie nach Schweden wollte, sich absetzen. Dort würde sie sich sicherer fühlen, hat sie gesagt. Deswegen sind wir zu diesem Boot, das gehört Freunden von uns.«

»Sie meinen die halb gekenterte Ludmilla, die gerade in den Hafen geschleppt wird?«

»Ja, genau die. Die beiden Killer haben uns bis zum Hafen verfolgt und auf uns geschossen, wobei sie Jack erwischt haben. An der Schulter. Sie hat viel Blut verloren, da musste ich ihr doch helfen. Dieses Mal, verstehen Sie?« Wieder sahen sich die Cops an und tauschten vielsagende Blicke.

»Was passierte Ihrer Meinung nach dann?«, forderte mich jetzt wieder Seiler auf, weiterzureden.

»Dann gerieten wir in diesen Sturm. Ich zog mir die Rettungsweste an und holte die zweite für Jack. Doch bevor ich sie ihr anziehen konnte, wurde Jack über Bord gespült. Ich bin sofort hinterher.« Ich hatte äußerste Mühe, meine Tränen zurückzuhalten, doch ich wollte vor den beiden nicht schwach wirken. »Ich bekam sie im Wasser noch irgendwie zu packen und schleppte uns trotz der riesigen Wellen zum Boot zurück. Doch schaffte ich es nicht, sie an Deck zu bekommen. Ich versuchte alles, doch es wollte nicht klappen. Danach habe ich keine Erinnerung mehr«, sagte ich leise.

***

Eine Woche lang wurde ich wieder und wieder zu dem Bootsunglück und zu den Stunden davor verhört. Mal freundschaftlich, mal drohend, mal beiläufig, doch ich konnte den Polizisten nun mal nicht mehr sagen, als ich wusste. Warum sollte ich auch etwas zurückhalten? Warum sollte mich im Augenblick überhaupt etwas kümmern? Jack – sie war tot. Auch wenn es sich genauso unwirklich anfühlte wie damals. Sie war gestorben, von den Wellen des Ozeans verschlungen. Dies war nun die neue Realität, in der ich leben musste. Isabell hatte mich verlassen und meine Sachen bereits in das Haus meines Vaters bringen lassen, auf meine Kosten natürlich. Mein Arbeitgeber stellte mich frei, bis sich die Wogen geglättet hätten, und Philip ging wieder auf Distanz. Das hatten wir vor 15 Jahren ja schon mal. Ein Déjà vu der überflüssigen Art. Mein Anwalt hingegen stand mir bei und beherrschte sein Metier offenbar, denn schließlich wurde ich mit der einzigen Auflage, die Bundesrepublik Deutschland nicht verlassen zu dürfen, wieder in die Freiheit entlassen.

Die Suche nach Jack dauerte fünf Tage, doch wie bei anderen Seenotopfern fanden sie auch ihre Leiche nicht. Die würde aller Voraussicht nach in den nächsten Monaten an einer der Küsten angeschwemmt werden, falls sie überhaupt jemals wieder auftauchte – im wahrsten Sinne des Wortes.

Auf der Ludmilla konnten sie jede Menge Blut, Haare und anderes genetisches Material von ihr sicherstellen, was sie mit Proben von vor 15 Jahren verglichen und somit eindeutig ihr zuordnen konnten. Ebenfalls wurden ihre Koffer und der gefälschte Ausweis sichergestellt, mit dem sie in ihre Freiheit gelangen wollte. Die Freiheit hatte sie jetzt gefunden in den Tiefen des Ozeans, dachte ich wehmütig. Zumindest wusste ich, dass Jack das Meer geliebt hatte. Besser hätte es also gar nicht kommen können, wenn es schon zu Ende gehen musste.

KAPITEL 33

6 Monate später

Vor einem halben Jahr noch hätte ich es nicht für möglich gehalten, dass ich irgendwann mal wieder gern in meinem Heimatdorf leben würde. Mit etwas Glück hatte ich einen Job in einem kleinen Architekturbüro im Nachbardorf gefunden, wo ich zwar nicht gerade fürstlich entlohnt wurde, aber für meinen Lebensunterhalt und die Hypotheken, die ich bei der Bank abstotterte, reichte es. Auch Philip und ich waren wieder engere Kumpel, seit ich hier wohnte. Manchmal verschafften wir uns heimlich Zugang zu Jonas, wenn wir sicher waren, dass Karen nicht zu Hause war. Leider besserte sich sein Zustand höchstens minimal. Aber wir wollten ihm zeigen, dass er immer noch ein Teil von uns war.

»Hallo, Herr Keller«, rief ich dem Postboten zu, der doch wirklich langsam mal in Pension gehen müsste. Vielleicht war er das schon lange und man hatte einfach vergessen, es ihm zu sagen, dachte ich schmunzelnd.

»Hallo, Lennard«, erwiderte er und reichte mir einige Umschläge.

»Danke«, sagte ich und zog den mittleren hervor, weil er so offiziell aussah. Tatsächlich war es ein Brief meines Rechtsanwaltes. Ich überflog ihn und meine anfängliche Befürchtung zerstreute sich von Zeile zu

Zeile, bis ich am unteren Ende den entscheidenden Passus las:

... wird das Verfahren gegen Sie in allen
Punkten eingestellt gegen eine Einmalzahlung von
Euro 10.000,00 – in Worten: Zehntausend. Sie haben
vier Wochen ab Erhalt dieses Schreibens Zeit,
Rechtsmittel einzulegen ...

»Den Teufel werde ich tun!«, rief ich und mir wurde bewusst, wie viele Steine mir doch auf den Schultern gelegen hatten, so leicht wie ich mich jetzt fühlte, nachdem sie alle heruntergefallen waren. Sofort rief ich bei Philip an, der das als Anlass nahm, ein wenig zu feiern. Am selben Abend trafen wir uns daher auf ein paar Bier in der Dorfkneipe.

»Wenn du also demnach komplett freigesprochen bist, darfst du auch wieder aus Deutschland raus, oder?«

»Na sicher, ich bin frei wie ein Vogel.« Wir stießen an und kippten die Gläser zur Hälfte hinunter.

»Dann kannst du ja überlegen, wie du zu meinem Angebot stehst. Ausreden hast du zumindest keine mehr.«

»Hm, du meinst den Cluburlaub auf Kuba? Den willst du mir wirklich spendieren?«

»Na ja, wenn du jetzt noch zehntausend Kröten abdrücken musst und das Haus weiter abbezahlen, dann kannst du dir in den nächsten Jahren eh keinen Urlaub leisten. Und ich muss einfach mal raus aus dieser Coronascheiße. Auf Kuba gibt es so gut wie keine

Fälle, und schön warm ist es dort auch. Karibik, Alter!«
Ich überlegte hin und her, doch nach dem dritten Bier
sah ich keinen Anlass mehr, das Angebot auszuschlagen. Wer wusste schon, wie lange Philip noch so großzügig sein würde? Vielleicht fand er morgen schon eine
Freundin, dann wäre es dahin mit den Spendierhosen.
Das kannte ich doch von mir selbst.

»Okay«, sagte ich schließlich, woraufhin Philip gleich
die nächste Runde bestellte.

»Dann bekommst du vielleicht auch Isabell mal aus
deinem Kopf.«

»Ach, weißt du, mit ihr habe ich meinen Frieden
schon vor zwei Monaten gemacht. Wir haben uns ein
paarmal getroffen, um uns auszusprechen. Ich denke,
auch ohne diese Geschichte mit Jack wäre unsere
Beziehung über kurz oder lang gescheitert. So können
wir uns wenigstens wieder in die Augen gucken, falls
wir uns denn mal über den Weg laufen. Abgesehen
davon würde Jack doch immer noch irgendwie zwischen uns stehen.«

»Jetzt, wo du es sagst: Auf Jack.« Er hob sein Glas
und schaute mich an. Jack, etwas Wehmut überkam
mich bei dem Gedanken an sie. Dann nahm auch ich
mein Glas in die Hand.

»Auf Jack.«

KAPITEL 34

Havanna, Kuba, weitere zwei Monate später

Die Sonne brannte unerbittlich auf uns herab, doch die eisgekühlten Cocktails linderten die schlimmsten Hitzeerscheinungen spürbar.

»So habe ich es mir vorgestellt«, schwärmte Philip, der auf der Liege neben mir saß und wie ich die Füße im Pool baumeln ließ.

»Ist doch etwas anderes als das Spreeufer, gebe ich zu«, bestätigte ich und zog am Strohhalm. »Aahh«, machte ich, als die kühle Piña colada meine Kehle herunterrann.

»Zumal dort man gerade 15 Grad sind.«

»Höchstens, und das Virus lauert hinter jeder Ecke«, spottete ich, wobei ich die Pandemie schon ernst nahm. Allerdings hatten meine Erlebnisse rund um den Anschlag in Berlin meine Prioritäten verschoben. Ich sah es etwas entspannter, seit ich wusste, wo der Tod überall auf einen warten konnte. Und die unbesorgte Situation hier auf Kuba hatte mich Covid schnell vergessen lassen.

»Na, ihr Experten, wie sieht es bei euch aus?«, fragte eine mir sehr bekannte Frauenstimme. »Macht mal etwas Platz für mich, meine Lebensretter«, sagte Jack, schob sich an uns vorbei und hockte sich im Schneidersitz vor unsere Liegen.

»Immer gern«, sagte ich und auch Philip winkte ihr zu.

»Schade, dass Jonas nicht dabei sein kann«, sagte sie.

»Noch nicht dabei sein kann«, berichtigte ich sie. »Schließlich schlagen die experimentellen Versuche langsam bei ihm an, aber dazu kann Philip mehr sagen.«

»Ja, er textet mich komplett zu, wenn ich meinen wöchentlichen Besuch bei ihm mache«, erwiderte Philip zwinkernd. »Ne, mal im Ernst: Er ist längst nicht mehr so apathisch wie vor einem halben Jahr und redet tatsächlich manchmal mit mir. Wahrscheinlich sagt er mir nur, dass ich mich verpissen soll, aber Karen sieht mich jedes Mal so glücklich an, wenn ich aus seinem Zimmer und die Treppe nach unten komme.«

»Du wirst doch wohl nicht –.«

»Keine Sorge, Jack, Bruder vor Luder«, unterbrach er sie. »Aber wer jetzt wem oder wann das Leben gerettet hat, müssten wir mal ausdiskutieren«, schlug er vor, »denn ich komme dabei zu schlecht weg, finde ich.«

»Du Jammerlappen«, neckte ich ihn, »jedem, was ihm zusteht.«

»Ich fand dich einfach heroisch, auch wenn ich es nur aus eurer Erzählung weiß, wie du Sergej und Vladislaw mit deinem Trabi abgeräumt hast.«

»Na ja, sobald die aus dem Knast kommen, kann ich mir auch `ne Hütte hier suchen.«

»Damit liegst du nicht vollkommen falsch«, bestätigte Jack, die die beiden am besten von uns einschätzen konnte. »Aber da die wegen etlicher anhängender Verfahren verknackt werden, kommen die frühestens in zehn Jahren raus. Bis dahin wirst du schon einen Unterschlupf gefunden haben. Und Kuba wäre sicher nicht die schlechteste Wahl.«

»Genau, vielleicht werde ich dein Untermieter«, erwiderte er lachend. »Ich bin aber heute großzügig und nominiere Lennard. Zwar war ich es, der dich auf das andere Boot geholt und sicher nach Norwegen geschippert hat, aber er musste fast einen Tag lang in der arschkalten Ostsee herumschwimmen, ohne absolut sicher sein zu können, dass er gefunden würde.« Das rechnete ich Philip dann doch hoch an, denn er schien sich nicht über meine Rolle in unserem Plan lustig zu machen, sondern erkannte, dass ich tatsächlich das größte Risiko dabei getragen hatte. Auch wenn ich natürlich nicht die ganze Zeit im Wasser verbracht hatte, sondern erst ab dem Punkt, an dem ich das sich nähernde Rettungsschiff hörte. So gesehen war ich nicht wirklich in Lebensgefahr.

Sicher, Philip hätte auch mit Sergej und dessen Kumpane Schwierigkeiten bekommen können, doch nachdem er sie krankenhausreif gefahren hatte, brauchte er nur ein Boot kurzschließen, uns folgen und dort, wo wir es besprochen hatten, Jack an Bord nehmen. Ursprünglich sollte sie selbst die Ludmilla steuern und ich den anderen Kahn, damit Philip schnell nach Hause zurückkehren und damit sein Alibi festigen konnte. Mit dem zweiten falschen Ausweis, den Philips Knacki-Kollege anfertigte, hätte Jack dann unbehelligt nach Mittelamerika weiterreisen und uns über den abgesprochenen Code ihren endgültigen Aufenthaltsort mitteilen können. Dass dieser schließlich Kuba hieß, kam mir sehr entgegen. Zum einen versprach ich mir dort tolles Wetter und, was wesentlich wichtiger war, pfiff die dortige Regierung auf internationale Zusammenarbeit und unterhielt kein Auslieferungsabkommen mit Deutschland.

Der Plan hatte sich durch die Schussverletzung Jacks natürlich geändert, da sie nicht mehr in der Lage war, das Boot zu manövrieren oder überhaupt noch viel allein zu bewerkstelligen. Zum Glück hatte sich ihre Verletzung als glatter Durchschuss herausgestellt, der keine wichtige Arterie verletzt hatte. Es lag lediglich an ihrem niedrigen Blutdruck, der sie schnell hatte ohnmächtig werden lassen. Also konnte ich ihre Wunde reinigen und so versorgen, dass sie ohne einen Arzt wieder auf die Beine kam.

»Viel beachtlicher finde ich eigentlich«, warf Jack ein, »dass du bei den Vernehmungen nicht eingeknickt bist. Das war meine größte Sorge.«

»Tja«, sagte ich, zog sie zu mir hoch und küsste sie. »Ich wusste doch, wofür ich es tat. Außerdem habe ich strikt deinen Rat befolgt, mir immer wieder die offizielle Version einzureden, sie zu visualisieren. Dieses Auto-Suggestionsgedöns. Und offensichtlich habe ich in der Lage gelebt und wusste am Ende selbst gar nicht mehr genau, was wirklich passiert war. Das ging über Monate.«

»Das kann ich bestätigen«, warf Philip ein. »Ich hatte manchmal das Gefühl, er glaubte diese Farce tatsächlich.«

»Ja, das war auch so. Wenn ich es genau nehme, habe ich das eigentlich erst alles realisiert, als wir kubanischen Boden unter den Füßen hatten. Allerdings mochte ich es gar nicht, mir deinen Tod wieder und wieder vorzustellen.«

»Du bist so süß«, sagte Jack und küsste mich erneut.

»Boah, geht auf euer Zimmer«, empörte sich Philip künstlich.

»Was meinst du?«, fragte Jack mit einem Augenaufschlag, der meine Shorts zum Spannen brachte. »Sollten wir auf Philip hören?«

»Ja, unbedingt«, erwiderte ich und hievte mich, ein Handtuch vorhaltend, von der Liege hoch, griff Isabells Hand und zog mit ihr davon.

***

Philip schaute dem Pärchen kopfschüttelnd hinterher. Was für ein eklig-kitschiges Happy-End. Aber das passte ins Bild, denn auf eine gewisse Art kam ihm das alles wie ein Spielfilm vor, in dem er einen nicht unwichtigen Nebendarsteller mimte. Okay, die Hauptrolle wäre natürlich besser gewesen, aber die hatten sich Lennard und Jack geangelt. Sei´s drum, dachte er und suchte wieder den Blickkontakt mit der karibischen Schönheit, die ihm von der anderen Seite des Pools aus vorhin schon schöne Augen gemacht hatte. Kein Wunder, wer könnte ihm schon widerstehen? Diese Chica jedenfalls nicht, war Philip sicher. Er fuhr sich mit gespreizten Fingern durch die Haare, rückte die Sonnenbrille zurecht und schlenderte selbstgefällig zu ihr hinüber.

»Na, junge Frau, Lust auf etwas Gesellschaft?« Die Frau musterte ihn vom Kopf bis zu den Füßen, schüttelte lächelnd den Kopf und erwiderte:

»Nein, danke. Kein Interesse.« Dann schaute sie wieder auf ihr Smartphone, mit dem sie die ganze Zeit schon herumspielte, während der er sie beobachtet hatte, als Lennard und Jack noch am Pool lagen. Achselzuckend wandte Philip sich von ihr ab.

»Dann eben nicht«, ließ er beiläufig fallen und ging wieder zu den Liegen zurück, von denen sich Jack und Lennard bereits verabschiedet hatten.

Die Frau, die Philip gerade einen Korb gegeben hatte, loggte sich wieder in ihren Messenger ein, den sie geschlossen hatte, als sie Philip auf sich zukommen sah, und verschickte folgende Nachricht:

An Genossin Direktorin A. Surkow:
Zielperson wahrscheinlich ermittelt.
Bitte um Verifizierung und weitere
Instruktionen.
Ina Wolkov.

Als Anlage fügte sie die Aufnahme hinzu, die sie eben von Jack gemacht und damit Philips Aufmerksamkeit erregt hatte.

***

Anastasia Surkow klappte in ihrem Dienstzimmer in der Botschaft der Russischen Föderation den Deckel eines Ordners zu und legte ihre gefalteten Hände darauf ab. Die letzte Besprechung des Tages war gerade vorüber, ihr Mitarbeiter trank nur noch seinen Tee aus.

»Heute werde ich endlich mal wieder ins Theater gehen«, sagte sie dem Mann, der ihr mit überschlagenen Beinen gegenüber saß, als eine Meldung über die sichere Leitung hereinkam. Sie stöhnte leicht genervt, öffnete sie aber doch und las die Nachricht der Agentin, die unter dem Namen Ina Wolkov operierte.

»Klassisch oder modern?«, fragte er interessiert.

»Was? Ach, das Theater? Egal jetzt. Hier, Igor, lesen Sie sich das mal durch.« Sie schob ihm das Tablet rüber. Der Agent rieb sich über die schiefe Nase, die bereits mehrfach gebrochen gewesen war – eine Folge der intensiven Nahkampfausbildung, die er genossen hatte, aber auch der ungestümen Schlägereien auf den Straßen Moskaus, als er noch ein Junge gewesen war.

»Dieses kleine Miststück«, sagte er, doch es hörte sich eher wie ein Lob an. »Ich dachte mir, dass sie das irgendwie gedreht hat.« Was Igor seiner Vorgesetzten hingegen verschwieg, war die Situation, in der er sich bewusst Lennard Bruckmann bei dessen Observation gezeigt hatte. Sie hätte seine Beweggründe sicher nicht verstanden oder gar gebilligt. Denn er wollte Lennard für die gefährliche Lage sensibilisieren, damit dieser nicht gänzlich unvorbereitet in eine Konfrontation mit Sergej oder Vladislaw hineingezogen werden würde. Mit der Igor über kurz oder lang gerechnet hatte.

Die beiden gerieten zunehmend außer Kontrolle. So hätte es seiner Meinung nach ausgereicht, Juri eine ordentliche Abreibung zu verpassen, nachdem er den Nerd im Anschluss an das Attentat bei den beiden abgeliefert hatte. Doch diese übereifrigen Killer mussten ihn gleich hinrichten. Insgeheim war er froh darüber, dass wenigstens Nadja sich seinem Griff hatte entziehen und flüchten können, sonst würde sie jetzt ebenfalls mit einem Loch im Kopf irgendwo verrotten. Das wäre doch schade, daher hatte er sie auch nicht mit letzter Konsequenz verfolgt.

Langsam war Igor einfach dieses sinnlose Töten leid, doch nach außen musste er weiter den harten Kerl verkörpern, sonst wäre er der Nächste, der irgendwo tot aufgefunden würde. In diesem Business gab es keinen Rücktritt.

»Na ja, mich überrascht es schon, aber wahrscheinlich hat sie sieben Leben, wie eine Katze.«

»Was machen wir also mit ihr? Exekutieren lassen? Einen kleinen Unfall arrangieren?« Igor wollte keinen Zweifel an seiner Entschlossenheit aufkommen lassen, Nadja sofort zu eliminieren. Anastasia Surkow seufzte und begann, die Antwort zu tippen.

»Warum sollten wir? Die taucht doch eh wieder auf. Ist sie denn eine Gefahr für uns?«

»Nein, ich denke nicht«, erwiderte Igor und beobachtete seine Vorgesetzte genau. Aber nein, sie meint es wohl ernst. »Und die gesamte Zelle hat sich ja mehr oder weniger selbst ausgeschaltet.« Er dachte kurz nach, bevor er ergänzte: »Nadja oder Jacqueline oder meinetwegen auch Jack hat alles, was sie in den letzten Jahren für die Sache gemacht hat, mit nahezu perfekter Präzision ausgeführt. Auch wenn sie nicht ahnte, dass es um unsere Sache ging und nicht um ihre.«

»Außer den zweiten Peilsender im Smartphone ihres Freundes zu finden.«

»Niemand ist perfekt.«

»Eben, nur dadurch konnten wir den beiden Söldnern regelmäßig die Koordinaten dieses Lennard Bruckmann übermitteln. Wären die ähnlich gut in ihrem Job, säßen sie jetzt nicht mit gebrochenen Knochen in Untersuchungshaft und unsere liebe Nadja würde es sich nicht bei unseren kommunistischen Freunden auf Kuba gutgehen lassen«, sagte Surkow.

»Das ist richtig. Aber wenn wir uns die labile Situation in Belarus anschauen, Genossin Surkow, dann sollten wir uns auf verschiedene Szenarien vorbereiten. Wir wissen nicht, wie sich die Kräfteverhältnisse in den nächsten Jahren entwickeln.«

»Und dazu, meinen Sie, wäre es gut, jemanden wie Nadja in der Hinterhand zu haben?« Sie sah Igor lange in die Augen, bis dieser bedächtig nickte. Dann drückte sie auf senden.

An Ina Wolkov:
Ziel nicht verifiziert.
Einsatz abbrechen.
A. Surkow

.

DANKSAGUNG

Eine Geschichte zu schreiben ist einfach. Daraus hingegen ein Buch entstehen zu lassen, ist ein umfangreiches Unterfangen. Für einen allein eine fast nicht zu bewältigende Aufgabe – jedenfalls für mich. Daher möchte ich mich bei allen herzlich bedanken, die sich – in welcher Form auch immer – eingebracht haben, damit aus meiner Geschichte ein fertiges Buch werden konnte.

Besonderer Dank gilt Tanja Loibl, welche geholfen hat, meine verquere Aneinanderreihung von Wörtern zu lesbaren Sätzen umzuformulieren, so weit ich es zugelassen habe, und hoffentlich die meisten Fehlerteufel aus diesem Werk vertrieben hat. Ebenfalls will ich Liv Maxx erwähnen, die mir, wie schon oft, bei der Erstellung des Klappentextes eine große Hilfe gewesen ist. Nicht zu vergessen, meine vielen Testleser. Von denen möchte ich folgende hervorheben, da diese mir, nicht immer schöne, aber konstruktive Kritiken geschrieben haben: Iris Freinberger und Bianca Kober.

ÜBER DEN AUTOR

Der Autor, 1970 geboren, lebt im niedersächsischen Vechta und ist Vater zweier erwachsener Kinder. Der Thriller *Schuld stirbt nie* ist seine siebzehnte Veröffentlichung. Die Idee, Geschichten zu erzählen und Bücher daraus entstehen zu lassen, kam quasi über Nacht. Seinen großen Sympathien den USA gegenüber in all ihren Vielfalten und endlosen Weiten ist es geschuldet, dass einige seiner Titel eben dort verankert sind. Demgegenüber erscheinen immer wieder Titel, die vorrangig in seiner norddeutschen Heimat angesiedelt sind.

Selbst ist er großer Fan von Büchern Stephen Kings, Dean Koontz und John Grishams. Natürlich hat auch die Harry Potter-Reihe von J. K. Rowling einen festen Platz in seinem Bücherschrank.

Besuchen Sie ihn auf www.marcus-ehrhardt-autor.de, bei Facebook auf der Autorenseite Marcus Ehrhardt oder auf Instagram unter Marcus.Ehrhardt.Autor. Damit Sie keine Neuveröffentlichung oder Preisaktion verpassen, abonnieren Sie hier den Newsletter.

BISHER ERSCHIENEN:

Aus der Steve-Parker-Krimireihe
- *Fremde Angst – Burns Creek* (08/2017)
- *Fremde Angst – Nemesis* (10/2017)

Aus der Maria-Fortmann-Krimireihe
- *Der Tote vom Stoppelmarkt* (12/2017)
- *Im Namen des ...* (02/2018)
- *Die Klaviatur der Gerechtigkeit* (05/2018)
- *Mordseerauschen* (07/2018)
- *Mordseeflüstern* (11/2018)
- *Mordseegrollen* (01/2019)
- *Mordseegrauen* (04/2019)
- *Mordseelügen* (06/2019)

Als Einzeltitel (Thriller)
- *Von Hass getrieben* (10/2018)
- *Dein Glück stirbt in 4 Tagen* (03/2019)
- *Mein Mörder-Ich* (09/2019)

Als Romance unter dem Pseudonym Rachel Callaghan:
- *Chicago Moments* (09/2019)
- *New York Moments* (11/2019)
- *Seattle Moments* (01/2020)

EINE BITTE AM SCHLUSS

Liebe LeserInnen des Buches *Schuld stirbt nie:* Jeder hat andere Vorlieben und Sichtweisen. Und ich maße mir nicht an, ein Buch schreiben zu können, das jedem gefällt. Jedoch bin ich bestrebt, dass jeder gut unterhalten wird, der eines meiner Bücher liest. Daher bitte ich darum, nach Beendigung des Buches eine Rezension oder eine persönliche Bewertung zu hinterlassen. Ich werde jede seriöse Kritik lesen und sie gegebenenfalls in mein weiteres Wirken einfließen lassen.

Dafür bereits im Vorfeld vielen Dank!